「蔣夫人文學獎金」徵文匯考（下）

陳思廣、劉安琪　編

目

次

附　錄

下　冊

工作與教訓

郭俊

　　是在盧溝橋事變的那一年，曾和同學及服務社會之公務員中學教員等男女同志共四十六人，應陸軍第 XX 軍 XXX 師劉師長之召請，於十二月二十一日，由武昌珞珈山武裝出發，乘平漢路軍用專車，趕赴山西中條山一帶偏僻山地，擔負軍民政治工作。歷時八月，即聞武漢大學已西遷嘉定，始先後南歸復學。

　　在八個月政治工作的歷程中，我們該坦白的承認，在軍民政治工作方面固然有不少的收穫，但就婦女工作本質而言，我們卻沒有多少了不起的成就。我們所感覺非常難過而又認爲值得高興的是：我們已從發動婦女運動的實際工作中，發現了婦女解放的必要和困難。同時更發現了婦女解放與民族解放鬥爭間緊切的連鎖關係。換句話說，我們已從實際的艱鉅工作中獲得了悲慘的深刻的寶貴的教訓。

　　我眞非常高興而且慶幸能夠在全國婦女最高領導的獎掖之下，有這樣一個高尚而公正的機會，給我把那些從實際工作中所得到的點滴寶貴教訓，貢獻於全國婦女先進之前，作爲今後從事婦女運動諸姊妹們之參考。

　　在未正式談到實際工作與工作經驗之前，我願將我們出發前線的動機和以後之工作計劃與組織及一般生活情形說說。

　　無疑義的我們是年青熱血的一群。我們的動機也很單純。當首都淪陷，時局更顯艱惡，學校無形停課之際，精神陷於痛苦惶惑興奮激動之中。我們不願回老家吃白飯，而願冒前線軍隊生活的危險與北國氣候的苦寒以及物質方面的種種貧乏，爲從危難中生長的新中華民國盡一份應盡的義務。可是平心說，我們也不過是青年熱血的一群而已。事先既沒有工作計劃，也不知道

自己究能做甚麼工作，特別是我們六位女同志，再也未夢想到在前線工作八個月的時光中，會以發動婦女促進婦女解放運動爲主要的中心任務。因爲我們在過去對於婦女問題從未發生過興趣，也未具體的正式討論過。以身爲婦女而不願談婦女問題，恐怕是一般女青年的通病吧？

　　因爲當時師部駐趙城，所以我們最初出發的目的地也在趙城。迄達目的地後，當即推舉了六個代表見劉師長，作者也是代表之一。從談話中知道劉師長（四個月後擢升陸軍 XXX 軍軍長）是個具有熱烈的愛國情操的少壯將軍，對於當前事務之緩急分析中要，尤其對於婦女潛伏力量之認識至爲深刻。並申言此次大規模的從長沙漢口西安各處招考政工人員，其所以特別契重女工作員者，一方面固然由於女工作員較易接近民眾，容易得到民眾的同情與信託。另方面最重要的則在於利用女工作員發動婦女群眾參加戰地工作，藉謀山西婦女之徹底解放。蓋自抗戰開始，劉師長即奉命出發北戰場，肩負守土抗戰重任。由雁門關娘子關撤退後，即轉戰於中條山一帶。目睹山西婦女生活之昏昧悲慘情況，同時痛念婦女偉大的潛勢力之荒擱不能利爲國用，乃感憤而欲以發動山西婦女，解放山西婦女之責爲己任。從我們第一次談話中，即蒙明示此志。作者身爲女子，焉能不受感動。毅然接受劉師長之重託。因之，在我們戰地軍民政治工作隊成立以後，婦女問題委員會亦從中產生。冀從委員會中，探討問題之要並確定婦女工作大綱。後來戰地軍民政治工作隊奉中央政治部命令改組爲政治部，而婦女問題委員會始正式改爲婦女工作隊。

　　最初婦女問題委員會僅有從珞珈山出發的女同志六人。爲充實工作計劃內容計，還委任了幾位對婦女問題發生興趣的男同志參加，希望集思廣益，能爲婦女工作多多貢獻意見。終以其他工作部門事務太繁，人力不敷分配幾位男同志事實上便無餘力給我們幫助。因此我們感覺人力缺乏，不夠推動。幸而十四軍從長沙漢口西安等處招收之政工人員業於此時到達，共有工作員四百餘人，女的佔十分之一，大多數都是中學未畢業的。於是我們的人力較雄厚了。但一個月以後，經一再分發各處及各部隊工作，所謂婦女工作隊者，始終僅十餘人而已。且此十餘位工作同志，也不能注全力於婦女工作。因爲除發動婦女工作外，還要與男同志合作擔任看護慰勞舉辦民眾識字班等工作。這樣一來，人力更弱了。不過人力雖薄弱，工作仍然按計劃進行。八個月的工作歷程，亦不無可堪記述者。

（上）我們的工作

民運政治工作，不外為調查、宣傳、組織、訓練與發動幾大步驟。最初調查該地一般人民生活情形與行政宗教及民情風俗等。而後從事宣傳。從宣傳中消極方面使老百姓明瞭抗戰的意義，灌輸政治經濟軍事常識，以提高其民族意識與抗戰情緒，積極方面使其自動協助軍隊作戰。宣傳有效始能著手組織。蓋非經宣傳則無健全之民眾組織，無健全之民眾組織，無偉大堅實之力量。但徒組織而不加以訓練，則力量不能得到預期正當之使用。經過訓練之後，便隨時可以發動做我們要做的工作了。婦女工作之步驟，尤不外乎此種法門。

所以，當我們每到一處，第一步便調查該地婦女生活情形與教育狀況。有沒有女子學校。女先生女學生是些甚麼樣的人。如有女子擔任教書者，我們便先去拜訪她們，由女先生召集女學生，由各個女學生引導去拜訪她們的父母姐妹及於憐居親友等。這樣一層層推廣宣傳範圍，我們與地方婦女的關係由完全生疏而進於親密，等到獲得她們的同情與相當信託後，即可著手組織婦女洗衣隊，縫衣縫鞋隊，看護慰勞隊，徵募壯丁隊，偵查漢奸隊，宣傳隊等等。在戰地工作中，看護慰勞等工作固為重要，而洗衣縫衣補鞋工作亦未可忽視。浴血抗戰之士兵，常無暇顧及服裝之整潔，其骯髒襤褸之形狀，望之使人難受。不清潔之弊，直接影響士兵之健康，間接影響作戰的力量。衣鞋襤褸即服裝不整，服裝不整之隊伍，觀瞻上固有礙軍紀，尤其影響莊嚴奮勇的作戰精神。故洗縫之事雖小，而其影響則殊大。在趙城霍縣靈石沿洞蒲路一帶小縣份，我們曾經一度組織過婦女洗衣隊與縫衣隊，而收到相當之功效。發動參加的人數，大概老少婦女約二三十人。為著提高她們工作興趣與工作效率計，設法使之集中於一處工作，並計工作之多寡，分別給以獎金。當然這不過是因工作開始，不能不藉金錢的引誘加以提倡和鼓勵罷了。當她們工作時，我們常利用機會集體的或個別的和她們講講抗戰故事，有時領導大家哼哼流行的抗戰小調，以增加情趣而聯絡彼此感情。這樣工作幾次後，軍民雙方均確能身受實惠。不僅使其對我們發生好感，同時還可以消泯積習上軍民間之隔膜與誤解。

由於情感的聯繫與增進，我們的生活引起了她們的同情與關懷。趁此我們便可領導她們作進一步的工作了。例如組織婦女宣傳隊婦女偵奸隊等等。事實上，像我們這些生長南方的異地人，言語既不容易瞭解，民情風俗又不

同，宣傳的功效自然比不上生長本地的婦女宣傳之事半功倍。何況婦女的思想，往往可以影響她的全家。只要大多數婦人有了眞正的覺悟，瞭解抗戰的意義，久而久之自然會養成一種好男要當兵，爲國爲民犧牲的健全意識，浸漸成爲一種至高無上的流行風俗。這不僅對於目前的抗戰有極大之利便，而且爲將來新中國奠下牢不可破的獨立自由的基礎。

軍隊生活不比家常。尤其在作戰時之軍隊生活異常簡陋。每天吃兩頓飯，時間是上午十時與下午四時，八個人一集團，共享無作料之蔬菜或瓜類一盆。也沒有飯桌，每人手捧洋瓷碗一隻，蹲在飛沙走石的操坪中或大戶人家院子裏將飯和沙吞下。爲著適應吃飯時間，幹民運工作的同志，總是於上午十時飯後出發到下午四時前回來。早飯前在家作各種準備工夫。有些自修，有些畫漫畫寫標語壁報等。晚飯後常利用五點到六點的時間去附近部隊中工作。教士兵們唱歌。有時和他暢談民族英雄故事，有時又談到彼此的家鄉情況，直接間接予他們精神上無上的慰安。高興時他們會像小孩一樣的跳叫笑，奮慨的時候又會像俠士一樣的揮動拳頭。我眞奇怪那些從前認爲橫蠻可怕的兵士們竟會這樣天眞樸實可愛，特別是當他們負傷下來時，更需要有人去給他們撫慰！

剛從戰場上抬下來的受傷將士，那種斷肢裂體血淋淋的淒慘情況，實在太可怕了。有的斷了手足，有的去了一邊臉，有的周身穿了十幾個洞，有的子彈從耳朵打進腦袋還沒出來，也有的半死不活的躺在血污裏。只聽見悲慘淒切的呻吟，和憤怒日本鬼子的詛咒，但從沒有聽見過他們有任何抱怨聲。這，不知道是我們同志們政治工作的功效呢？還是這些中華民國的英勇戰士本來就具有爲國任苦的愛國精神。

（下）從工作中得來的教訓

（一）宣傳最有效的方法

宣傳最有效的方法，憑我們工作經驗看來要算軍民聯歡大會了。每到一個地方，如縣城市鎮村落等，便舉行一次大規模的軍民聯歡大會，表演各種歌劇，務使意義明顯容易瞭解且容易鼓動軍民抗戰情緒者。在可能時並爲軍民略備茶點或輕微禮物，邀勸許多家庭婦女來參觀。按理像這種免費看戲的熱鬧場合，應該到會的人極踊躍，但事實上有膽量來的盡是男子和小孩。有

好奇心的婦女們，只站在遠遠地所在望望，必等我們含笑的走攏去極慇懃的請她們上前，才肯猶疑的上前幾步。開演後我們乘機向她們解釋劇中情節，或每一角色的性質，使其瞭解而生興趣。

　　經過一次大規模的宣傳方式以後，從這，我們竟可收到許多工作上的方便與許多意想不到的效果。第一、使該地老百姓知道我們的存在，明瞭我們的工作性質，我們的存在與我們的工作至少對於他們不是有損無益的。第二、聯絡軍民感情，破除其往日覺得士兵橫蠻可怕的成見。第三、增加以後作家庭拜訪挨戶宣傳時的談話資料，和彼此間親密的程度，進而獲得其信託與同情。往往在軍民聯歡大會舉行以後，於路途或家庭相見時，和她們或他們點頭微笑，好像一如故知。尤其當我們作家庭拜訪時，她們盛意歡迎我們竟像歡迎她們的老朋友一樣，毫無懼怕和不信任的表情。她們眼見我們女扮男裝，而且是穿的那麼一套灰色軍服，自然非常驚奇。我們還來不及開口時，她們已三三五五的走來問長道短。據我們經驗，山西婦女最關懷我們的問題是：「多大年歲？」「想不想媽媽？」「有沒有掌櫃的？」我們也很高興和她們談家常事，告訴她們日本鬼子在我們家鄉橫行無忌的殘酷行為。有時為著欲激發其同情心，也不惜無中生有的告訴她們說，「我們的爹媽被日本鬼子慘殺了，我們的家產被日本鬼子強佔了焚燬了，我們的婦女同胞被鬼子姦淫而自殺，我們自己從死裏逃生的逃了出來……」又歷述沿途經鬼子佔過了的城鎮中姦淫擄掠的慘狀。她們常能聚精會神的聽下去，最後總是異常受感動的同情我們。有些慈悲的老媽媽還為我們淚流滿面，撫摸我們的身體，多方寬慰我們。到此我們便可乘機說我們要說的話了。我們說：「與其登在家裏閒著等死，不如出而為國家盡一份力，以求抗戰的最後勝利，而謀大家的安全。」我們也會解釋「焦土抗戰」與「堅壁清野」的意義，關於這一點我們所收的功效實在大。記得在靈石縣時，敵軍已抵離靈石僅十公里的介休義棠一帶，城內老百姓聽到這消息後，臨逃走之前，將所貯藏的一切物品及傢具，能帶走的即帶走，不能帶走的便付諸丙丁。迄敵人抵城後連坐的凳子都無處找，至於油鹽家畜食糧等更不用說了。這給敵人一種莫大的打擊，他們幾至無法過夜，第二天率性放了把火，將個空城燒得一乾二淨，不攻而自動退回到介休。這樣類似的事件，成了我軍不得不撤退之前必行之政策。事實上，確能予敵人以致命的打擊。

　　其次，宣傳最有效的方法為宣傳員應具有說教的精神。在趙城時，適值

我們工作開始，但因當時的趙城居於晉南最前線，整日砲聲隆隆，老人婦孺皆躲避一空。留在城垣附近的婦女，亦僅頭腦極簡單極昏昧之粗下婦人，言語既不易通達，髮髻還有些不懂得世故人情。找她們談了話時竟像聾一般，不聞也不問。像這種情形還談得上發動嗎？要談解放嗎？真不知從何說起，真使人又焦急又悲憤又覺得可憐。

然而不竟給我們找到了一線光明，我們於不意中發現了一位知識婦女，至少我們說的話她都能懂，而且她能看懂我們帶在身邊的漫畫和小冊子。我們像沙漠上孤獨的旅行者逢到了甘泉一樣的快樂，像發現千萬年的庫藏一樣的高興。我們把她包圍起來。當我們問有不有機會召集趙城婦女開次談話會！她很誠摯的告訴我們，於某星期日某處有次婦女集會，並且參加的都是該地有知識的婦女，只要我們願意，她們也很歡迎我們參加。

於是在她所指定的那天與指定的地點，我們發現有二十多位女子圍坐在一張大炕上，有最老的白髮老太婆，也有最小的年輕小姑娘，各人手捧一本書。我們正不知鬧的甚麼玩意，一看，原來是些聖經讚美詩之類，她們是在做禮拜呢！其中有好幾個老太婆很親熱的握著我們的手談話，她們說像我們這樣肯為國家出力，上帝會引渡我們的靈魂上天堂的。我們最高興的把我們工作計劃及來意說明了。她們表示贊助，並且告訴我們，她們也正在為國家福利而禱告，祈禱上帝開化魔鬼不要災害人民……

在這樣地位偏僻而民智絕對閉塞的場合，有這樣我們認為無可能的婦女集體行動，而且信仰那樣虔誠，這對我們是種教訓式的刺激，也是種使人興奮愧怍而有力的啟示。教士們有本領開化這些愚昧無知的家庭婦女，使她們篤信上帝的真理，離開她們終生不常離開的炕，來到另一個集體場合做禮拜，難道我們二十世紀的熱血青年，就沒有本領去說服她們，使她們篤信國家至上民族至上為真理麼？難道就沒有本領使她們相信為國家為民族服務是光榮的事業麼？是的，只要每個工作員具有教士說教般的耐性和百折不挫的精神，頑石也會要點頭的，何況她們到底還是人啊！

再其次能夠助長宣傳的功效的是：第一、進行家庭訪問或街頭演說時，最好用唱歌的方式引吸群眾。多攜帶漫畫，繪上敵軍種種暴行之事實與各地慘遭轟炸之情況。工作員可就漫畫的材料逐一加以解釋，如是一方面引起老百姓的好奇心，一方面幫助其理解能力，克服言語隔閡的困難。第二、必須引起彼此的同情心，不僅我們所採的方式要適合她們的興趣，到處都表示同

情她們，同時也要設法使她們同情我們。爲著達到這個目的，不妨把悲慘的故事說得更悲慘一些，打動她們慈悲的心靈，直到使她們淚珠直流爲止。由是她們不怕我們也不懷疑我們了，相反地，更同情我們，樂意聽信我們的話語。第三、集中工作，我們應該設法使工作地點集中。如洗衣縫衣等最好是能集在一塊工作。這樣不僅便於集體宣傳，既省時間又省精力，而且可提高一般工作興趣，收到更好的工作效果。

（一）工作中遭遇的困難與補救的方法

誠能如上述行之有素，又能假之以時日，工作成績，總是相當可觀的。不過事實上往往不會一帆風順，時常遭遇到許多意料不及的打擊和阻礙。

記得當我們北上靈石的時候，在途中遇著一位犧牲同盟會的幹線工作員，我們最先就談到山西婦女工作的經驗，他很爽快的告訴我山西婦女工作有五難，所謂五難者即公婆難、丈夫難、子女難、小腳難、下炕難。意思就是說，欲發動山西婦女共有五個難關：第一關公婆三從四德的封建思想。第二關丈夫的封建思想與偏激的貞操觀念。第三關子女的牽累，即令一二關免強通過了，如有子女的牽累，亦不能發動起來。惟子女終究可委託於公婆，所以第三關不稱大難通過。難的倒是女子本身上人爲的弱點不能克服。例如第四關小腳難與第五關下炕難。山西婦女直到現在大多數都是縛足的，步行三尺，即搖動不支。她們即令能夠得到公婆與丈夫的贊許，能夠擺脫子女的牽累，同時自己又具有爲國效勞的熱忱，無奈小腳不能行。所以我們如想發動山西婦女走出閨門參加軍隊工作，簡直如同白日做夢，充其量也只能就地利用，臨時發動其參加些輕而易行的戰地工作罷了。除此以外，事實上還有最難過也最難克服的第五關，那就是上面已說過的下炕難了。原來她們白天盤坐在炕上做活燒飯，晚上在炕上睡宿，只要沒有意外緊急事發生，竟可終生用不著下炕，終生消磨在炕上。因之，她們的體格極弱，她們的腿因不常用而失去了支持能力，她們一下炕就好比狂風中的衰草一樣，東搖西倒的立不住足，所以她們認爲下炕是件天大的難事。我們的組織工作，常因她們不想下炕，不能下炕，而受了嚴重的阻撓。

關於以上五種難關，八個月的婦女工作歷程中，幾乎無時無刻不遭遇到。曾因爲第一二關不能通過，發生一樁慘無人道的故事，準備另外標出把它詳細記述出來。此外所謂第五關確是不容易通過的。往往即令我們用說教的精

神說服了她們的公婆丈夫及她們自己，即令我們說服了當地的有力紳士得到他們的稱許和獎掖，即令我們肯用些微金錢去誘導，然而她們受了體質的限制，她們積習的墮性已深，她們心有餘而力不足，她們肯工作而不能工作。因之，她們著急，我們也著急。天曉得，在陷於這種非短時間人力所能克服的無可奈何的困難中的熱情工作員，真如同熱鍋上的螞蟻一樣悲傷焦急十分難熬。從而我們想到為婦女解放前途之久遠計，對於這些困難之點，不能不假之以長時期之期待。工作員不但不能燥急而灰心，應該想想怎樣才能克服這種天大的但是人為的阻障。我個人以為最基本的法則還是應從教育方面著手，應設女子學校，執行強迫教育，使後來的女同胞們多與家庭以外的環境接觸，培養其正確的人生觀，明瞭自己倒底還是個人。這樣她們才不會像她們的先輩一樣甘願在炕上消磨一生的年華了。

（三）一個悲慘的經驗

當我們的婦女工作在萬戶村比較順利的進行著的時候，意外的遭遇到一件極人世悲慘的故事。

政治部隨部隊行抵萬戶村後，照例的舉行了一次軍民聯歡大會。照例的採取了家庭拜訪的宣傳方式，而後發動婦女組織了縫衣隊和洗衣隊。恰好當時軍部由西安運來大批棉背心材料，我們便分發給萬戶村的婦女們做，且按件給以低微的報酬，參加的婦女達四十餘人，不能不算特別踴躍了，除部份十幾歲的姑娘外，多為三十到四十的中年婦人。工作了兩整天，成功了不少棉背心。正準備繼續幹下去時，但意外的悲劇開始發生。

原來兩整天工作中，婦女們僅僅天晚回家歇宿，翌日清早又來工作。其中有位體格頗壯的中年婦女，特別工作得起勁。當她第一天傍晚回家時，她的丈夫和丈夫的哥哥對她下了嚴厲的警戒，不准她再繼續工作。她想為了國家將士們的幸福她應該工作，所以第二天她又不聲不向的跑來縫衣，直到傍晚才回去。一進屋便被她的婆婆丈夫及丈夫的哥哥把她關在一間黑小的房子裏。丈夫的哥哥送她一根粗蔴繩，請她處刑她自己不守三從四德不知廉恥的罪道。然而她設法逃出房間，跑到離村莊好幾里地的一個山漥裏。不幸她的丈夫追蹤而至，用繩索捆綁回家，這一來更加上了不守貞操的罪過，更「罪過滔天」「罪不容誅」了。當即把她掛在天花板上，剝去全身衣服，用皮鞭抽之不已，又用燒紅的熨斗燙烙全身，在婆婆丈夫及丈夫的哥哥三人的嚴刑之

下，在沒有天亮之前，她死了。由其鄰居漏透了消息，政部即派人調查果屬事實。地方當局亦會派人驗屍。然而兇手逃了，只剩下一具赤裸裸的遍體鱗傷的殭屍躺在門板上。經過詳細的查詢，始知她致死的原因：她的婆婆不待說是個封建思想濃厚的舊式女子，對於媳婦做棉背心的事，本已十分不滿意。但經過我們的宣傳勸誘，事前並未十分加以阻撓。她的丈夫呢？據說是個莫名其妙的傻子，事前殊無定見。惟丈夫的哥哥便是造成這場悲劇的兇手了。他陰壞獨吞家產的野心，久想致弟媳於死地。因為在山西仍然進行著買賣式的婚姻，娶個媳婦至少要花五六百元，一妻死了，很少有再娶可能。那位狠毒的哥哥便是這樣存心的：弟弟尚無兒了，弟媳死了，便無法再娶，因之絕嗣，因之家產可以由他獨吞。所以他藉弟媳替士兵縫棉背心事，加以不守三從四德，不知廉恥不守貞操之罪，去激怒那本具封建思想的母親，勻使那不明事理的弟弟，使用毒辣的刑罰，使她一命嗚呼，以遂他獨吞家產的宏願。

這對於我們是個錐心的打擊，對於工作前途是個莫大的阻礙，我們要捕捉兇手從嚴處罰，最後三個劊子手都被捕了。政部諸同志商討結果，主張迅即召集全村老百姓，當眾說明這場慘劇經過詳情，然後將她丈夫及丈夫的哥哥鎗決以警效尤。不過值得考慮的是：軍部雖然已賦予政部執行懲罰之絕對權力，然為以後工作方便計，不能不事前與地方當局商量，並請代我們執行懲罰，誰知遭了地方當局的消極拒絕。且當地一般輿論，都說那婦人的死是咎由自取，因為她不守婦道的緣故。

關於此事我們還不能忘記，當時我們幾個女同志氣得眼淚直淌連飯都嚥不下的情形，我們想到在校時成天聽得見「婦女解放」的高調，所謂解放究竟是什麼？這些窮鄉僻壤受苦難的姊妹們，有人想到她們才是真正需要解放的嗎？她們連自己是個「人」的意識都缺乏啊！就像上述的那婦人的慘死，不僅男子的輿論不關心她，連我們的婦女同類也覺得她的死是應該的。

事情的經歷是顯然的，我們決定不顧地方當局意見，由政部執行鎗決。不幸那時正值前方戰事不利，駐地又須他移，老百姓聞風逃走一空，不能不將此延擱下來，隨軍離開萬戶村進行著遙遙的旅程了。可是這樁故事是永遠不會忘懷的。從此我們又獲得了一個悲慘而寶貴的教訓：婦女解放必須建築在男女互尊的信念上。當頭的工作必須從事男女封建傳統思想的破除，要做到——使男子不僅不妨害其妻妹出而為國效勞，而且深明大義的予以鼓勵和勸導，即視女子出而為國效勞是光明正大的事業。如欲達到這個目的，則如

前面所述，宣傳員應具有說教的精神，苦口婆心的向他們解說。同時更應該從說服地方上有勢力的官員紳士入手，得其信託以後，對於工作的幫助確實不小。如果進一步能夠得到這派人的贊許與獎擬時，發動婦女的工作更能進行順利。蓋一向桎梏於封建樊籠的婦女，久已失掉判斷是非的自信力，只要得到她們平日所信服的有權力階級一言稱許，她們便視同金科玉律，確能提高她們對工作的信仰與勇氣不小。

（四）婦女解放的秘鍵

婦女解放不僅是為的婦女本身的解放，也是為國家民族的解放，甚至整個人類社會的解放。誠如倍倍爾在婦人社會一書中所說：「當佔全人類二分之一的婦女生活未合理化之先，全人類決沒有合理化的社會生活實現。」這話是對的。尤其當科學文明進步一日千里，人類對於自由平等的真諦趨向徹底瞭解的今日，更見得這句名言的實在性。因此，我們談婦女解放不是狹義的自私的偏重在婦女本身的利害關係上，而是站在謀全人類社會生活合理化的立場上，加以提示和闡發，循此以謀人類合理化的社會生活的實現。

法國大唯心論者查爾斯福笠葉（Charles Fourier）說：「一國文化程度的高低，可由那國婦女在社會上和政治上所佔的地位來判斷的。」釋言之，即那時代那國土的文化程度，可以在婦女所處的地位的高低上反映出來。我們不能從十二三世紀發現一個居里夫人和一位喬治桑女士，正和我們不能在現在的倫敦巴黎發現一個女子因剪去長髮而被焚死的事實一樣。因此，婦女解放問題不是單一的片面的，而是社會問題之一環，與整個的社會運動有著不可分離的密切關係，只有社會問題的每一環得到合理解決時，整個社會才有光明的出路。所以，為謀整個社會光明的出路，國家文化高度化的目的，我們不能不用全力謀婦女問題的解決，正像努力從事其他社會問題的解決一樣。

但是婦女應該怎樣謀自己的解放？必先追究其所以不得解放的原因，而後才能談到解放的方法。

婦女不能得到解放的原因，歸納言之，不外下列最基本的兩三點：

封建傳統思想的束縛。經過幾千年之壓制，使婦女的自信和自尊心幾完全消失，致婦女之處於卑下地位，不僅男子視為當然之事實，即婦女自己亦視為天譴不可迨，從未夢想到應從掙扎中求解放。

婦女經濟不獨立，完全依賴男子之豢養。此種結果一方面因婦女不與家

庭以外的環境接觸，思想見識日益狹隘，卒致益為愚昧無知。另方面因為生活必仰給於男子，在家庭中又無獨立人格之表現，益啓男子輕視之心理與壓力之伸張，女子無反抗之能力。

部份不受封建思想之拘束經濟上已獨立之婦女生活的苟安墮落，引起客觀環境的反應與阻抑，及主觀方面的喪失自信和勇氣。

要之，婦女不得徹底解放之原因固多，最重要的仍不外上述三點，而此主要三點又可一言以蔽之曰：「客觀環境的桎梏與主觀能力表現之缺乏」而已。客觀環境的桎梏固為婦女解放途中之最大阻力，而婦女本身無充分之能力表現，實為婦女解放途中阻力之主力，苟婦女對國家對社會對本身有獨立自強之能力表現，則客觀環境之桎梏不攻自破，讀歐美各國婦女運動史事，於此點尤不難明瞭。

即以英國為例吧！英國婦女參政運動，約始於一八三二年制定選舉大改革法的時候，經過若干艱苦奮鬥，然終無結果。迄一九一四年大戰開始，政府提出國民總動員的口號，婦女即停止參政運動，而為祖國效勞。有些或擔任軍隊之後方勤務，或擔任汽車之駕馭，或軍需品之製造，或各種救護事業以直接援助戰爭之進行。有些或看守家園，或鼓舞士氣，或慰問出征軍人與其家族以間接效力於國家。尤其是婦女社會政治聯盟在戰爭剛開始時，便發出中止婦女運動的宣言。其領袖旁加斯特夫人且親身出馬俄國，作俄國婦女對於戰爭之自覺運動。旁夫人之女公子克立斯塔伯潘庫斯特（Christabopan khurst），亦為調查亞爾薩斯羅倫問題之真相，而不惜從事多方面之活動。其他的婦女，自戰爭開始，亦莫不遽棄其婦女參政運動之激烈鬥爭，一齊效力於國家。故曾無幾時，使從前加於此帶婦女的惡劣批評，一變而為無上的尊敬。由於其工作能力之表現，使輕視婦女能力對於婦選加以阻遏之人士，一變其固執之成見。不久，婦女便可在與男子同一條件之下，平等的獲得參政權了。

由是吾人得一寶貴之教訓，可確證婦女本身能力之表現，不僅可突破客觀環境之桎梏，且確為謀婦女解放之唯一法門。於是吾人可由此進而推論婦女解放與民族解放戰爭間緊切的連鎖關係。

或謂當國家正從事偉大而艱鉅的復興民族的戰爭之時，我們提出婦女解放問題，是否與「抗戰建國」的最高國策相違背。從理論上或事實上觀察，婦女解放問題不僅不與「抗戰建國」最高國策相違背，而且二者是十分調協

必須相互爲用的。欲達到抗戰建國成功的目的，必獲得民族解放戰爭之最後勝利；欲獲得最後勝利，必全國國民總動員，婦女佔全民二分之一，自然不能例外。同時，世界上坐享其成的利益是不能持久的。欲徹底完成婦女解放，必克制己身之弱點，冒客觀環境之困難，力求己身能力之表現；而抗戰建國之民族解放戰爭實爲婦女表現能力與貢獻能力之千載一時之機。申言之，婦女解放之秘鍵，亦在乎此！

晨　星

朱瑞珠

　　睡夢中我突然醒來。外面一點不模糊的傳過開門的聲音，我立刻離開床，擔心什麼事情又會在今夜發生。我記起三月前的一個晚上，冬天第一次給這片寂寞的所在帶來了雪花，在北風的怒吼裏一個發著高熱的婦人偷偷拔開詠絮室的門跑到外面去，第二天被人在結著堅冰的池塘邊找到；她散著髮躺在枯草上，滿身蓋滿了雪片。把她抬回來的人堅持著說當她們發現她的時候，她還用最微弱的聲音反覆唸著丈夫的名字，雖然當我聽見這消息趕去瞧她時已經氣息全無了。

　　對這事我一直懷著歉仄；因爲要是我能夠想到在大門上加上鐵鎖的話，慘劇是不會發生的。今天外面開門的聲音引起我的懷疑，我毫不躊躇的起床，剛開門，就見到七歲的珊弟赤著腳，顫抖的雙手捧著燭盤，立在我面前，燭光讓她在身旁拖著長長的影子。

　　「珊弟！」

　　我吃驚地把她抱住，她哭了，手一鬆，燭盤掉在地上，我這時才注意到外面有十分清朗的月色。從樓梯轉彎處的窗子透入，照在珊弟通紅的頰上，這可憐的孩子病了已經一月有餘了。四個月前她的不幸的母親帶她來到這裡，這年輕的婦人曾經目睹丈夫給彈片擊碎了腦蓋，在一分鐘內咽下末一口的呼吸，雖然在收容所裏，女兒同自己的生命都有了保障，但過份的刺激卻使她病了，她整天哭泣，神經失了常態，到底在兩星期後，讓病魔送入了另一世界。三個多月以來珊弟就從不會把哭母的眼淚擦乾，一直到現在，當這瘦弱的身體將整個讓病菌剝蝕的時候，還日夜在床上翻騰央人把她的媽媽找來。

「雷諾小姐，珊弟找媽媽去！」她抽咽著說。

我抱她進入我自己的房間，這孩子熱度很高，不多時就昏昏沉沉的睡著在我臂中了。把她放上床的時候我是用了極度的小心，我努力從記憶裏搜索催眠歌的調子輕輕唱著，一直到她睡得十分寧靜的時候。

但我自己卻無論如何不能入睡了，索性披上大衣，沿著窗向外眺望。外面是寂靜的夜，新月瀧下一片銀白的寒光，這周圍二百餘畝的地方和我有著最深厚的感情，在這裡我已度過整整二十七個年頭了。在這範圍內，沒有一朵花，一枝草的長成曾經被我的注意忽略過。我能夠毫不困難的講出周圍共有多少堆玫瑰花叢，園子裏那一株合歡樹開花的時間最長，同樣地我還能告訴你在三月五號到十一號的六天中你可以盼望東風吹來杜鵑第一次的鳴聲，晨星是永遠在聽秋室外那株梧桐樹上出現的——提起晨星，無疑我又沒入童年的回憶裏了。九歲那年父親把鍾愛的妻子安葬在舊金山的一塊墳場土以後便把我帶到遼遠的中國，以一個傳教士的地位他是曾經在這國家度過壯年時的。為了要躲避母親死後剩下來的那片寂寞，同時對這古老的國家也有深切的懷念，便決計來這裡重幹傳道工作。我們住在一個古城裏，過著平靜樸實的生活。白天父親出外，和我作伴的是李媽；這忠實的女傭像中國一切鄉婦一樣有著善良的心地，在她那裡我學習到勤儉和耐勞的美德。每到夏天，父親便借著兩個月的休息帶我到各處遊歷，凡是中國的名勝，多半都曾有過我的足跡。那是十三歲的時候，八月的一天我們從北平乘車逛長城，傍晚的涼風洗淨了一天的炎熱。我扶著父親跑上城頭，放在眼底的是片雜亂的山野，長城像條巨蛇，劃破了周圍的寂寞和荒涼，一直蜿蜒到目不能及的遠方。我同父親默然站著，天風吹動我白色的衣裾和父親黑色的長袍，撫著這數千年前歷史的遺跡。我第一次給一種偉大和神秘的力量壓得窒息了，我閉上眼睛，似乎觸到的正是這古國沉默嚴肅的臉，從這時候起我是深深地看著這國家，而且立下一生將為它工作的決心。要是有人懷疑一個十三歲的孩子不可能有那種只有成人才會發生的感覺時，我會告訴他小時候我的確不是一個平常的女孩：從母親身上我承受到一頭濃濃的黑髮和一雙黑色深沉的大眼，單是這些平常就不易從一個美國女孩子的身上找到；我敏感，灑落，這些父親說正是母親性格的特點，現在都讓我承襲了。我的穎悟也時常使他吃驚，為此父親格外鍾愛我，但我更不能忘記的是我還一點不模糊的具有父親奔放的熱和我無可比擬的毅力。那天在長城上父親同我盤桓了很久，直至涼風帶來不可

耐的寒意時我們才決意離開。臨走父親指著星空讓我講出許多星斗的名字，一面給我糾正。末了他忽然問我：

「孩子，你也聽見過晨星？」

「從故事上讀到過。」我回答。

像每個孤獨地長大的孩子，讀書是我唯一的嗜好，在父親的指導下那時我已唸完不少名著。我記起安樂王子上有段燕子告訴王子的話，說：「在埃及，大神曼濃的石像高據花崗岩的寶位上，它整夜向天凝眸，等到晨星出現，這石像吐出喜悅的呼聲，從叱一直靜默，直到第二天晨星出現時候。」這故事使我起過思索，所以印象頗為鮮明，我把這話告訴父親，他顯得很高興，說：

「晨星帶給世界晨曦的盼望，白天的應許，瞧著它人們明白黑夜就將過去，歡歡喜喜等候陽光的來到。」

我一點不懷疑那天父親是同我一樣給一種崇高的感覺把握住，撫著我頭髮，他講：

「孩子，做一顆晨星在這天上。」

我抬起眼睛，覺得自己的眼睛發出光亮，父親繁霜似的雙鬢那天在星光下顯得如此美麗可愛。在這上面我窺到這可敬的老人幾十年來在中國過的堅忍，奮鬥，英勇的生活，我肯定地向他點一下頭，父親彎下身子，把嘴唇貼在我被風吹冷的額上。

我不能形容對這神秘偉大的古國寄託下多麼深厚的情愛。當十九歲那年我必需回美受我大學教育的時候，還在院子裏掘了一塊泥土用紙包起來一直帶到美國。我在舊金山的一個大學裏得了學士學位。後來又轉入另一州立大學去唸研究院的學程，那時我第一次也是最後一次為戀愛困惱了。我深深愛著一個年青的同班，他沉默，倨傲，對什麼人都甚冷漠。他似乎喜歡我，似乎並不，我整天便為著這煩惱，至今我還不懂得如何在他跟前我會那麼甘心地征服驕傲，但當我發現這年青人對我也有不平常的好感時，我立刻明白自己不該再往下沉溺，做一個服從的妻子，在家庭裏默默生活又默默讓人遺忘絕不是我願意的；況且我明白要是跟他結婚便一點不能希望再回中國，這年青人的志向並不在東方。我握著那塊從中國帶來的泥土，神思飄越到萬里以外，似乎我又立在長城上，摸著他蒼老嚴肅的臉，我覺得給一種比愛更崇高的感情支配了。恰在那時，海風帶來父親逝世的消息，許多人都猜想這打擊會迫我匆匆結婚，因為除掉自己的家庭給予的慰藉外，沒有別的更是解脫我

的悲痛了，但我卻含著淚毅然放下這杯愛情的酒，一面鎮定地開始尋找來華的機會。這像是虛構的故事，便是我自己當時也絕無把握是否果能有這英勇的演出。但我的確那樣做了，父親的死堅定了我的意志，我要做顆晨星掛在那塊遼遠的天上。

廿七年前這裡還是一片沒人注意的荒原，四周給峯巒緊緊繞住，地形是海裏的輕波，在二百畝的範圍內靜靜起伏，我便給教會派來開辦一所女子大學。我不懂該怎樣形容當我第一次踏上這塊土地時的心情，這晴朗的藍天，恬靜的空氣，潮潤的土香……我決意要一生住在這地方。我舉起眼，這原在我目前默默展開，就在這裡我要看見一幢幢的房屋建立起來。也就在這裡有多少年輕女郎將獲得她們良好的教育和陶冶出優美的品性，出去在社會上作燃燭的人。我從來不像許多年輕人愛把自己編織入太美的幻夢，結果讓現實帶來失望，便是理想，我也只許它在有實現把握的範圍內奔放的。所以到今天，二十七年過去，我檢視一下自己結得的果實，的確並不使我對當日的抱負和理想臉紅，已經有七百五十八個女孩子在這裡長滿毛羽，出去翱翔在遼闊的海空了。她們都是中華最爭氣的女兒，一點不慚愧去承受這古國能給她們那份幾千年光榮歷史的遺產。二十七年來我把熱情化作一片陽光，普遍地溫撫了年輕人每顆迎著春風發芽的心，我懂得她們，她們亦懂得我，我們是一點不誇張的互相分負了喜悅和憂傷。但要是我講在這不短的歲月中我的心情永遠相片陽光含笑的天氣，那我便撒了謊。有多少次我不例外地被煩惱的急雨所襲擊，那時我想起久已埋葬的愛情，想起月湖邊那株生著盤繞深根，風過處向空中散著亂髮的柳樹，當我第一來這裡撿起這嫩枝插入鬆鬆的泥土時我是如此的年輕。不過這種情緒往往不會逗留長久，因為我立刻接下去想到我是活在這偉大的古國，我呼吸的空氣裏融合著古國的尊嚴和神秘，為他工作我將是幸福和光榮的。於是我又倔強地伸直了腰，使我感得壓迫的倒是我時給一個問題反覆纏繞住，我常常自問到底父親期望我的就是這點嗎？我還能為這國家做些什麼呢？我時常為此不安，尤其當清夜夢醒，瞧見對面聽秋室外的梧桐樹上那顆啟明的巨星吐出清光的時候。

一九三七年初夏，在合歡花夢幻似的馨香下來臨了暑假，學生紛紛離校，我也動身到莫干山去，想在那裡度過夏天。在山上我過了得意的一星期，每天絕早，在晨星的閃爍下，我踏著朝露，跑到最高的塔山公園去看日出，然後採了大束野花迎著撲面的雲霧回來。我住近劍池，耳邊整日響著瀑布的聲

音，和著松林的長嘯，讓我不再記起除此另有塵俗。但這得意的生活並沒享受多久，七月七日盧溝橋事變的消息傳來，我就成天浸入期待，焦急和沉思中了。我確有一種預感，覺得一種巨大的轉變立刻就得來到，這巨人不能再守靜默了。我聽到山上游泳池放水時流著從壓抑中衝撞出來的水聲，覺得就是全民族的怒吼。我明白這古國又得爲歷史創造空前偉大的一頁，正像幾千年前它建造長城和開掘運河至今在歷史上發著奇光一樣，於是我提早了下山的日子，在八月初旬回到學校。

接著是料中的八一三烽火在上海燃起，學校的所在地在全面抗戰展開後正是軍事上必爭之處，所以下學期在原址開學是絕望了。經過精密的考慮，我們幾個負責人便通過了遷地上課的計劃，那時我又爲一個問題而煩躁了。我一點不明白究竟我該留下還是隨著學校到內地去，我知道爲了顧全抗戰大局起見這城市也許得有一個時期讓黑暗佔領，我怎樣也不能忍受我的伊甸園在敵軍的鐵蹄下毀滅。於是我想到我該留下來，因爲我知道在某種特殊環境下，爲了色素的緣故我也許能比中國人多做點什麼，況且新校那邊自有適當的負責人也不一定需要我。

要不是有過這次經歷，也許我的一生將永遠像一張素紙。上面先讓身世薄薄的抹上塵灰，再給年輕人天眞的歡笑和淚珠塗上輕憐柔愛的粉紅；但現在大時代卻提起巨筆在上面渲染出鮮紅的花朵來。在這幾個月裏，我嘗遍了身心僅足擔當的苦痛，目睹了願意在記憶中永遠不留痕跡的慘劇，但一生我將不倦的向人述說當時我決定留校雖然是聰明的，單爲了要保全校產的初心現在想來是如此的淺薄和自私。

最初對這般女孩子的懷念幾乎把我壓倒了。九月的涼風已帶來了秋意，我從廿七年悠長的春夢中醒來，竟是第一次辨明了秋天的蕭索。自從九月十七日起這裡就不斷的受到敵機的威脅，我們在校園的一角掘了防空壕，每天至少也得有一、二次給緊急警報趕入壕內，凝聽成陣的軍轟炸機在頂上盤旋，接著是機槍掃射聲，炸彈爆裂聲，高射炮的回擊聲，配合成鐵和血的交響。有過好幾次，我疑心這防空壕得倒塌了，因爲大塊泥土給似乎正落在頂上的炸彈震撼下來，遇到那種情形，我就不懂該怎樣形容自己的心，似乎有點驚醒，也有點恐怖，似乎又都沒有。等到解除警報發出，我便鑽出洞，在它長長的尾聲中跑向鄰近災區，看一看有什麼救護的事是我能做的。要是我現在能夠給遼遠那塊自由天地的學生寫信的話，我有多少消息要報告她們呵！首先我要告訴她們，集

英樓下那個賣水果的老人，已經在敵機第三次狂炸時罹難了！他給一塊橫飛過來的彈片擊中了胸腔，對死略作掙扎，便在血泊中閉上了眼睛。天安樓那個麻面魏司務——秋季開學的幾天，總拿著寫上校名的白旗子去車站迎接新生的，也在敵人機槍的掃射下死去了。還有便是可憐的阿英，這陳裁縫的漂亮女兒是炸傷後又給屋子壓死的，我親眼看見她的屍體從瓦礫堆裏給拖出來，是如此烏黑跬縮的一段，至少比原來體長減短了一倍。我從未見過屍體比這更可怕的，誰能想像這黑黑的一堆曾經是一切柔美的所鍾！一種強烈的激憤壓得我幾乎透不過氣來，我閉上眼，一顆星斗在前面照耀得那麼明亮，這長久以來的願望啓示了我以後所該做的，我懷著興奮等候機會的來到。

城子是一天比一天埋入更濃密的戰雲裏了，晚上為了燈火管制的緣故，到處夢沉沉的不透一點光亮。但在這黑暗和靜寂的後面，正潛伏著極大的恐怖，因為在鉛樣的天幕上，你隨時都可等候一顆照明彈流星似的劃過，而且每一分鐘都可能有一場血戰展開。但自十二月的一個夜晚開始，這座城到底陷入了黑夜和黎明的等待中。在淪陷的前幾天，我已和當地教會取得聯絡，我們計劃萬一城陷，我們所能做的。於是當敵軍的鐵蹄踏上這塊乾淨土時，我們都已有了相當的準備，學校的宿舍是闢作了婦孺收容所，盡可能的收留婦人和孩子。你不能想像外面混亂開始時，婦孺們是怎樣潮水似的衝湧進來，她們都清楚了自己的厄運，每人見了我都像摸到樂園的門一樣抬起祈求和掩不住欣喜的眼光，這眼光裏燃燒著生命的渴望。其實我當時也毫無把握是否真能為她們做成什麼，但她們對我盲目的信仰增強了我的決心，我要以自己的生命來保衛這般婦女的清潔。

我把所有的難民安置在五個學生宿舍裏，又把一切患病的送入以前教職員居住的詠絮室，六個宿舍散佈在一片廣場上，並不互相連結。這收容所本身便是個獨立的城子，裏面有生產，也有死亡；但它卻給一層濃厚的秋霧包圍著。裏面有的是新寡的少婦，失掉兒子的母親，生活對她們正像沒有陽光的嚴多。天氣恰在那時，也一天比一天更冷得屬害。我從箱子間搬下許多鋪蓋，這些全是學生們暑期回家時寄在學校裏的，當時雖不會想到會有這突然變故發生。我把被褥分給每個難胞，一點不擔心物主的責怪，因為在這大時代，一個有靈魂的人不該再記起自己，我明白我的學生都是樂意有這犧牲的。

提起學生，我對她們的懷念在聖誕前夕是達到頂點了。那晚人靜後，我像今夜一樣對著窗獨自立到更深，這讓憂鬱和愁苦填滿的所在，只有在黑暗

裏還能使人記得起以往的歡笑來！我記起上次聖誕前夕的燭光禮拜，思倪堂的燈火滅盡後，大家在低柔的琴聲中默然站著，忽然一點燭光劃破了黑暗，有聲音說：

「我把光傳給你，要你同樣把光傳給人。」

接著第二點燭光亮了。

第二個人又用自己手裏的蠟燭燃著第三個人的，同樣重複著上面的話，片刻間二百多點燭光在黑暗中同時發出光，我看見每張讓燭光映紅的臉，一樣的年青，一樣的美麗，一樣的充滿著希望和活力。這記憶時常在困苦中增強我奮鬥下去的決心和勇氣，而且更減輕我思念她們的痛苦，因為我明白在同一「把光傳給人」的使命下，我們的心將永遠從一顆到一顆有著無間隔的和鳴。

那時收容所得到教會的援助，人力和財力都不成問題，不過在敵軍的淫威下，外面災禍是像疫菌一樣的迅速傳開，所以我終日懷著懸懸的心，懼怕什麼不幸的事來到。一月七日眞是個值得紀念的日子，那天午後我剛給詠絮室裏所有的病人量完熱度，忽然門房飛奔進來，渾身戰抖，半向說不出話，我立刻明白是出了亂子，我跳起來，大聲問著：

「說呵！什麼地方？」

「兩個日兵……夢花室……」

憤怒在心頭烈火似的燒起，我狂奔出門，一路喊著：

「不能的！一個也不能……」

繞過月湖，一眼就見到三個人影在前面，一晃又給玫瑰架子遮住了。他們顯然正向校門走去，使我驚懼的是反綁著的並非女人而是收容所的助理陳寶鏗，這勇敢果斷的年青人是麥克醫生介紹來幫忙的。跟王庶務同一住在科學館的一間課室裏，白天總去夢花室給一部份難民講地理。我拼命趕上去，聲音已經變成吼叫：

「你們帶他去幹嗎？」

三個人一齊回頭過來，是陰險的獰笑和鎮靜的微笑，淫毒的眼光和眞誠的眼光的對照，陳寶鏗立在寒風裏像一株落盡葉子的桐樹那樣驕傲。的確是我畢生最不能控制感情的一次，我撲上去了。用牧人想奪回一頭羔羊的決心。但是我右腿上立刻中了一槍，在倒下去以前我的確瘋狂似的跳起來摑了敵人中間一個人的臉，接著我就昏暈過去。

　　我完全記不起如何讓人抬回房給裏紮起來，醒來黑暗已經爬上窗子，在抖動的燭光下我看見麥克醫生立在床前搖著手禁止我講話，我又看見門外黑壓壓的人影，明白所有難胞該如何為我的受傷而焦急。但右腿的灼痛使我無力地重闔上眼，我聽見這慈祥的老醫生為我滅燭輕輕走出房門的聲音。

　　這是個如此淒苦的夜呵！我昏昏沉沉的一直讓惡夢纏住，我夢見陳寶鏗躺在血泊裏，仍舊向我送過鎮靜的微笑和真誠的眼光。我突然驚醒，彷彿聽見大地吐出沉重的歎息，梟鳥戛然一聲掠過樹梢而去，想到這可愛的青年也許已為國家作了英勇的犧牲，一滴眼淚落在枕上，這是我從不輕易留下的眼淚。

　　最後一次醒來已是清晨，麥克醫生躡著腳進來後正給我關上房門，回頭過來，我奇怪這老人今天興奮到抖擻的臉，用一個一個清晰而沉重的字，他說：

　　「你勝利了！」

　　我向他睜大驚疑的眼。

　　「陳寶鏗今天絕早就給釋放出來，打傷一個西國人，對方也懼怕事情的嚴重化，索性連原來要想搗蛋的計劃都打消了。」

　　頓一頓，他接下去：

　　「可笑當長官責問時，昨天向你開槍的兵硬說當時是誤觸了機杻。」

　　他轉過身，拿起桌上的體溫表插入我口裏。

　　我的傷口在所有人的關切和盼望下，是意外迅速的得到了治療。當迎春花拖著柔條在風前動盪的時候，我已能勉強起床去照顧詠絮室的其他病人了。這意外的事故堅固了勉內一切難胞對我的信仰，更加增我們間已是十分濃厚的感情，而且自此，這裡平靜的空氣就不會再受到誰的攪擾。但是許多人心裏的創痕卻不像我的傷口那樣輕易恢復。我看見一雙雙帶著憂鬱的眼睛，明白每顆心都在淌著血水，尤其是詠絮室的病人常常在狂熱中大聲講著囈語，使我周身抖索。我時常尋找機會同她們談天，告訴她們誰都得在生活的海中遇到險浪，勇敢的舟子絕不肯中途把槳放下聽巨浪把船吞沒。又像長夜過去就是黎明，對著陰雲密佈的天空你可以盼望急雨後的一片晴朗，所以目前的困苦是暫時的，片刻就將過去。我讓她們見到一個男子死於國難的光榮和苟安的可恥，所以因著丈夫、兒子或父親在抗戰中犧牲而悲哀是自私的。我用純熟的方言向她們述說，頻頻注意她們的表情，她們幾乎沒有一個不受感動，我也時常為著能夠帶她們一點光明盼望和應許而高興。

　　同時我改良了她們的生活，我讓她們每天聽一點常識，做六小時工，每人至少要學習一種技能，將來出去方能自食其力。她們製造蠟燭，肥皂，編藤籃，由她們中間熟諳某幾種技能的人分別教授，原料是教會和另一難民救濟協會出錢購買的，出品也由她們代售。收容所裏還有許多到了入學年齡的兒童，我們也都按著程度分別班次，把一切重要科目教授他們。陳寶鏗，王庶務，我以及其他幾個助理都擔任教員。我們讓他們認清是誰給他們帶來家破人亡的厄運，使他們知道祖國的偉大和可愛，如何活在這國家是幸福和足以驕傲的，又如何一個孩子從小便該有為國效力的決心。這些兒童在砂礫的岩縫中發芽，在暴風雨中生長，他們都有堅強經得起挫折的心，是永不會被惡勢力征服的。

　　自然我也企慕遼遠那塊大地的自由的空氣，緊張和興奮的生活。我凝聽爭自由的濤聲，在這裡我只能聽到那樣隱約的。我也想來一下擊撞，看浪花在周圍濺開，但我想到我還有更該做的，給一帶淪入黑暗中的人們帶去光明的消息，這如何不是我長久的願望？有時我感到肩頭的重壓，我們自己解釋這是負著泥土和磚塊的肩頭，它將幫助建成一座新的更堅固偉大的長城，能夠乘這國家遭到困難的時候為它多做點事，使將來生活在新社會裏的時候因為當初曾經效力過而無慚色，沒有別的代價能比這更可貴了。

　　現在我還站在自己的窗前。珊弟一直睡得很好，對面聽秋室外的梧桐樹上又掛上了晨星，我還要站著等候曉風送來凝著朝露的花香。

賣歌女（三幕劇）

朱桐先

第一幕

地點　淪陷區之某鄉

人物　鄭孟虹（年約二十四歲年少英俊革命青年）

　　　鄭伯華（孟虹之父當地之鄉紳年五十餘歲）

　　　鄭孟痕（孟虹之妹嬌小玲瓏年約十五六歲）

　　　方弈萍（孟虹愛人年二十一二歲）

　　　趙金秋（孟虹女友年二十二三歲）

　　　青年甲，乙，丙。

　　　陳生（男僕）

　　　日兵若干人

開幕時青年乙丙與孟痕正在玩撲克，青年乙不時哼著平劇。青年甲與女友趙金秋在舞臺前。趙坐著看書，甲面對窗癡坐。

甲　　（歎息）吃呵！喝呵！玩呵！明天也許我們就要死了！（一面轉身過來將手中酒一飲而盡）

趙　　（抬頭望甲復又低頭對書）哼！

甲　　怎麼，密斯趙你不贊成我這話嗎？

趙　　（慢慢合書低頭）也許你的話是對的。（抬頭）不過我覺得我們應該做點什麼工作，才不負我們這寶貴時間。

甲　　工作（逐漸興奮）在這淪陷區裏，周圍有的是漢奸，日本兵不知

幾時走了來，你能做什麼工作？（將酒杯遞出），請再給我一杯酒！

趙　你以為日本鬼子會到這裡來嗎？

甲　（坐下）那可說不定，他們雖然不敢離開沿鐵路線的地方，向內地深入，可是只要他們兵數一增加，有時發了瘋也許要來騷擾一下，你不記得火燒張家集那一回事嗎？

趙　那麼，他們在什麼時候增加兵數呢？

甲　這誰知道。也許增加，也許不增加，誰也莫名其妙。

趙　那麼，我們只好坐以待斃了。（諷刺地）

甲　那有什麼辦法呢？所以（喝酒）我主張每天只好吃喝玩玩做一個不管事的老百姓，過一天算一天吧了，我勸你也來一杯！

趙　謝謝你，我不喝。

（此時玩撲克牌的三人剛好完結，離開方棹向前走來散開，或立或坐）

乙　（點紙煙）你們在說些什麼？

甲　還不是那老問題！

丙　聽說最近要增了一些鬼子兵，恐怕要到內地來搶劫騷擾。

乙　不錯，我也聽說，昨天有人進城回來說看見告示，鬼子們藉搜查游擊隊為名，就要四處派兵到鄉下來。

痕　（恐怖）那麼我們怎麼辦？

甲　小妹妹別害怕，我們既不是游擊隊想來不會有什麼危險。

趙　（冷嘲地）是的我們都不是游擊隊（嚴肅）可是不是游擊隊也不見得就沒有危險，反正…….

丙　罷罷，別談了，日本兵還沒有來呢。「今朝有酒今朝醉」這是我的哲學，我們還想法子來玩吧！

乙　先喝一點酒再說，密斯趙，把酒瓶拿過來，你也別看書了，來和我們玩牌！

丙　再不然把你的拿手好戲唱一隻聽聽！

趙　（遞酒瓶）今天嗓子不好，唱不上來。

乙　那麼，來玩牌。人少玩著怪沒趣味（對甲）喂！老李，你也來一個。

甲　（起身）對不起，我還有一點小事，不能奉陪。（拿帽）晚上再來吧。

丙　　好的，把你的胡琴也帶了來。（對趙）有胡琴，你該要賞光了。（趙笑）

痕　　李先生，你等一等，等我哥哥回來不好嗎？

甲　　用不著，我們天天玩著的，再會吧！

丙乙　再會。

甲　　（對趙）再會，密斯趙。（對痕）小妹妹不要送了，再會。（孟痕送至門邊即回，丙哼平劇）

痕　　怎麼，我哥哥還不回來？（快然）爸爸也出去好一會了。

丙　　我也盼你哥哥快回來，沒有他領著頭，好像沒有多大趣味似的。

趙　　痕妹，伯父到哪兒去了？

痕　　不知道哩，今天吃了午飯就帶著陳生出去的，此刻還不見回來，哥哥也不知到哪裏去了這半天。

（一面說一面向窗外看，忽然歡呼）

痕　　哥哥回來了，哥哥回來了，手裏還提著東西，哥哥！哥哥！

（說後回身向門外跑去）。

乙　　老鄭回來了，看他今天又變著什麼新鮮玩意兒，來消磨這一天。

丙　　他叫我們等這半天，那當然非有代價不可。

（趙合書立起整頓容裝）

（孟虹唱著平劇走入，右手提著留音機。孟痕在後提著唱片。先將唱片放置桌上，然後又將孟虹手中留音機接去，放在桌上，虹站在門口）

虹　　hello 諸位有勞久候了。

乙　　你到哪裏去了這半天？

丙　　你提了什麼東西回來了？

（虹一面脫帽，大衣交與孟痕，一面取香煙，趙忙為之擦火柴）

趙　　（擦火柴）鄭先生你在外面聽見了消息沒有？

虹　　（吸煙）謝謝，什麼消息？

趙　　日本鬼子要到我們這鎮裏來的消息。

虹　　誰說的？

乙　　聽說日本鬼子新增了兵，也許要來騷擾。

丙　　鎮上有人回來說看見告示，他們要派兵來搜查游擊隊哩！

趙　　鄭先生，這消息是真的嗎？

痕　　哥哥，是眞的嗎？你看爸爸出去了這半天，還不回來，我怪害怕
　　　的。

虹　　別管他眞與不眞，日本鬼子們要來就來好了。（含蓄地）像我們這
　　　樣閉門不出的生活，還對不起他們麼？

乙　　方才老李也是這樣說，可是密斯趙似乎還是不安心似的。

趙　　李先生那麼終日沈在酒瓶子裏，知道什麼呢？

丙　　那麼，密斯趙，現在孟虹也是這樣說，你總可放心了，哈哈！哈
　　　哈！（趙不答慢慢走向桌旁低頭看留音機）

痕　　不單是趙姐姐放心，連我也放心了。

乙　　這才是好妹妹啦！（全體大笑）

虹　　老李呢？

痕　　李先生有事走了，晚上再來呢！

虹　　哼！我帶了好東西，他又走了。

趙　　鄭先生你借得留音機來了。

虹　　是呵，你們來看！

（一齊走到桌旁甲、乙、丙打開留音機，虹拿出片子一張一張地遞與趙）

趙　　喲，跳舞片子！

丙乙　（放下留音機，也來拿片子看。）呵，好東西！許久不見了。

丙　　（興奮）今天我們又可樂一天了！

虹　　來來，妹妹，我們把桌子搬開。

（大家工作）

乙　　（問痕）小妹妹借光！

丙虹　密斯趙怎麼樣？（趙微笑不理丙，與虹跳舞。）

丙　　（望著）你們都有對象，我們只好想法子。（做跳舞姿勢）

（留音機向一同跳）

（跳舞正酣，方弈萍上場，孟虹等均未注意。方立門邊驚愕地看他們跳
舞，表情漸變爲憤怒，丙先見方停下單人舞，其次孟痕也看見方）

痕　　呵，萍姐！（大家停下向方注視）

虹　　萍！（跑過來握手拉方至室內）

萍　　（向左右環視之後）你們好快活，好熱鬧！

虹　　（裝著沒有聽見）我來替你們介紹介紹。這是方弈萍小姐這是密斯趙（兩人點頭）這是張先生，這是王先生都是我們的好朋友。

丙　　（在介紹時整頓領結，理頭髮，表示「我的跳舞對手已經有了」的神氣）方小姐來得真好，我們這裡正缺少一個人。

萍　　（一面脫外套）對不起，我不會跳舞。

虹　　（一面端椅子接外套）萍，想不到會在這兒會著你！

萍　　（不坐）我也想不到會在這樣場面上會著你。（生氣的走到桌邊放下皮夾）

（痕對丙悄言，丙知萍為虹之愛人示意與乙，密斯趙也會意取外套走向虹）

趙　　鄭先生我有一點小事先走了。

乙　　喂！老王我們一塊兒走吧！（起身穿大衣）

虹　　（不甚留）那麼，再見，晚上再來玩。

（虹與三人同下）。

痕　　萍姐，你是怎麼來的？從上海到這兒路上沒有危險嗎？哥哥天天在念你哩！

萍　　我是設法坐火車來的，在那裡也念你們極了，所以老遠地設法跑了來，你們都好嗎，老伯呢？

痕　　謝謝你我們都好，爸爸午後出去了還沒有回來哩。

萍　　痕妹！你哥哥一向的生活都是這樣嗎？

痕　　可不是，自從爸爸因為年紀老，管不了田產的事，叫他回來之後，他就和一般朋友整天地這樣玩，一年多了。

萍　　（失望而沉痛地）唉！想不到……

（孟虹在場內喚萍！萍！萍停語）

虹　　萍！想不到你會老遠地跑了來，真不容易！我們分別又一年多了！

萍　　……（喝茶）痕妹你去弄點什麼東西來給萍姐吃。

（痕會意下）

虹　　（握住萍手）萍！我們會面真不容易，你老遠的跑了來，應該高興才是。怎樣這麼頹喪呢？

萍　　……（望著茶杯）

虹　　別來一年，你一點兒也沒有變。

萍　　（慢慢的抬頭）是的，我沒有變，可是你卻變了——變得多了！

虹　　我嗎？（起來走動）（站住）也許是變了，在這環境之下……

萍　　環境！環境！我還不知道你是一個為環境所屈服的人！

虹　　萍，我們今天剛會面不談這個問題好不好，把你這一年中的生活告訴一些吧！

萍　　我這次來，本來是想把我這一年內的生活告訴你的。可是現在我卻不想說了，因為說了有什麼用呢？

虹　　（表示「又來了」的神氣，但亦感到對方之一往情深，便陶醉在這種因愛成恨的感情裏，故意再激她一激。）哦，沒有用，是因為你的生活和我的太相懸隔了。

萍　　（深詫孟虹之無悔恨意）孟虹！從前你不是這樣的人呀！

虹　　你對我失望嗎？

萍　　剛才我只是對你的生活感到失望，可是現在我對你也……也……。

虹　　（嘻笑地）對我的為人也感到失望是不是？

萍　　（覺孟虹已無可救藥）孟虹，你還有臉向我頑皮嗎？現在是什麼時候，國家到了生死關頭幾千萬同胞淪陷在日本的鐵蹄下，受著宰割，受著蹂躪，望的就是我們青年為國家努力，為民族拼命，而你，向來是一個有血性的人，存著鐵漢子的榮譽的你，竟在這裡過著享樂腐化的生活，你還一點兒慚愧都不感到嗎？

虹　　（仍然嘻笑地）好雄壯的話，可是只要在這地方住上一年，包你就不會這麼說。

萍　　是不是就甘心做亡國奴了？

虹　　（嘻笑地）誰甘心做亡國奴呢，我的小姐，這叫做「實逼處此」呀！

（萍向虹呆望著，不相信這全無心肝的人就是她最愛的鄭孟虹，同時虹泰然地吸著香煙，望著她微笑。）

萍　　（轉用軟攻）孟虹，你當年的勇氣往哪裏去了？你當年的熱心往哪兒去了？你忍心看著同胞們受這樣的虐待，你忍心看著日本人這樣猖狂嗎？

虹　　（感動，漸變莊重）

萍　　我自然知道在這淪陷區裏，做愛國工作是不容易的，也許你過這種享樂頹喪的生活是藉來消愁⋯⋯

虹　　（感動，倒茶與虹）虹，喝一點兒茶吧！

萍　　可是我相信你是有辦法的，我相信你能和這環境鬥爭，孟虹，告訴我！告訴我剛才看見的那些是你生活的工具，不是你的眞實生活！

虹　　（大爲感動握住萍的兩手）萍！老實告訴你吧⋯⋯

痕　　（跑到門邊）哥哥，爸爸回來了！

（伯華匆匆走上，臉色蒼白，非常慌張）

萍　　老伯，你老人家好？

華　　哦，方小姐你也來了。（無暇寒喧，轉向孟虹）外面消息不好。

虹　　什麼事發生了？

華　　聽說日本兵馬上就要開到了。

萍虹　（對看）呵！

痕　　（拉著伯華）爸爸！爸爸！

華　　孟虹，你把小妹送到劉佃戶家去，我收拾一點重要的東西！隨後就來，我們總得避一避。（對萍）方小姐，你也一塊兒去吧，日本鬼子說不定要做出什麼。

虹　　爸爸⋯⋯

華　　不多說了，不多說了，你們趕快走。孟虹你去了再回來也可以。

虹　　是。（虹等只好望著在椅子上揩汗喘氣的老父，遵命而下）

華　　（在虹等走後）陳生！陳生！

（陳生上）

陳　　是，老爺。

華　　給我來一杯茶。

陳　　是（倒茶給華）老爺，要不要打一張毛巾來？

華　　不要。去把房間裏的皮箱搬一口出來。

陳　　是。（進房去在房間裏）老爺，要大一點的還是小一點的？

華　　要那一口小的。

陳　　（在裏面）是。

（停一會陳提箱子出，華遞鑰匙給陳）

華　　把我桌上的文件，抽斗裏的帳簿等都拿出來。

陳　　（又進房去將文件拿出）

（華在外走動，連催「快一點」！「快一點」！良久陳始抱一大批文件出。華將文件裝入箱內）

華　　陳生再去在我的枕頭旁邊拿我的手提箱來。

陳　　是。（又進去將手提箱拿出）

華　　（接手提箱）好了你拿著皮箱，我們走吧！

（兩人剛要下場，日本兵蜂湧而入）

兵甲　站住（對漢奸）就是他嗎？

漢　　是的，這裡頂有錢的鄭伯華就是他。

華　　你……你……你……們來這裡做……做什麼？

兵甲　你家裏藏有游擊隊，我們特地來捉拿。

華　　沒……沒有……沒有的事，我是安善的良民！

兵甲　良民也要查（下令）搜！

（各兵蜂湧自內房各提箱籠而出，一日兵搶陳生所提皮箱，陳生不給，被打倒地）

兵甲　（對拿箱子之日兵）快走，到城裏集合去！

華　　這是怎麼回事？你們這不是，成了強盜了嗎？

兵甲　強盜！你敢侮辱「皇軍」！（開鎗把伯華擊斃，慢慢從手中將手提箱奪過來）哼（試重量）倒不錯。（見桌上香煙順手燃吸一支，悠然回顧而下）

（陳生醒過來見華屍愕然起立至華前）。

陳　　老爺！老爺！（狂奔而去）

（舞臺暫時沉默）

（孟虹，弈萍，青年乙，丙，孟痕等上）

虹　　（見父屍）（急跪其旁）爸爸！爸爸！（沉痛地）

痕　　爸爸！爸爸！（哭）

（萍等悄然而立悵望著）

（萍扶虹起）

萍　　孟虹，不必太悲傷了，這就是日本鬼子必然要給我們的恩惠！

虹　　是的，（拭淚而起）現在不是我們悲傷的時候，我早就知道有這一天。（對青年乙丙）老張、老王，請你們把我的父親抬進去，在裏面等著我就進來。

丙乙　好。

（抬屍入，萍扶起痕隨在後面，萍將進房時）

虹　　萍你來我有話對你說。

（萍放手推痕入，轉來望著虹）

萍　　孟虹，此刻我也不忍再拿話來傷你，可是你應該知道若果再不努力奮鬥，那只有今天這個結局，不但對不住國家，也對不住你死去的老父。

虹　　我要告訴你也就是這件事，萍，你坐下來聽我說。

（萍坐下）

萍　　你剛才說我現在的生活是我的工具，並不是我眞實的生活這話你是猜著了。

虹　　（驚喜）呵！

萍　　你以爲現在的中國男兒應該有什麼工作，我不知道嗎？不過因爲你談得那麼有勁，我不忍阻你的高興，所以只好面受你的教訓……

萍　　呵，孟虹，你還是這麼頑皮，快說吧，你的實生活到底怎樣。

虹　　……可是（沉痛地）現在可不是開玩笑的時候了，我告訴你，這一年間在這一帶領著游擊隊使日本鬼子日夜不安的隊長就是我！

萍　　（恍然大悟）呵，那有名的孟隊長就是你呀！

（此時青年丙乙已出）

虹　　老王老張密斯趙也是我們的同志。

虹　　我們因爲避人眼目，尤其是漢奸的耳目，所以每天那麼吃唱玩樂，藉此也可以打聽日本鬼子的消息。

萍　　（握虹手）我都明白了，孟虹你能饒恕我剛才那一番話麼，（羞愧地）我太淺薄了。

虹　　不，萍！不要這麼說，你那一番話正是足以證明你是我們的同志，我的幫手。我現在就要請你作一件事。

萍　　（高興地）好，只要為的是中華民國，我願意拿性命去拚。

虹　　好，最近我們隊裏知道這城裏的日本軍官鹽谷大佐保藏有一件秘密文件，一張日軍掃蕩游擊隊的進攻圖，我們打算把它弄來，以便進行進攻的計劃，這事他們託了我……

萍　　你進行得怎樣了？

虹　　還在籌劃呢。（悲痛）哪知今天就遭了這樣的事。

萍　　那麼，你託我的事……

虹　　就是這一件事，你知道，萍，我老父一死，弱妹無倚無靠，我暫時心緒是已經亂了，我向來知道你為人很機智，聰明，又說得一口很流利的日本話，所以決定請你幫忙，你能不能答應我？

萍　　這可是件重大工作，（起立來回走動，最後決心），虹，你的事，就是我的事，我……決心去，試試。（伸出手）

虹　　謝謝你，萍希望你成功！

萍　　（兩人又坐下）這東西知道是放在什麼地方的？

虹　　據探聽的結果，大約是在他辦公室內。

萍　　會不會在這軍官的身上？

虹　　據我們過去的經驗，日本軍官們決不將重要東西放在身上，或是隨身的行李裏，因為四處都是我們游擊隊，他們的生命毫無保障，一旦送了命，豈不是連重要文件也都完了。

萍　　那麼，是在他屋裏無疑了。

虹　　我想是的，你有什麼法子麼？

萍　　（沉思一會）法子是要見機而定。我想日本鬼子沒有不好色的，我們就從這方面入手，可是不知道這位軍官還有其他的嗜好沒有。

虹　　這傢夥據說在中國住得很久，中國的各種玩竟他都在行。

萍　　（靈機一動）那就成了，你知道，我這次是怎樣來的？

虹　　是呀，我也忘記問你了！

萍　　在上海動身時候，日本鬼子定的規則，要領什麼通行證，姓名職業都要寫上，我就冒充的一個賣清唱的姑娘，到此地來賣清唱，居然得著許可，一點兒沒有危險就來了，現在還住在一個賣清唱姑娘的家裏，我想現在我就當真幹起這職業來，也許藉此就可以和漢奸鬼子們先接近，隨後再想其他辦法，你看如何？

虹　　這也是個辦法，在這方面我還可以找人幫你。

（隱隱聞痕哭聲）

萍　　大體就這樣決定吧，你趕快去料理老伯的喪事，我看看痕妹去。

（兩人轉身入內，幕下）

第二幕

人物　方弈萍

　　　鄭孟痕

　　　趙金秋

　　　鄭孟虹

　　　漢奸胡德宗

　　　日本軍官鹽谷大佐

幕啓孟痕在室中收拾什物，裝束如侍女。

痕　　（看鐘）萍姐她們快回來了。（正欲再工作時，忽聞有叩門聲）

痕　　誰呀？

（無回音，門再叩）

痕　　（走到門邊開門一男子入，帽齊眉，驟看不知是誰）你是誰？有
　　　什麼事？

虹　　（脫帽）痕妹！

痕　　呵！哥哥！你怎麼跑到這兒來了？（急向門內外望）沒有人看見
　　　你麼？

虹　　（走到桌前，將帽子置於桌子）沒有，萍姐還沒有回來嗎？

（四處張望，表示新來此地之狀。）

痕　　快回來了。（走至虹前，兩手握住虹手）哥哥你好！你不知道我是
　　　怎樣的想念你呵。

虹　　（打量她）唔，真像個用人了，怎麼樣，這工作不覺辛苦嗎？還
　　　幹得下去嗎？

痕　　（決然）幹不下來也要幹，只要一想到爸爸死得那麼慘。

虹　　（坐下取出香煙）（沉鬱地）父親死去快兩個月了。

痕　　（擦火柴）哥哥，你跑到這兒來幹什麼？

虹　　（吸煙）因為有別的事到城裏來，順便來看看你們，並且還有事找萍姐。

痕　　（擔心地）你不怕……

虹　　那到沒有什麼，告訴我，萍姐們的工作進行得怎樣了。

痕　　工作麼，進行得很不錯。那個大漢奸胡德宗自從聽了萍的打砲戲，以後就發狂似地和她要好，差不多一兩天總要到我們這兒來一次連那叫鹽谷大佐的日本軍官也來過了兩次呢。

虹　　唔，有希望了。

痕　　哥哥，我每次一見了那漢奸和日本人，心裏就有氣。他們就是殺我父親的仇人（愈說愈興奮），就是屠殺我們中國同胞的兇手。我見了他們，真恨不得一鎗打死，要是我有手鎗的話。

虹　　（驚視痕）妹妹！（握住她的兩膀）你決不可任性亂來。你的心理我很同情，可是我們還有更重大的任務，不是只殺一兩個人就可了事的。我們不要因小失大。

痕　　（悄然）萍姐也是這麼說。

虹　　唔，你凡事要聽萍姐的話才好。

萍　　（在後臺）花都拿進來吧！小痕！小痕！

痕　　來了！（對虹）萍姐來了。（說完跑下）

（虹急起身藏躲，拿起桌上帽子）

（痕抱鮮花進，後隨三四人亦持花籃等上。隨即退去。萍及趙華裝而上，脫大衣）

萍　　呵，痕妹，沒有人來過嗎？

（虹自內出，仍深深地戴著帽子）

趙萍　（後退）呀！

痕　　是哥哥來了。

（虹脫帽趨前，萍轉驚為喜，亦趨前握手）

萍　　孟虹……你怎麼來了？

（虹與趙握手）

虹　　你好，密斯趙。

趙　　謝謝你。鄭先生，你怎麼來了？

萍　　痕妹，去關好了門。

（痕去關門，萍等坐下）

虹　　（對兩人）聽說你們的工作進行得很不錯。

趙　　萍姐真有本事，此刻胡德宗那漢奸真有點兒神魂顛倒了。

虹　　（疑懼）那傢夥沒有提出什麼無理的要求麼？

趙　　這就是萍姐的本事，弄得他連話也不敢多說一句，哈叭狗似的。（眾
　　　大笑）

萍　　和他們接近，現在總算成功了。可是我覺得還是要和鹽谷大佐發
　　　生關係才有辦法。從胡得（德）宗那裡是得不著什麼消息的。

虹　　鹽谷那傢夥不是說也到你們這裡來過麼？

萍　　是的，那傢夥在北平久住很也（也很）喜歡平劇，我想慢慢地總
　　　可和他拉攏——哦，我倒忘了，他們等一會，還要到這兒來哩！
　　　孟虹，你不能久留此地。

趙　　是的，鄭先生。你來幹嗎呢？

虹　　我嗎？我有別的使命來的，順便來看看你們。還有（取出手鎗三
　　　隻）這東西！

痕　　手鎗！（虹抬眼看他（她））

虹　　我知道，你們生活在虎口裏，說不定會發生事故，所以特地替你
　　　們帶了這東西來。（將兩隻交與萍等，一隻復又拿回去）

萍　　孟虹，你太冒險了，藏著這東西在身上，不怕被人搜出來麼？

虹　　不怕。（起身）那麼，那秘圖的事暫時恐怕不能到手了。

萍　　暫時是沒有希望，不過我想總不會使你失望的。

虹　　很好，（握手）那麼，我去了。（和密斯趙握手）

趙　　鄭先生，千萬放小心些，不要被人看破了。

痕　　哥哥，也給我一隻手鎗呀！

虹　　（轉身對萍趙）痕妹，望你多多地照管她（特別對萍），請你隨時
　　　留心，別讓她胡來。（對痕）手鎗不能給你，萍姐和密斯趙會保護
　　　你的。（拉痕手）答應我，你處處都要聽她們的話。

痕　　（失望）是。（伸手與虹握）我都知道了。

虹　　我走了。（戴帽，將至門邊，萍等戀戀地望著他）

虹　　（回身）我幾乎忘了一件大事。

萍　　什麼，孟虹？

虹　　我特地來告訴你們這件事，可是幾乎給我忘了。我們在城裏有個通信機關，你門（們）隨時有秘密都可用電話通知，決不會走漏消息，而且我們即刻就可知道。電話號碼是一四一四周醫生。記清楚，一四一四周醫生。我走了，再會。

（孟虹下）

萍　　（悵望後）來吧，我們收拾收拾，怕那些東西就要來了。（痕收拾茶杯對趙）秋姐，請你把這兩隻鎗拿去放在床頭的櫃子裏。（趙拿鎗下）痕妹，你在門外等著，胡德宗們來時就引他進來。

痕　　是。（痕下）

（萍收拾煙灰盤，香煙等物後，打開粉盒搽臉，此時趙從寢室裏走出坐下抽煙）

萍　　（一面撲粉）秋姐，今夜鹽谷大佐那傢夥會來的。我們得變個法子和他拉攏才好，再不能拖延了。

趙　　（微笑）我看你倒不要擔心，鹽谷那東西也在那兒想法子和你拉攏哩！我怕的是胡德宗會吃醋。

萍　　那還不好，我正要他們吃醋（粉已撲好，回身坐下）我們就可從中取利了。

趙　　我看不要操之過急才好。

萍　　那是自然。不過今夜總得找機會和鹽谷大佐接近。（取香煙）秋姐，我很擔心孟虹，不會出什麼意外吧！

趙　　我也在這兒老放心不下，不過孟虹是有經驗的。……（腳步聲向）

（痕先入側身開門讓德宗入）

痕　　胡先生來了。（胡入後痕下）

胡　　方小姐，趙小姐，勞你們久等了，對不起，對不起。

（痕倒茶，趙接帽子，大衣。胡說「謝謝。」萍遞香煙，擦火柴）

萍　　怎麼？還有鹽谷大佐呢？

胡　　（含醋意）方小姐，你就只記得鹽谷大佐，哈哈哈！

萍　　胡先生真愛開玩笑。

趙　今天鹽谷大佐不是說過要和你一塊兒光臨嗎？所以我們問一問呀！

胡　大佐在開會哩，會開完了就會來的。

趙　大佐到我們這裡來賞光，這一次算是第四次了。這都是胡先生的面子。

胡　（得意）哈哈哈，不敢不敢。不過我老胡這一點力量還有。

萍　有你和大佐這樣愛護，我們眞是沾光不少。不然，我們這職業也不是好做的。

胡　（示恩）那你倒也不要擔心。（拍胸）有我老胡在這裡，誰還敢來囉唆你們。……不過，方小姐你原也可以不必幹這營生。

萍　（歎息）那有什麼辦法呢？我們也不是情願做一輩子賣清唱的！

胡　像你這樣的像貌，這樣的年紀，是應該做一個官太太的。

萍　胡先生又來開玩笑了。

胡　（正色）這倒不是玩笑，（示意）只要你肯答應，那又有何難？哈哈！

趙　那麼，請胡先生來做一個介紹人吧！

胡　那我又不願意做介紹人了！哈哈哈！

萍　（裝不知道胡的意思）胡先生，你和鹽谷大佐很要好嗎？

胡　（得意）那是自然。鹽谷在這裡做的事，哪一件不要我老胡幫忙？

萍　我看他們老是那麼不得閒似的。胡先生，你倒清閒得很。

胡　他們每天開什麼軍事會議啦，秘密會議啦，作報告啦，下命令啦，自然忙得很。可是我老胡（拍胸）雖沒有參加這些會，什麼事情還瞞得過我嗎？哈哈哈！

趙　你和大佐這樣要好，他自然什麼都告訴你。

萍　胡先生眞是個了不起的人物。

胡　（得意忘形）哈哈哈！好說好說。老實告訴你們，這裡除了大佐之外，就算我了。大佐那間辦公室只有我老胡可以隨便自由出入，大佐自己做夢也不知道的事，我都知道呢。哈哈哈！

（萍趙又互相目視）

萍　（天眞地）眞的嗎，胡先生？你眞能自由出入大佐的屋子嗎？

胡　怎麼不是眞的？

萍　　那麼，憑你胡先生面子，幾時帶我們去逛逛？我眞想看看日本人
　　　　住的屋子。

胡　　（表示自己的力量）那不成問題，可是，（莊重地）可是我卻要勸
　　　　你們不要親近大佐。

趙萍　爲什麼呢？

胡　　（四顧之後）（低聲）大佐是個色鬼，見了女人就要……又是個不
　　　　講情理的人，不像我老胡這樣溫柔，你們一定要上當的。

趙萍　（兩人知胡含醋意，會意地微笑，故作驚訝狀）呵！

胡　　他學會一口道地北平話，就專爲來追求中國女人的。他已經有了
　　　　好幾個中國太太了。

萍　　（埋怨地）那麼，胡先生你爲什麼要引他到我們這裡來呢？

胡　　（不能自圓其說地）那是他自己要來找……我……（不好說「我
　　　　沒有力量禁止他」）……你們要當心些就行了。

萍　　唉！我們唱清唱的人，能怎樣的當心呀！

胡　　我倒有一個法子……（望著趙說不出口，趙故作不知，說不得，
　　　　只好當著趙小姐向萍下跪）只要你答應做我的太太……

萍　　（忍著笑）胡先生請起來，這算什麼呢。

胡　　（不起）你不答應我，我是不起來的。

（外面有喇叭聲）

趙　　鹽谷大佐來了。

胡　　（連忙起立）他媽的！

（趙萍等故作理衣裳狀，胡恭敬地走到門邊，門開痕入）

痕　　鹽谷大佐來了。

（鹽谷大佐踏步走入）（痕下）

鹽　　（望趙萍）哈你們等久了。

胡　　（阿諛地）可不是，我們專候著你的大駕哩！

鹽　　對不起，對不起。（脫帽，胡先搶接手中，轉遞與趙。鹽從袋中取
　　　　出香煙，胡急擦火柴。萍捧茶）

鹽　　（接茶）勞駕！勞駕。

胡　　大佐是喜歡喝酒的。

萍　　我們都準備好了。（趙取酒）（鹽拉萍坐下，趙遞酒）

鹽　　謝謝，（取酒在手，趙又遞一杯與胡）我們大家都喝。

胡　　（恭敬地）祝你的健康。（喝酒）

萍　　（與大佐斟酒）難得你肯賞光，我們覺得非常榮幸。可是，（幽怨地）怎麼來得這樣晚呢？

胡　　大佐要公在身，可也真太忙了。

鹽　　（喝酒）老早就要來的，實在是分不開身。

趙　　（過來與他斟酒）今夜請你多玩一會兒吧！

胡　　大佐真是應該多玩一會，大勞累了。

鹽　　謝謝，（對萍又對趙）祝你們健康！（喝後）你們今夜也累吧？

萍　　今夜我還好，就是偏勞了趙姐姐，大家點了戲，都是她唱的。

鹽　　那麼，趙小姐請坐吧！我對於中國大戲向來是最喜歡聽的。你們兩位真唱得好極了。

趙　　承你誇獎。

鹽　　（對萍）尤其是你的青衣，真是太好了，太好了。

萍　　你太客氣了，還要請你指教哩。大佐，像你這樣懂得中國戲的外國人，可真是少有！

趙　　真的，聽大佐這口北平話，真不像一個外國人。

鹽　　（高興）誇獎得太過了吧，這又要你們指教了。哈哈哈！

胡　　大佐不單只說得一口好中國話，而且還寫得一筆好中國字哩！

趙　　呵喲，真了不起！大佐，你肯不肯替我們寫一點東西？

萍　　趙姐姐，別瞎說了，大佐哪裏肯替我們這樣的人寫字呢？

鹽　　好說好說，那有什麼不可以的，可是我也有一個條件——要你們教我唱戲。

趙萍　（笑）大佐，你是說笑的。你要學戲幹嗎？

鹽　　（莊重地）不，我們要征服中國。就得先研究中國，這是我們皇軍的一貫政策。所以我們對於中國的東西，什麼都要知道，什麼都要學學。今夜我到這兒來，也是帶有研究性質的。

萍　　（與趙互相對視）哦！你真是偉大，連開玩都有個講究。

鹽　　（高興）這就是我們日本人勝過一切人種的地方，哈哈哈！

胡　　大佐，你這樣的賞臉，何不請趙小姐，就來上一曲，我們也好聽聽！

趙　　恐怕我唱得不中聽。

鹽　　好說，別太客氣了。不過今夜你太疲倦了，不敢勞駕。要來的話，
　　　還是請方小姐唱一個吧！（對萍）你肯不肯賞光？

萍　　哪兒的話，只怕你不肯聽。

胡　　我來替你拉胡琴。（取胡琴）

萍　　（向鹽）大佐想聽什麼戲呢？

鹽　　聽你的便，老實說我也是個外行。

萍　　（對胡）那麼，胡先生，勞駕拉起來吧！我們唱……唱一段玉堂
　　　春。（萍唱）

鹽　　（萍唱完後）好得很！好得很！

萍　　獻醜了！（胡向萍獻慇。連忙斟茶一杯遞萍）

趙　　大佐不嫌難聽，我也來唱一個。

鹽　　歡迎歡迎，老胡拉起來！

胡　　是，是。

（胡拉，趙則唱一句，即聞有腳步聲。趙停唱。門大開，日兵入，痕隨
其後）

鹽　　（立起）什麼事？

偽警　報告大佐，本隊剛才捉住一個行跡可疑的人，身上藏有手鎗。他
　　　說他是楊家鎮上鄭鄉紳的兒子鄭孟虹。

（趙萍相顧失色，痕開口想喊「哥哥」，卻急用手將口掩住）

鹽　　拉去關起來再說！（萍故作鎮靜持酒杯慢喝鎮住感情）

警　　是。（轉身下去）（痕由驚恐轉悲哀，又由悲哀而憤怒，有決然之
　　　色，匆匆走入寢室去）

鹽　　（回身）我們還是玩我們的。趙小姐，再唱下去吧！

（胡拉琴）

萍　　我……我...（頹然坐下）

鹽　　怎麼？

萍　　秋姐的心痛病又發了。她今夜實在太累了，又受不得一點兒驚嚇
　　　的。（強笑），端酒走進。（秋姐，喝一點兒酒吧！）將手中酒遞趙
　　　（抬頭對鹽）還是我來獻醜吧！

（痕決然地從寢室中走出，右手藏在衣袋裏。）

痕　　（憤然對鹽）你們這些強盜，你們這些兇手殺死了我的爸爸還不
　　　　夠，現在又抓去了我的哥哥！……我……我和你們拚了罷！

（拿出手鎗向鹽。萍最初莫名其妙地呆聽，到此刻方忙走上捉住痕拿鎗
的手。痕發鎗不准，未中）

萍　　小痕！小痕！你瘋了嗎？（痕悔悟地垂頭不語）

鹽　　（方才見痕發鎗以爲沒命，此刻安心地吐出一口氣）好大膽的東
　　　　西！

胡　　（剛才被嚇住，此刻鑽了出來）這還了得，竟敢行刺大日本軍官！

（衛兵聞鎗入視）

鹽　　把這女孩子帶回去，等我回來審問她。

衛　　是。（帶痕走。痕一直垂首不語，走至門邊，回頭向萍一望，萍亦
　　　　無法）

鹽　　（向萍）謝謝你！要是沒有你這一下機警的處置，我老早沒命了。

（伸手與萍握）

萍　　大佐受驚了。眞對不起，在這兒受到這樣的驚嚇！

胡　　這小東西膽子眞不小，竟敢來行刺，非嚴辦不可！

鹽　　（對萍）他（她）是你們在本地僱用的麼？

萍　　是的。我們剛來這地方，情形不熟。因爲這孩子還聰明乾淨，就
　　　　僱用了她。誰知道她會做出這樣事來，眞是對不起你！（媚態）
　　　　大佐，我想你……我對你們不會見怪吧？

鹽　　（取香煙，萍擦火柴）這不怪你，你們哪兒會知道這些事。這附
　　　　近都布滿了游擊隊，他時時都在想法子和我們作對，方法是無孔
　　　　不入，所以這也是意料中的事！

胡　　（替萍說話）大佐說的是，尤其是像這樣地方，他們知道我們有
　　　　時也來玩玩，更是要想盡方法的鑽了進來。

萍　　（放心）這眞是太可怕了。大佐，以後也請你別賞光了，我眞擔
　　　　不了這個責任。

鹽　　（笑）哈哈，我正在這兒想，我們以後更要多親近些，有你這麼
　　　　機警，比什麼衛隊都安全。

胡　　（甚望大佐以後不來）大佐，方小姐這話很對。就別說她擔不了，

　　大佐，你也太冒險了。

萍　　（故作為大佐擔心）眞的，你別再冒險了。就是清唱場裏，我勸你也別去（黯然）只是我們以後再也沒有和你親近的機會了。不過這算得什麼呢，還是你的身體要緊呵！

胡　　（幫著勸）不錯，不錯，大佐，你不要辜負了她的這一番心。

鹽　　（感動）謝謝你的好意，我們以後自然還要見面的。（沉吟）以後請你到我那邊去，你肯去嗎？

萍　　（大喜，竭力壓住）哦！

胡　　（大驚）這……這，大佐，這不好吧？

鹽　　怎麼不好？

胡　　（不好說又不好不說）那……那地方是很機密重要的地方。

萍　　胡先生說的是，我哪能到那些地方去呢？大佐，對不起你，我不去。

鹽　　（怒視胡）難道我們還不相信方小姐嗎？她如果有什麼別的心，她也不會冒著危險來救我了。（對萍）最初我一見你就很喜歡你的。但是因為附近游擊隊太多，老實說我也不輕易相信人，可是你剛才的舉動，已證明你是非常可靠。我希望你常來，我們多親近些。

（胡失望，但不能作聲）

萍　　（機變地）你想怎麼好，就怎麼好，我哪裏敢違背你的命令。

鹽　　（起身）就這麼決定（對胡）胡德宗，我們走罷！

胡　　是。

（趙呻吟；在上面緊張場面中，大家已經忘記了她。她一直就坐在沙發裏，此刻才引起注意）

鹽　　趙小姐怎麼樣！

（走到趙身邊）秋姐，好一點兒嗎？我扶你進去睡一睡吧！（扶起）（對鹽與胡）對不起，請等一等，我就來的。（扶趙下）

鹽　　（望著方的背影）（獨語）好一個機智，多情，勇敢的女兒。得著她倒眞不錯。

胡　　（看出大佐心事，大驚）大佐，你……你……

鹽　　你覺得這女兒怎麼樣？

胡　　很好，可是你……你打算怎麼樣？

鹽　　打算麼？我想要她做一個帝國軍人的臨時太太。

胡　　（情急）但是，但是，你知道她和我的關係嗎？

鹽　　關係，你們有什麼關係？

胡　　我們……我們……（情急智生）我們已經訂婚了。

鹽　　（冷淡地坐下）那麼，把婚約解除好了。

胡　　（憤恨）大佐，這不能……

鹽　　我什麼都能，你敢反抗嗎？

胡　　（哀求地）但是，這不比別的事。別的事自然都是你作主，可是這是私人的問題。

鹽　　對，這不比別的事，所以我更要作主。

胡　　（委婉地）大佐，你也要顧慮一下方小姐的感情。她和我很要好的。

鹽　　她難道對我不好嗎？她冒著危險救了我的生命，這還要怎樣好。

胡　　她對我很好，所以我們才定婚。

鹽　　定婚，唔！（走動）那麼，你剛才爲什麼還嫌疑她，不讓她到我那裡去？

胡　　那……那爲的是你。

鹽　　（不耐煩地）別再說了，我決定這麼辦就這麼辦！

胡　　大佐，我胡德宗一向做的事總算是盡心竭力，大佐，難道你這一點忙都不能幫嗎？難道我過去的功勞，還不值賞給我這一個女人嗎？

鹽　　哼，（恍然大悟）哦，你不要我到這兒來，又不要她到那兒去，原來是怕我搶了你的！（發怒）（抓住胡）你這算我替我做事？爲我，這就是你盡心竭力嗎？

胡　　（被鹽說破，亦惱羞成怒）就算是這樣，這也爲的是我個人的事！並不是在公事上欺騙你。

鹽　　這樣說來，你什麼訂婚也是騙我的！我倒要問問看！

胡　　（情急大怒）你不能問，你不能干涉我個人的婚姻，不能侵犯我的自由！

鹽　　哈，哈，你還有自由？你是賣了身的奴隸，替我們奔走的走狗。

我們賞你，你就得千恩萬謝地接受，我們命令你，你就得俯首帖
耳地工作！你的官，你的錢，你的性命都是我們的。你還有什麼
自由？你還配談什麼自由？我們這麼給你一點面子，爲的是使人
知道皇軍的恩惠，爲的是你好替皇軍作事。你不要妄想以爲你就
成了一個人了。（拔槍）剛才你這樣的態度。就應該槍斃的！（持
手鎗向前）

胡　　（被嚇住往後退）是是，大佐，你不要生氣！

（萍出，大佐收鎗）

萍　　對不起，勞你們久等了。大佐還喝一點兒酒嗎？胡先生抽一支煙。

（萍斟酒遞煙，大佐與胡怒視）

鹽　　（向萍）謝謝。（望望胡，莊重地）恭喜你，聽說你和我們的胡德
　　　宗先生訂婚了。

萍　　（愕然望胡。胡不知所措）誰說的？沒有這回事呀！

大　　（吐一口氣，望胡）哼！

（三人暫時默然。萍望著兩人莫名其妙地看。大佐憤恨胡之欺騙，胡則
惶悚，羞憤）

鹽　　胡德宗！

胡　　（嚇了一跳）是，大佐。

鹽　　（望了他半天慢慢地）我們走吧！

胡　　（躊躇）是是。

萍　　怎麼，不再坐一會。……今天出了這樣的事，眞是掃興對不起你
　　　（替大佐拿帽子）

鹽　　再見，方小姐。（怒目對胡後又向方）幾時請到我辦公室裏去玩。

萍　　好的。只要你肯來叫。

（萍回身去拿胡的衣帽）

胡　　（吞吞吐吐地）大佐……你請先走，我……

（萍拿衣物來，詫異地望著兩人）

鹽　　（嚴厲地）我們一塊走的好！

（胡拿衣物。萍送客至門邊）

鹽　　不必送（細看她）你今夜也累了。

萍　　（強笑）那怎麼成，太失禮了。大佐是貴客！

鹽　　（強止住）用不著客氣。我們是常來的。再見。

萍　　那麼，再見。胡先生再見，我不送了。

胡　　再見，方小姐。

（大佐與胡下。萍低頭慢慢走回，坐沙發中默默癡想。忽然靠著沙發大哭）

（汽車喇叭聲）

趙　　（跑出）萍姐！萍姐！他們走了？

萍　　秋姐，你看事情還未成功，孟虹被捉了，痕妹也被捕了！我們怎麼辦呀！

趙　　萍姐！……

（萍低頭復又哭泣，趙撫萍背亦淒然無語）

（遠遠有打更之聲）

——幕——

第三幕

人物　鹽谷大佐
　　　西尾少佐
　　　齋藤中佐
　　　渡邊少佐
　　　方弈萍
　　　胡德宗
　　　日兵
　　　鄭孟虹
　　　青年乙
　　　青年丙
　　　游擊隊兵士數人

鹽谷大佐之辦公室。

幕啓時大佐與日軍官西尾少佐，齋藤中佐，渡邊少佐正從秘密會議室走出。西尾執酒杯，齋藤口唧紙煙，渡邊在園掉上取香煙吸，人各取衣帽，西

尾將杯中酒飲而盡。

西　（取衣帽）那麼我們就這麼辦。準備著，隨時總部的電話來調隨
　　時就走。前天大喪，夠吃緊了。

齋　真不料支那兵竟會越強。像這樣打下去，我們真沒有辦法。

渡　大佐，我們是多年的朋友，現在我也不怕當著你這個直屬長官的
　　面前說，我真不願意再幹下去！

鹽　你們不要這樣過於頹喪，士氣已大不如從前，因而作戰力也差得
　　太多。我們當官長的人，若再頹喪那真是毫無希望。

西　老實說，我很同情渡邊少佐的話。你想前線的支那兵是那麼厲害。
　　後方的游擊隊又這麼樣活躍。皇軍再強，也要精疲力竭的。現在
　　就是這個現象，我們只有死路一條！

渡　（悽然）死路一條，我家還有父母妻子七八口人，都靠著我呢！

西　誰又不是這樣，大佐，我真想問問你。我們到底是為了什麼目的，
　　要在支那來打這個仗？

鹽　這個……你問陸軍大臣去，我不能答覆你。

渡　西尾，你別問了，陸軍大臣也不會知道。我知道我告訴你：我們
　　的目的就是來支那送死的。

鹽　渡邊，你太悲觀了！這種心理，是於戰爭不利的。

渡　誰說有利呢？可是這是事實。大佐，你該不會否認這種心理已經
　　普遍在我們軍隊了。

鹽　（走動）唉！

渡　至於說我悲觀，悲觀的人多著呢。就拿這裡的齋藤來說吧。他是
　　這回打仗最起勁的人，可是你問問他，現在怎麼樣了。

齋　我嗎？我們此刻在後方坐著，手下有七八百兵游擊隊不敢公然來
　　打，還可以舒舒服服地玩著，鬧著。可是一旦要調到前線去，那
　　就一切都完了。

渡　大佐，你自然是繼續坐鎮在這裡，所以你真不知道我們在前線的
　　痛苦。

鹽　我在這裡，也並不如像你們所想像的舒服。我也得要對付游擊隊。

西　游擊隊嗎？這個支那的新戰術自然是很厲害。但是我們只要有重
　　兵，他們就不會來冒險的。而且就算來了，還不是下級軍官遭殃！

大佐我眞羨慕你，哈，哈！

齋　說起游擊隊，我想起了一件事來。前幾天不是捉到了一個游擊隊的隊長嗎？大佐，你審問了沒有？得到了什麼消息嗎？

鹽　過去的經驗，你還不知道嗎？哪一次捉到游擊隊的人，我們會逼出一點兒口供！再用什麼刑罰都不行，他們都是鐵漢子。這次捉住的這個人只承認他幹游擊，而且是個隊長，別的話一個字也不肯說，所以我也不高興再問，把他交給警察局裏關著，必要的時候，就拿出來鎗斃好了。

渡　我還聽說捉到一個行刺的女人，這個呢？

鹽　這女人也關在警察局裏的，我還沒有工夫問呢。

西　這些人眞不怕死，無論男的女的。我看我們的前途。怕是凶多吉少。

鹽　西尾，你又來悲觀了。這在你我老朋友間談話，我是很瞭解的，可是我以聯隊長的地位來說，我卻不許你們有這樣的論調。渡邊，齋藤，希望你們也不要擾亂軍心！

西　大佐，軍心用不著我們來擾已經亂了，你得承認這個事實。

齋　大佐，你不悲觀，恐怕不是因爲你是一聯隊隊長而是因爲你是在戀愛之中。耽在戀愛中的人，老是樂觀的！

（西尾，渡邊一齊大笑）

鹽　胡說白道。

齋　你別瞞我，誰都知道那個賣清唱的女人，和你很要好哩。

西　你們幾時結婚？

鹽　沒有的事，你們不要聽齋藤的瞎說。

渡　好吧，不要再談了，時候也不早了，（看錶）我們也要戀愛戀愛去！

（三人起身，戴上軍帽向大佐行禮。西尾齋藤先出。渡邊俟兩人走後復又回身）

渡　（關心地）大佐，聽說你和胡德宗鬧意見，是眞的嗎？

鹽　誰說的？

渡　那傢夥親自告訴我的，說你太不體念他過去的功勞。

鹽　（憤然）他敢這樣的說！（向渡邊）是的，他太忘形了，我曾經很嚴厲的教訓了他一次。（指著手槍）幾乎要拿出這東西幹他！

渡　唔，這些東西有時是應該教訓的。可是，大佐，究竟爲了些什麼
　　呢？

大　這個你不要管。

渡　是不是爲了那個賣唱的歌女方弈萍？

鹽　……（倒酒兩杯一杯給渡邊，一杯自飲）

渡　你是我的內兄，所以我不能不關心你的事。你不要太相信這些支
　　那女人了！

鹽　哈，哈！你相信我能上任何女人的當麼？

渡　那自然，誰都佩服你的精明。……那麼，你既然這樣的幹了胡德
　　宗，就得提防著他。

鹽　你的話不錯。（想起前事憤然地）他已經開始在欺騙我了。

渡　那你更得留心他（放下酒杯，四顧）老實說，他出入這屋子太自由
　　了。

鹽　唔，我知道。可是我一時也沒有理由禁止他不再出入。

渡　那麼，有機會……！

鹽　那當然。只要有一點機會，我就（以手摸鎗）幹了他，這回決不
　　再客氣了。

渡　好我走了。（將走至門口，忽又回頭）你藏的那張秘圖，胡德宗他
　　知道在什麼地方嗎？

鹽　我想他不知道吧。（決然）他決不會知道的。

渡　那就好了。這人現在已經靠不住了。你要特別當心。我們的計劃
　　你的前程都在這張圖上呢。別讓他幹了你。

鹽　我知道。我藏的地方？誰也不知道，誰也想不到，你放心吧。

渡　那麼，明天見。今夜大概沒有什麼要事，我們要去逛逛去。

鹽　再見。（送渡邊走後回來燃了一支香煙，自語地）這傢夥真在找死！

（大佐整理屋子，然後看了看手錶，走到辦公室棹前，拿起電話筒）

鹽　怎麼還不見來？（拿著電話筒聽了一聽）喂！接天香茶樓……喂！
　　你是天香茶樓嗎？唱清唱的方弈萍小姐還在你們哪裏？請她來接
　　電話……怎麼，已經走了，那麼，趙金秋小姐呢……

（日兵推門讓方弈萍入）

萍　大佐！

鹽　（放下電話筒）呵，你來了，我正打電話去問哩。（趨前雙手握住
　　　萍手拉到沙發前）請坐！

萍　（新奇地四顧，實際是看看藏秘圖的可能的地方）這就是你的辦
　　　公室？

鹽　（轉身倒酒回來）沒有你那裡舒適吧，哈哈！喝酒嗎？

萍　（接杯）謝謝你。我眞想不到會來參觀你們司令部的內面。（又四
　　　顧）可是，這地方哪裏容得下許多兵呀？

鹽　（笑）我的小姐，這是辦公的地方，我們皇軍是另外駐紮在一個
　　　地方的。

萍　難怪這麼冷靜。（試探地）那麼，晚上辦公完了，不是一個人都沒
　　　有了嗎？

鹽　晚上麼？夜裏就是我一個人住在這裡，其餘的軍官們都住在兵營
　　　此外就只是幾個衛兵。所以，（含意地）我們在這裡談心是最好不
　　　過的。

萍　大佐你是個大官，我們不過是個賣唱的歌女罷了！你煩悶無聊的
　　　時候，我來唱唱給你解解悶，哪裏配和你談心呢？

鹽　你太客氣了。（拉手）我最初一見你就非常的愛慕。可是，因爲種
　　　種的關係，我們沒法子親近。現在呢，這重難關是打破了。我有
　　　幾句心腹話要對你說，所以今夜請你來玩玩。（向萍注視）

萍　（避開視線）大佐有什麼話要說？

鹽　你覺得我這個人怎麼樣？

萍　那還用說嗎？大佐，你這樣偉大的人物，這麼高的地位，是我們
　　　從來沒有遇見過的。

鹽　好說好說。那麼，那一夜你救了我，我現在也想救你。

萍　（吃驚）這是什麼意思？

鹽　你看這個屋子好麼？

萍　自然是好得很。

鹽　我想把你從歌女生涯中救出來，做這屋子的主婦！

萍　呀，你在開玩笑？

鹽　（莊重）不，我不是開玩笑，我說的是眞話。你願意嗎？

萍　像你這樣做著大官的人，家裏自然已經有了美麗的太太，幸福的

家庭。還娶我們這些賣唱的歌女幹嗎呢？

鹽　家裏是家裏的，這裡是這裡的。我的意思已經決定了，你難道不願意嗎？

萍　那麼，我成了……大佐，這恐怕不可能吧！

鹽　怎麼不可能？

萍　我……大佐我們今夜不談這個問題好不好。

大　不行，我們非談不可。你不願意嗎？

萍　我……

鹽　老實告訴你，因為你前夜幫了我的忙，所以我才這樣的客氣，向你徵求同意。如果是別人，我老早下命令了。我向來對這類的事，也是當作軍事一樣辦理的。

萍　這是你特別抬舉了我，我是很感謝的。可是……

鹽　可是？你不願意了嗎？

萍　可是我總覺太高攀了，不敢……

鹽　（大喜）那不成問題了。（斟酒）祝我們的幸福！

萍　（舉杯）（有意地）祝我們的勝利！

鹽　（高興）我們就在這一兩天內公佈，你看好不好？

萍　大佐，我想還是慢一點的好。

鹽　為什麼？

萍　你知道胡已和我很好，他如果知道了我們的關係，豈不叫他失望嗎？

鹽　（恨恨）胡德宗那傢夥嗎？他敢怎麼樣？

萍　他也許會恨你的。

鹽　哼，他已經恨我了。（摸鎗）我就只有這麼對付他。

萍　我不願意因為我的原故，使你們發生衝突，而且被人家聽到也不好聽。

鹽　（起身走動）唔，也許你的話是對的。

萍　那麼你能不能暫時把我們這事守著秘密，找一個適當的機會再發表呢？

鹽　也好。（胸有成竹）等我把他對付了再說……

（桌上電話大響）

鹽　　（拿起聽筒）喂，我是鹽谷大佐，你哪兒？……怎麼？師團本
　　　　部？……唔……（舉眼看）請你等一下。

（放下電筒走向萍）

鹽　　對不起，方小姐，請你到那間屋子裏等一下，我打完了電話再請
　　　　你來。

萍　　很好，你快一點嘞！

（大佐導萍入另一房間，回身將門關好。取電筒，自以為無人偷聽，不
知萍已教門推開，傾耳而聽）

鹽　　（取聽筒）喂，喂，請你再繼續說下去……唔……唔，怎麼？今
　　　　夜就要開去嗎？（看錶）現在已經十點鐘了呀！……怎麼，唔……
　　　　越快越好？前線竟這樣的緊急嗎？……唔，我們這裡卡車都準備
　　　　好了的，就是此刻要開走也來得及。開多少來呢？……九百名，
　　　　那麼這裡只剩下不到一百人了，這裡怎麼防守？這不是開玩笑
　　　　嗎？……我知道有接防軍來可是來得及麼。……一兩天？那麼，
　　　　這一兩天游擊隊來了怎麼辦？……他們當然不會知道我們開走可
　　　　是萬一知道了呢？……怎麼，我負責？喂，別開玩笑……喂喂，（那
　　　　面已掛上聽筒）喂喂……

鹽　　（憤然掛上電筒）（交叉兩手）他媽的！老是拿師團長的命令來嚇
　　　　駭我，那麼，開走就開走吧！

（走動）（垂頭無計，又將聽筒拿起）

鹽　　接日本兵營，……喂，我是鹽谷大佐。渡邊少佐在嗎？叫他來……
　　　　怎麼，一齊都不在！……這真糟透了……好吧，趕快派人出去把
　　　　他們三個找回來，我即刻就來，告訴他們有要緊事！

（掛上聽筒，取衣帽，然後開門讓萍入）

鹽　　（對萍）對不起，我有要緊事要出去一下，你在這裡等等我好不
　　　　好？（指圓桌上）那裡有我們日本的書報，你去拿來看看解解悶，
　　　　我一下就回來的。

萍　　好的，只是請你不要太耽擱久了。

（大佐下）

（萍等大佐走遠之後，將門嚴密關閉。四顧聽聲息，然後開始搜尋，先

看桌上各物及文件，又將一報紙包著之物亦打開細細看過，然後才順次搜尋抽斗，椅子，沙發以及其他可能的地方，並用手將會議室木板搖動，但亦無結果）

（萍失望，茫然地站著，很焦急，突然想起，跑至電話機前）

萍　　（取聽筒）接一四一四，周醫生，快點。

（此時，門忽輕輕開啓，胡德宗看見萍在打電話，又輕輕退出竊聽。萍貫注在電話上，沒有察覺）。

萍　　喂喂，你是，周醫生嗎？我是方弈萍，方一弈一萍。……是的……對啦，就是我。……唔，孟虹的事，我已經知道了，我不是爲這件事找你。……我是告訴你我們醫院裏幾百瓶東洋藥品快用完了，現在只剩下不到一百瓶。（胡入立萍後）請你趕快送補充。今夜就要送到，愈快愈好。……唔，明白地告訴你？……不要緊嗎？……好，那麼就是我剛才知道日本鬼子今夜……剛才接著師團部的長送（途）電話，呼他們快派九百名鬼子兵去，鹽谷大佐已經到兵營去了，他們是坐卡車出發，大約一個鐘點不要就開拔完了。這裡剩下不到一百人，你趕快通知弟兄們來攻城吧，趕快趕快，越快越好……嗎？我此刻還在大佐的辦公室裏找那張圖哩……還沒有沒有找到是的……再找找看！

（萍掛聽筒，胡擦火柴吸煙，萍驚回顧）

胡　　（唧著香煙不慌不忙地坐下）方小姐，你好。

萍　　（舐嘴唇）你……胡先生……你……你什麼時候來的！

胡　　我嗎？剛才來呢，可是你打的電話我統統都聽見了，對不起。

（萍絕望，走近棹邊拿起杯子，胡急起爲倒酒，自己也倒上一杯）

胡　　喝一點兒吧，方小姐，壯壯膽兒也好。（又坐下）

（萍顫抖地舉起酒杯，隨即決然地一飲而盡）

胡　　剛才到你公館裏去伺候，才知道你爬上高枝兒來了。所以特地到這兒來，想不到恭聽了你的電話，哈哈哈！

萍　　（無力地）胡先生……

胡　　算了，算了，這胡先生的尊號，一個多月來已把我騙夠了。我老胡不是傻子，還上當嗎？

萍　（決然）好吧。你聽了我的電話，打算怎麼樣？

胡　（笑）我哪裏敢怎麼樣，誰不知道你此刻是大佐大人的相好，誰還敢怎麼呢？可是我們大佐大人的相好，竟是一個要他頭顱的奸細，這真是滑稽得很，滑稽得很，哈哈哈！

萍　是的，我要殺那侵略我們中華民國的日本鬼子，更要殺你這走狗，殘殺同胞的漢奸！現在被你發覺了，你愛怎麼辦，就怎麼辦，別這麼笑裏藏刀似的和我開玩笑！

胡　（冷笑）笑裏藏刀！難道你這個多月來虛情假意，不是笑裏藏刀麼？這一個月來，我被你的虛情假意也利用夠了！我老胡神聖的感情也被你玩弄夠了，（逐漸生氣）爲了你，我老胡還當著人下了跪，丟人！（大怒）爲了你我幾乎被鹽谷那傢夥開槍送了命。（冷笑）這些我都吃得消難道我現在來開開心，你就受不了嗎？

萍　你這樣的漢奸，你這樣的賣國賊，只配受這樣的待遇。我很高興你吃著這樣的苦頭吃的還嫌少了！

胡　哈哈！小姐你也別太高興，我老胡並不懂什麼叫愛情。我對女人，強的也有，求的也有，只不過因人而施罷了。可是現在我可要報復了。

萍　（冷然）你要報復就請報復來了。

胡　（諷刺地）真有勇氣！……要不要我告訴你我的報復計劃？

萍　哼！不過是等大佐來了唱一個丑表功，把我槍斃吧了？你以爲我是怕死的嗎？你等著吧，大佐就來了。

胡　猜得一點也不錯。

萍　你也別太高興。我雖犧牲了，游擊隊也來了，拿住你碎屍萬段，你這漢奸！

胡　謝謝你的關心，我們還有幾百名警察呢，沒有那麼容易的事。

萍　（絕望）好吧，不必說了。（頹然坐下已決心等死）

胡　可是這樣太便宜了你，也太便宜了鹽谷那傢夥。我還有別的方法呢！

萍　（抬頭）還有別的方法？

胡　你還怎知道別的秘密嗎？我都可以告訴你。

萍　……

胡　　剛才你不是說你要我那張秘圖嗎？

萍　　（注意）秘圖？

胡　　你找著了沒有？

萍　　……

胡　　你要看吧？（得意）好，給你見識見識。

（胡起身到木階之欄杆邊，用手轉動第二根柱頭，即看見門上右邊寫有會議室的七八寸長短的木板，自動打開胡走上向其中取出秘圖，後又走下木階，將原柱頭向反對方向一轉，門上木板隨即關閉）

萍　　呵！（以前是呆呆地望著他，此刻本能地伸出手槍。）

胡　　（拿回）這是搶不得的。（放在衣袋裏）

（默然）

萍　　胡先生請你把這張秘圖給我，你提什麼條件我都答應！

胡　　（看見萍這麼希望這張秘圖非常得意。）哦，你要這張秘圖嗎？

萍　　是的，你知道你性命也常在危險之中，我們游擊隊時時刻刻都注意著你，可是，只要你把這張秘圖給我，我可以拿我的人格擔保，不再和你為難。

胡　　（非常得意）這東西對你們這樣重要嗎？

萍　　是的（哀懇地）胡先生，你能不能給我？你拿去有什麼用呢？

胡　　（冷笑而起）有什麼用嗎？我告訴你，第一，叫你看看，使你可望而不可即，也就如我以前對你可望而不可即一樣，出出我這口惡氣，第二，鹽谷那傢夥要拿鎗打我，這回失掉了這東西，他就要被鎗斃，叫他死在我的眼前！現在你都明白了吧。這就是我的報復！

萍　　（知已無望）好，你別太高興，回頭大佐來了，你揭發了我的秘密，我也告訴大佐你偷他的東西，咱們兩個同歸於盡吧！

胡　　（大笑）哈！哈！你真聰明！可是我知道你不會告訴他的，你想，難道我不能告訴他是從你的身上搜出來的嗎？那時，你還是讓這張圖在日本人的手裏好，還是寧可別人拿去的好？你還是願大佐收回這東西，你還是寧願等大佐失掉這東西而遭鎗斃？聰明的姑娘，你自己去想想吧！

萍　　（默然）……

（汽車喇叭聲）

胡　　鹽谷回來了，小姐，你的死期到了，（嘲笑）有什麼遺囑嗎？

（萍呆立，故意俄延時候，慢慢向桌邊移動，候大佐已離門不遠時，突然拿起電話，胡正擦火柴，見狀立刻放下火柴香煙來奪電話，兩人爭持）

胡　　（抓住聽筒，萍亦不放手，大聲地）放手！放手！把聽筒給我！

萍　　我不能放手。

胡　　你不放手嗎？我可要開槍了。（摸手槍）

萍　　（聽大佐腳步聲走近，故作大聲）我不放手，我不能讓你打電話
　　　走漏消息！

胡　　（出其不意地愕然，摸手槍之手停下不動）什麼？！

萍　　我不能……（大佐踢開門）（萍機智地向後退對鹽）他在洩漏你的
　　　秘密！抓住他！

（胡正欲說話，大佐槍已開出，轟然一聲，胡倒地。衛兵聞槍聲亦飛跑
到門邊）

鹽　　哼，（對屍）我也把你對付了！（看見衛兵）來把屍首拖出去，拿
　　　去燒了。

（萍知秘圖在胡身上，但又無法得到。兵將胡拖下）

鹽　　這東西打電話給誰？他幾時來的？

萍　　（從萬險中逃出，搖搖欲跌，大佐急斟酒一杯給萍，萍飲後）他……
　　　他剛來沒有多久，要我一塊兒和他逃走！我不答應，他就打電話
　　　叫人來殺你。他說他恨你極了。

鹽　　哼哼！這東西果然靠不住。他打電話的地方，你記得嗎？

萍　　我被他嚇著了，也沒有注意是打到什麼地方，過後聽他說話，才
　　　知道是洩漏你們的消息。

鹽　　唔，這東西我早料到他要背叛我們……他在電話裏說了些什麼？

萍　　他……他就只是叫人來攻城，他作內應，還沒有說完，我就阻止
　　　著他，搶著聽筒你就來了。

鹽　　唔，唔，（吸煙）他沒有說別的，譬如說，這裡的軍隊要調動等
　　　等……？

萍　　沒有？

鹽　　（沉思）唔，唔，（自語）這事他不會知道⋯⋯他決不會知道。

（鹽走動，萍眼隨著他）

鹽　　方小姐，你受驚了！我回來得正好。（自語）不然還不知道要鬧出
　　　什麼亂子。

萍　　我，我真嚇著了。直到現在我連站還站不起來哩！

鹽　　（憐情地）真對不起你，你再多休息一下，再喝一點酒吧！（斟
　　　酒）

（萍慢慢喝後，鹽仍來回走動）

鹽　　（自語）唔，還是謹慎一點兒的好。（走到桌邊，拿起電話）喂，
　　　接警察局。⋯⋯我是鹽谷大佐，你是王署長嗎？快將所有警察都
　　　集合起來，聽候命令。⋯⋯還有，前天捉住的那個游擊隊長鄭孟
　　　虹和那一個女兒兇手，立刻拿出去槍斃⋯⋯

萍　　（大驚，連忙起立）大佐！你等一等，我有要緊話對你說。

鹽　　（掩住電話聽筒）你有什麼話，等我打完電話再說不好嗎？

萍　　不，你叫他們慢一點槍斃這兩個人，我有事告訴你！

鹽　　（疑惑地）慢一點槍斃他們？

萍　　是的，這是關於你，關於他們都很重要的。

鹽　　這是怎麼一回事呀！

萍　　大佐，你聽我的話吧，這和你有生命關係呢！

鹽　　（為萍嚴肅的態度所動）（對電話）喂喂，這兩個人慢一點槍斃，
　　　等著我的命令再說。（掛上電話，走至萍前）好吧，你說吧，有什
　　　麼要緊的事？

佐　　大佐，我⋯⋯我請你把他們兩個人放了。

鹽　　（驚訝）什麼？！

萍　　我請你把他們放了！

鹽　　你你你⋯⋯

萍　　我和你交換一樣東西，你放了他們，我就拿一件關於你的生命的
　　　東西還你。

鹽　　（更懷疑）你，你到底是什麼人？

萍　　這個暫時不必管他，你答應嗎？

鹽　　答應什麼？你把什麼東西還我。

萍　　你不是有一張掃蕩游擊隊的進攻圖嗎？就是那東西！

鹽　　你，你怎麼會知道我保有這張秘圖？

萍　　我知道，這東西已經不在你那裡了

（立刻跑到木階，照著胡的動作弄開門上的秘門，上階去取秘圖，已經不在裏面了）

萍　　（泰然）對麼？已經不在你的手裏了。

鹽　　唔，（一步步向萍走來，手裏拿著手鎗）拿出來！

萍　　也不在我身上，大佐，我沒有這麼笨！

鹽　　那麼，在什麼地方，快說！

萍　　這是一個交換條件，你把他們兩人放了，我就告訴你。

鹽　　你，你不說嗎？（用手鎗指住萍）

萍　　（泰然）大佐，你打死我，這東西就永遠沒有恢復的希望了！

鹽　　（無法）你……你……（走動）

萍　　（冷然）大佐，這東西對於你們作戰上是很重要的吧！

鹽　　……

萍　　這秘圖的損失，對於你個人的前途也很重要，是嗎？

鹽　　……

萍　　那麼，你答允吧，把他們放了，這東西就是你的。

鹽　　（走動沉吟，忽然得計，笑。）好，就算你勝利了，我們就這麼辦。（走至辦公室桌邊，拿起電話聽筒。）喂，接警察局，……喂喂，你是王局長嗎？我是鹽谷大佐。把那游擊隊長鄭孟虹和那一個女兇手即刻放了……是的，此刻就放了。已不必派人跟他們，知道了嗎？這是我的命令！……我自有辦法，（對萍微笑）不要擔心，照著我的話辦。（對萍）我的條件已經履行了，你呢？

萍　　謝謝你，大佐！

鹽　　（安閒地走到萍前）快說吧，那張秘圖在什麼地方？

萍　　那張圖嗎？在胡宗德（德宗）的身上。

鹽　　什麼？

萍　　就在你叫拖出去燒了的那漢奸的身上！

鹽　　（急立起）真的嗎？

萍　　我不能說謊，是他拿了去的。我並不知道藏在什麼地方。

鹽　唔，（走到桌邊按叫人鈴）我應該想到的。（對萍）真有你的！那
　　麼，胡德宗打電話的事，十有七八也是你的計策了！

萍　這個你自己去想吧。

鹽　告訴我，你到底是什麼人，那鄭孟虹和你有什麼關係？

萍　（微笑）鄭孟虹嗎？我們快要定婚了！

鹽　哦，（笑）姑娘！你還是不夠高明，我留下了你，還愁不能再捉到
　　鄭孟虹嗎？你們將來就在我這辦公室裏結婚吧！哈哈哈！

（敲門聲）

萍　進來！

（日兵入行禮）

鹽　剛才那胡德宗的屍首送到哪兒去了？

兵　已經派人抬到存屍所去了！

鹽　那麼，已送去火化了沒有，你知道麼？

兵　大概沒有？因為今夜車子都不空。

鹽　好！

（日兵行禮欲下）

鹽　等著。（取衣帽，對日兵指萍。）這個人你給我看守著，決不能讓
　　他（她）逃走，你知道嗎？

兵　是。（拿出手鎗）

萍　大佐，不勞你這樣防守，我決不走的。

鹽　你也走不了的。我還藉重你再促那游擊隊的孟隊長呢。這個我們
　　倒要看看誰比誰高明。

（大佐匆匆下）

（萍看著鹽下，轉臉看日兵，縱聲大笑）

萍　（倒坐在沙發裏，復大笑不止）高明，高明，他還自命高明得很！
　　哈哈哈！（斟酒自飲）留下我好捉孟虹，果然是好計，可是太晚
　　了，我的大佐！

萍　（取香煙一隻對兵）我可以吸煙？

（日兵不懂）

（萍燃火柴吸香煙，忽聞鎗聲數響。）

（日兵驚愕，萍亦注意，鎗聲又響，由遠而近。日兵連忙至窗前探視，鎗聲又響，似已進屋，日兵即跑出，連聞鎗聲數響，又聞呻吟，日兵已被擊斃命。門開，鄭孟虹入）

萍　　孟虹！

虹　　萍　（兩人歡欣握手）

萍　　你怎麼知道我在這兒？

虹　　今晚他們突然把我放了，我立刻上周醫生那兒去，一切都知道了之後，所以跑來這兒找你。鹽谷大佐呢？

萍　　鹽谷大佐出外取東西去了。告訴我，弟兄們快來了嗎？

虹　　周醫生說就來了！

萍　　我想也應該來了？我的電話打去將近一點鐘。那麼，痕妹呢？

虹　　痕妹？

萍　　是呀，她也被擒了。今夜和你一道……

（鎗聲大起）

虹　　弟兄們來了。他們會打到這裡來的。

（一陣鎗聲，兩人到窗前探視）

（幾大陣鎗聲之後，門大開，青年乙丙等押大佐入）

乙　　（見虹）哦，你在這兒！他們救你去了。

虹　　（無暇）得手了嗎？

丙　　全部解決了。這傢夥（指大佐，大佐垂頭喪氣）在街上跑，想逃走，被我們抓來了。

萍　　他不是想逃走，是替我拿東西去的。

（由大佐身上搜出秘圖遞與孟虹）

萍　　這是你要的地圖幸不辱命！

虹　　（驚喜）呵！

萍　　大佐，你看，到底是誰高明？告訴你最後勝利終是屬於我們的！
　　　中華民國萬歲！

（大眾）中華民國萬歲！

——幕下——

達可兒

蕭鳳

　　本來約會的時間是在太陽騎在烏拉山頂的時候，可是現在才剛剛午夜，達可兒早醒了一個時辰了。這時候寂寞和恐怖正在統治著這一片遼闊的草原，整個的天地還酣睡在一個無邊無緣的大夢裏；除了一群一群穿梭似的奔跑著的黃羊和腳下拖著重鏈來往漫步的野馬外〔註1〕，哪兒也沒有聲音，哪兒也沒有動靜。天邊上的星星，從蒙古包頂透進一線線銀光來，悄悄的和火架上的炭爐逗笑。

　　達可兒像被人給包在大黑包袱裏一樣，心裏簡直急燥得出不來氣，她坐起來又倒下去不知多少次了，然而怎麼也平靜不了那顆激跳著的心。腦子裏閃動著盡是頭尾不接的零亂的東西，她想想今天這樣的沉不住氣，馬上就想到了三年前的私奔，一縷抑不住的憤恨和悲涼掠起她感情上的傷痕。但是，這算得了什麼？今天的達可兒已經不是三年前的達可兒了，今天的達可兒已經腳踏著一切的災害，勝利的站起來了。過去的都過去了，未來的光明正照耀著她的生命，不是嗎？等到太陽把它的第一線曙光投射在烏拉山頂的時候，達可兒就要穿起軍服騎上馬，雖然是第三次到大青山，但是這是一個偉大的行動，憑著一腔熱血和一個無限大的膽量到大青山裏去，爭取被敵人奴役的弟兄，還不算是一個偉大的行動嗎？

　　由過去想到未來，眼前展開的是光榮的道路。興奮趕走了一切的怨尤，達可兒敏捷的跳起來，穿上牛皮靴子紮上長腰帶，像一隻貓似的溜出了蒙古包。

〔註1〕塞上的野馬常被人捉起來箍上鐵鏈放在野外馴服之，夜來亦不引回。

剛一掀簾迎面就撲上來一股寒氣，達可兒出其不意的打了一個冷戰，但立刻又感到一種令人舒服的清新，忽然想起了小青馬。從前天晚上就偷偷的給牠餵料，昨天又讓牠足足休息了一天，這時候，該是精神飽滿的等待那光榮的跋涉了吧？她急於想去看看這個可愛的小畜生，於是逕直朝著一片黑影走去。那兒是一個用紅柳〔註2〕圍成的廣場，夜來是馬牛羊駱駝的寄宿舍。剛剛走到欄門，那裡面就起了一陣小騷動，達可兒熟悉的摸索進去，找到了小青馬，用那種母親般的感情摸了摸牠的小圓肚子，又理了理那長長的軟鬃，小青馬也好像和牠的主人一樣正在得意著一樁什麼事情，牠用前蹄輕輕的蹴著土地，鼻子裏發著溫和的咆哮。

今天的黑夜似乎特別的長，四野還是那麼一片厚漆似的顏色。達可兒不願意再回到包裏去聽祖母囈語中的禱詞，她想找點事情做。想了半天也不知應該做什麼好，於是，提了桶子滿滿擠一桶羊奶送到約會的地方去，把奶桶藏在草叢叢裏。回來輕手輕腳的把小青馬牽了去拴在草根子上，她一面做著事，一面心裏焦灼的咒罵著那漫漫的長夜。最後，她躺下了，無可奈何的折了一把知己草〔註3〕編起桶蓋來，口裏哼哼一支歌曲，因為心不在焉，所以既不合拍又不搭調。好，就讓她在那兒等待著燦爛的太陽和偉大的伙伴們吧！這裡，我且給你講講達可兒的故事，看一個成吉思汗的女兒怎樣承繼她祖先的光榮。

達可兒生得粗眉粗眼，有一條結實的身子，和一顆最容易受感動的心。栗紅色的圓臉說不上美麗，但是十足的標明了她和草原的血統關係，說話不太無轉彎，愛哭也愛笑，本來她是純潔得如同嬰兒一樣的，可是一次兩次三次生命上的炙烙，使她瞭解了許多人生的悲哀和鬥爭的意義。

她屬於西烏拉特旗。但是在她八個月的時候就遷居到土默特旗人的地區裏來了。家住在歸綏附近。所以在生活上達可兒有著深厚的漢化氣息，雖然她的祖母和母親還是那樣固執的保守著祖宗傳給她們的禮節和習慣，達可兒卻早學會了流利的漢話了。她的父親死在她的記憶之前，兩個叔叔從小就當了喇嘛，現在家裏唯一的男性就是印化魯──她的哥哥。他是一個不識字，有點粗魯得可愛的人，會打槍，會騎馬，然而不十分明白。

達可兒有廿一歲了。在她十七歲的那年──那時她完全是一個小孩子

〔註2〕沙地上一種灌木植物，紅色，可供燃燒及編籬笆之用。
〔註3〕塞上所生的一種草，約八九尺高。

呢，印化魯忽然被王爺召去了。同時，好像不知從哪兒伸來了一隻魔手似的，把所有人的生活都攪亂了。人們都慌慌張張的向著遠方移動著。達可兒的哥哥走後，祖母和母親也開始了她們生平所沒有過的忙碌了。達可兒一面傷心著哥哥的遠離，一面感到奇怪，她問母親：

「爲什麼呢？你也這麼忙起來了？媽媽！」

「搬家！走啊！」母親的聲音發著顫。

「走？向哪裏走？」

「套裏走。」〔註4〕

「爲啥？」

「天下要亂了，唉唉！菩薩保祐喲！」母親突然跪下了，達可兒還不十分清楚，她又問：

「那麼，哥哥呢？我們不等他麼？」

「王爺召去了，我們怎樣等他呢？」母親流眼淚了，達可兒也流眼淚了：

「王爺召他去做啥？」

「王爺召就是王爺召，不知道做啥！」

母親好像不大愛談話似的，回答每一句話都很陰沉而生硬。達可兒還是不明白，預感著一種恐怖，她悶悶的隨著別人發愁。

突然一天夜裏那恐怖來到了，一陣轟轟的巨向掀起了漫天逼地的濃烟，歸綏城被炮火照紅後又煙黑了。人們從各式各種的夢裏驚醒了，接著牛鳴狗吠，人、馬、車都亂動起來了，像一股決了口的急流向著東西南北分散了，後面有火和屠殺追逐著他們呢！

祖母、母親和達可兒都騎上了馬，馬前趕著一大群牛羊，背後還牽著三隻駱駝，駝峯上紮滿了亂七八糟的東西。就這樣，達可兒一家老小和生畜開始了渺茫的艱辛的流浪。走了三整天，她們走進了一個沙崗，馬都疲倦得邁不開腳步了，大家只好停下來休息。忽然一陣風捲起了一層黃沙，十幾匹奔馳著的馬向她們跑來了。在驚駭中達可兒看見了她的哥哥，他騎在一匹肥壯的棗騮馬上，穿著一身又厚又笨的黃呢軍服，肩上掮著槍，可是神氣一點也不威武，臉上灰白的也沒有一點光彩，兩道爽直的眉毛，蹙在一塊。好像擰著的黑麻線。達可兒跳上馬追上那一隊人，她喊：

「印化魯哥哥！是你嗎？你到哪裏去呀？」

─────────────

〔註4〕綏西俗稱後套。

「到歸綏報到去！」印化魯呆呆的回答。

「歸綏？歸綏正在殺人哪！報到幹啥？」達可兒很焦急。

「打仗去！」

「爲啥打仗？替誰打？」

「不知道爲啥，替王爺，不，替皇軍打！」

「皇軍？皇軍是王爺的什麼人？」

「王爺的王爺吧？不大清楚！」

「打什麼人呢？」

「蠻子！」〔註 5〕

「韃子呢？」

「也打！都一樣！」

達可兒還要追著哥哥問，突然她的馬驚跳起來了，幾乎把她從馬上摔下來。原來馬的後腿上挨了重重的一鞭子。達可兒一回頭正和一對貓頭鷹眼打了一個照面，那是一個有小鬍子的兇傢伙，他惡狠狠的望著她，露出小刀似的白牙齒。達可兒把馬往邊上一拉，可憐的印化魯連頭也不敢回的隨著大隊馳去了。達可兒心裏又氣又恨又傷心，可是想不出一點辦法來發洩自己的感情。她無精打采的往回走，她想不出爲什麼要人打人，而且替別人打自己人。蠻子和韃子有什麼過不去？韃子和韃子不是一家人嗎？回到沙崗上來的時候，已經是黃昏時候了。她看見祖母和母親正在悄聲的哭，眼淚一行一行的滾落著，但是她們的臉上並沒有絲毫憤慨，她們年老的人只會用十二分的悲哀和虔誠忍受一切的不平與不幸。

走著，走著，白天夜裏都在走著。烏拉山的影子一天比一天大，山上的景物一天比一天顯明了。最後，她們終於爬過了層層的山巒，穿過密密的草叢，到了東海生地。可憐那些剛剛出世的小羊羔也隨著牠們失了家的主人，作了十日十夜的顛沛流離！

到了東海生地，一切都漸漸安定了。達可兒一家開始了另外一種生活，這新的生活對達可兒是一種初次的嚐試，對祖母她們卻是舊歲月的溫習，蒙古包搭成了，「奧包」〔註 6〕也堆成了。一掀氈簾，看呵！多麼遼闊！牛羊一

〔註 5〕蒙人稱漢人蠻子，自稱韃子。

〔註 6〕蒙地分界不明，常在屬地邊緣地方用亂石堆一台。上豎旗杆，作爲敬神之所，亦是劃界之標幟。

天到晚囓著鮮草，繁殖得真是令人又驚奇又喜歡。這一切的安適對於飽嚐流亡的老年人是怎樣的和諧啊！所以很快的她們就忘了失家之苦了，她們覺得菩薩又給了她們一個更幸福的日子。雖然想起了印化魯難免傷心，但是當她們背誦起那沒有結尾的經文，向著虛無乞求安慰的時候，她們的心就平靜得如同一泓永不起波瀾的止水了。

　　起先，達可兒初次在真正的草原上生活，周圍的一切給了她一種強有力的新鮮的誘惑。她常常到高大的草叢裏去找小兔，騎著馬在黃昏裏唱歌，有時候幫助母親揚揚牧鞭擠擠牛奶，在這樣輕快自由的日子裏，達可兒沒有一點思慮，沒有一點憂愁的長到了十八歲。

　　一個年頭不過僅僅三百多個日子，這在祖母和母親的眼裏是很短的一個時間，可是達可兒卻被這平凡的悠長所疲倦了，牛群羊群看久了就會變成一團無意義的擾亂，烏拉山又永遠是那麼一副呆板的嘴臉，塞上的風也吹不來更刺激人的氣息了，看知己草那個單調的姿式！日子一長，草原上的一切在達可兒的眼睛裏都成了乏味的東西，甚至成了感覺上的累贅了！

　　冬天去了好久，草原上才發現了一層淡淡的綠色，雖然羊皮袍子還是不能離身，天氣總算是給了人們一些暖和了。春天是最宜於舉行一切喜事的季候，達可兒已經長到該做媳婦的年紀了。可是，如今她是這一家唯一的後代，怎麼捨得遣她遠嫁呢？於是祖母和母親不約而同的想起拜「馬椿」〔註7〕來了。她們很虔誠的給她決定了命運，用一種十二分隆重的禮節，從遙遠遙遠的地方請來好些高貴的人。達可兒的頭髮被人用銀板和瓔珞圍成了兩個大鍊錘〔註8〕，沉重的壓上她的兩肩，長袍子上套上一個花背心，在愉快的歌聲和抑揚的管絃裏，她和蒙古包前的拴馬椿拜了天地。這樣，達可兒出嫁了，嫁給了那根乾木頭！

　　達可兒拜了馬椿，祖母和母親了卻了一椿心事。她們對於她除了愛嬌之外，更增加了一層尊重——禮節上的尊重。然而這對達可兒有什麼關係呢？她不能一天兩天，一月兩月的向著空虛膜拜。她也不能和那根乾木頭發生飄渺的感情。她不是神或者超人，她是平凡的活人，她需要過人的真實的生活，

〔註7〕蒙女父母不願遣嫁者，令其與門前栓馬椿成親。以後以出嫁女兒視之，不干涉其自由且敬之如貴客。

〔註8〕蒙俗，凡已嫁之女頭髮須梳成雙辮上綴珠石名曰鍊錘，長袍外須加花紅背心，待字者反之以示區別。

即便這種生活是冒險的，是挑釁的。可是，她現在的生活卻是那樣的冷清、寂寞，她熱烈的感情第一次遭受到無情地打擊——這時候她還是柔弱的人，她只能用眼淚悲哀自己的命運。

寂寞最容易使人發生遷就的心理，靜閉的日子關不住飛揚的心。在一個賽馬會上，達可兒看中了一個人，這不是一個出色的傢伙，大概有三十歲了，一張焦黃的小圓臉，鑲上兩隻精圓精圓的小眼睛，嘴上生了幾十根營養不足的黃鬍鬚，他整個的頭部是那樣的不舒展，簡直像是一個孩子畫在縐紙上的乾橘子。可是達可兒竟注意了他，他也注意了達可兒。她覺得他很可愛，當他騎著馬在她身邊走過的時候，她不自覺的笑了，在記憶裏更留下了他一個很深的很深的影子。

那個傢伙像黃鼠狼似的狡猾，不知怎麼他找到了達可兒的家。我們都該知道，蒙古人是豪爽的，蒙古人的感情是直線的，所以，很快的達可兒就和他熟識了，又很快的達可兒就和他戀愛了。他每天從老遠老遠的地方來，又向著老遠老遠的地方去。他一天到晚陪著她玩，達可兒快活了。她認為人與人之間只有「感情」，感情之中又都是美麗的成分。她認為有了他，她的生活才有意義，他如同一件寶貴的東西一樣填補了她生命上的空白，從此以後，原野的草梢上，到處都飄著達可兒郎爽的笑聲。

又是另外一個春天，那個人忽然提議到大青山裏去。他說大青山怎麼怎麼好，他說他在那兒有十五匹駱駝的財產，那兒遍山都生著各式各種的花草，那兒的太陽特別暖和，他希望達可兒和他去，他願意給她一個人搭一個美麗的白蒙古包。他還願意在晴天的日子陪著她去打獵，他把大青山說得像一張生動的圖畫，達可兒迷惑的嚮往不置了。雖然她也捨不得祖母和母親，但是那個人彷彿有一股特別的力量在勾引她，她陷在感情的矛盾中。自擾的苦痛了好些天，不知流了多少惜別傷心淚。最後，她終於悄悄的隨著那個「可愛」的人走向幻想的天地去了。

走了幾天，到了一個山腳底下。那地方好像剛剛被火燒過，過去大概還是一個不太小的鄉鎮，現在是完了，只有那大方石頭鋪墊的街道還能證明牠過去的整齊外，滿街都是破磚和爛瓦。房子雖多，卻都斷了棟，並且個個都是馬上就要倒下來的姿式。這兒沒有一隻駱駝，更不見一個蒙古包，是春天卻沒有春天的溫暖。他告訴達可兒這就是大青山。達可兒不相信大青山就是這樣冷寂破碎的地方！直到後來她才明白這兒是大青山最黑暗的部份。

這地方住著有二百來人，沒有一點秩序，整個的荒墟裏到處都是他們的囂鬧聲。他們之中有三分之二是蒙古人，三分之一是漢人。厚軍衣牛皮鞋把他們裝扮得活象生了病的笨牛。他們分住在那些快要倒下來的破房子裏，每個破房子裏都有一盞暗烏的煙燈。這二百來人一天到晚沒有什麼營生，除了輪流的躺在土炕上吱吱吱的吞吐著。他們也差不多每人有一隻生了銹的破槍，然而他們的武器並不捐在肩上或擎在手裏，卻像堆垃圾似的堆在土炕的角落裏。除了翻臉要決鬥或是日本隊長來檢閱的時候，誰也不看他們一眼。這些人常常酗酒、賭博。喝醉了賭輸了就要互相揪打、咒罵，拿起槍來向遠山或者伙伴亂擊，有的還要無緣無故的號啕大哭一頓。

達可兒那個「可愛」的人早已打進他們的圈子裏去了。他也換上了軍服，和他們過起同樣的生活來，一點也不覺得陌生，他的興趣已由向達可兒溫存的撒謊轉向呼么喚六上去了。他現在把達可兒看成一件屬於他自己的對象，他有權利使用她。他那樣過日子，他也要達可兒那樣過日子。他強迫她喝酒、吸毒，後來更威嚇她去向日本隊長獻媚。可憐的達可兒除了純潔以外還有什麼呢？她一步一步的走上黑暗的墮落的途徑——漸漸地，她染上了鴉片嗜好。

達可兒天生一副善良的心腸——這是和她那直率的性格一樣可愛的——她對於那些可憐的「皇協軍」有著誠懇的好感，她愛他們，她同情他們，她看見他們就想起她的哥哥。每當他們憂愁或煩燥的時候，她總是親摯的走近他們，用真情的話給予他們安慰。可是，惡魔樣的生活已經把他們毀壞得像一群沒有理性的野獸了，他們不接受她那份溫柔的感情，常常用污辱惡虐回答她。達可兒受了那個人的欺侮和日本隊長的蹂躪後，想用人類偉大的愛換取他們一點點溫暖。然而這一點溫暖她都得不著，她如同一隻雪白無告的小羔羊，被人用污穢的手給推入泥淖裏一樣。恐懼、悲哀勒緊了她稚弱的神經。現在，她才明白人與人之間是殘酷多於感情的。人不能只會享受愛的撫慰，人更要擔得起摧殘與傷害，僅僅用哭和笑是不能維持一個人的生命的！她不安於這種生活，然而她沒有什麼辦法，她十分眷念那乾淨的草原了，但是她已經找不著回去的道路。

隊伍換防了，達可兒隨著那二百來個酒徒兼煙鬼到了包頭，又到了歸綏——她別了三年的家鄉。現在是一切罪惡的淵藪——到了歸綏的第二天，那個「可愛」的人就把達可兒賣給「安樂裏」的老闆了。只有反抗的心，沒有反抗的力，達可兒從一個黑圈裏落到另外一個黑圈裏了。

聰明的老闆用「蒙古妞」標榜著他的生意，用「達可兒」這個怪味的名字吸引全城喪失了或出賣了靈魂的人。他用皮鞭子教導達可兒迎接魔鬼。於是，她的名氣一天大似一天了，她記不清一天裏要接見多少地痞、流氓、奸商和「友邦人士」。她被無數蛆蟲包圍著，看見的是荒淫與無恥，聽見的也是荒淫與無恥，她在荒淫與無恥中過日子。

被侮辱的與被損害的人不是永遠的弱者，生活的苦水能折磨人，同時也能錘鍊人。達可兒在賣笑的生涯中更深一層的體會出人生的意義來了，她瞭解了要活著就必須奮鬥的道理。她收拾了怯弱的心情，睜大了眼睛，想物色一個能幫助她重新做人的人，她要開始反抗了。不久，物色著了，那是一個廿五六歲的高漢子，眼睛明亮得像鋼鐵鑄成的珠子，他很沉默也很慷慨，常常約著朋友到達可兒那裡去打牌。他好像很愛她，可是待她又十分冷淡，甚至打牌的時候不讓她走近牌桌，並且這幾位朋友之間的對話，有時簡直使人聽不懂，「聯絡」、「發動」之類的字眼在洗牌的時候互相傳遞著，他們賭博得那麼嚴肅，那麼認真。起初達可兒也和老闆一樣的看法，以為他們是一群呆頭呆腦的傻瓜，尤其石如珍——那個年青的人——簡直固執得令人發笑。因為發一張牌他都會急紅了脖子。可是日子長了，她的觀念變了，他們對她很懇切，從來也不向她說一句下流的話，到她這裡來如同拜訪一個朋友似的有禮貌。因此，她對他們起了一種被尊重的感覺，對於石如珍，達可兒更作了英雄崇拜。

一個星期日的晚上，達可兒從司令部回來。迎面老闆就送上來一個笑臉，他告訴她「石老斗」今天送來五十元請她到古豐軒晚飯。達可兒很驚異，卻又很興奮，她下意識的覺得有了一個機會，很快的她到了古豐軒。

雖然已是深夜，這兒卻沒有一點深夜的肅穆，管絃與醉笑交織了一片紛亂的噪音。達可兒見了石如珍，他在一個小單間裏，正憑著窗眺望那滿天的星斗。這是一個奇怪的邀宴，主人依舊保持著往日的沉默，不給客人一個說話的機會。他們用手勢交談，他用手指著椅子請她坐下，她點頭表示謝謝。好久好久這間屋子裏沒有聲音，恰巧，電流又出了毛病，電燈忽然熄了，在燭影搖搖之下，陪著這樣一個人夜餐。達可兒好像做了一個神秘的夢，心裏和眼前都覺得迷迷離離。他們無言的對飲著，讓時間一分一分的過去，桌子上的酒壺漸漸的多了，突然石如珍說話了：

「達可兒！想家不？」

「怎麼不？可是今生回不去了！」達可兒是一隻漂泊的鳥，他的話觸了她受傷了的翅膀。

「我們說乾脆點吧！你的遭遇我都知道，你有許多恨，你有許多仇，可是我不知道你是想報復，還是預備容忍一輩子？」石如珍的眼睛發著光。

「我爲什麼要容忍呢？我現在可不那麼軟弱了，我要報復。我天天都想著逃走，可是我太孤單了！」

「假如有人幫助你，你有膽子嗎？」

「有！我是蒙古人，蒙古人都有膽子，可是都沒有智謀，胡裏胡塗，有力氣不會使用。我常常想這年頭不是蒙古人的世界，蒙古人的心腸太軟了……」達可兒激動的發牢騷。

「不要說這些，我問你，死你也不怕嗎？」

「不，我不怕！我不怕死！我怕的是白白的死。我有好幾個仇人，我不能饒恕他們的。」

「你的仇人都是誰？」石如珍板著一副嚴肅的和審判官一樣的臉。

「葛于普古——就是像乾橘子那位『可愛』的人——他的隊長，老闆，還有喜歡看我挨打的客人們！」達可兒天眞地數！

「還有！不止這幾個，你還有大仇人呢！他們也是我的仇人！」石如珍站了起來卻又厭低了聲音。

「大仇人？是我的也是你的？」她茫茫然。

「是的，現在我也不對你說太多，你只須知道把你推入地獄的，把成千成萬的人推入地獄的都是他們！要報復就要先找到他們！」

「他們！他們是誰？」

「一句話說不完，你慢慢的就會明白。現在我想幫助你認識他們，幫助你自由，回家。」

「眞的？你替我贖身？」

「那是笨法子，現在只要你替我做一件事，就算是先幫助我，也算是我試試你的膽量！」

「什麼事？我敢做！」生命力給了達可兒一份堅強。

「是一件危險的事情，剛才我告訴過你，我有大仇人，現在我報仇的時候到了。我有數不清的伙伴同志，我們動手的日子都定好了。這一次我們要殺光了仇人！燒焦了他們的所有，所以，我有幾件寶貴的東西想寄存在你那裡。」

「這算什麼危險？什麼東西？交給我吧！」

「這是危險的事！我們知道在最近幾天裏城裏一定有一次大檢查，我這幾件東西不能和他們見面，我想他們還不致於注意到安樂里，所以想存放在你的屋裏。不過，萬一給他們發覺了，你的危險就來了，說不定性命難保，你估計估計，你敢給我幫這個忙嗎？」

達可兒一點也沒有猶豫的答應了：

「你交給我吧，我敢替你保存。可是假如這件事過去了，我還平安的活著，你怎樣幫助我？」

「在十天以內，也許還要快，我們就要發動了。那時候城裏城外都是我們的人，等到司令部一起火的時候，你乘亂帶了這幾件東西到五塔召召〔註9〕，有人給你馬，替你引路，那就是你恢復自由的時候了。」說著，他小心的遞給她一個包袱，蠟燭只有一寸長了。外面的喧鬧也小些了，他們結束了這個奇怪的晚餐。臨行時，石如珍又叫住了達可兒：

「這一次我和你談話，我並不冒失，我願一切如我們所想的，那麼，我們不但一定能夠成功，並且我們更得了你這麼一個同伴，在我們的工作上加了一把力量。假如你——我相信不會——沒有頭腦又沒有良心，那，我們也不會有多大的損失，我不恐嚇你，這件事你往著對的那一方面做去就是了！現在你回去就要把煙戒了！」達可兒正要表白烟早戒了。突然，他把小手槍拿出來了，這舉動來得太意外，達可兒一怔，他狂笑起來：

「對不起，先讓我走，在我們彼此還不十分信任之前，謹慎一點是應該的！」笑聲裏他走了。疾快的像一個閃電——達可兒回去就替他幫了這個忙。

在司令部被燒，五百保安隊反正的那天晚上，達可兒在五塔召召騎上了一匹小青馬，隨著石如珍和無數勇敢的年青人出沒於大青山下了——這是大青山的光明部份，這兒的風冷，雪寒，滴水成冰。然而有那麼多顆為祖國而激跳的心，那麼多腔為民族而沸騰的血，這一段大青山已經變成一塊神聖的土地了。這些年青的戰士機敏如海燕，剛強如吼獅，他們像變魔術似的幹著嚴肅的工作，今天燒了「皇軍」的飛機場，明天顛翻了「皇軍」的給養車，遇了機會還要解決「皇軍的」「精銳部隊」。達可兒天天和他們住一起，她努力的學習著戰鬥，在鐵與血的教育之下，她認清了敵人，她堅強的站起來了，

〔註9〕在歸綏舊城，原名慈燈寺，現已荒廢。

「生命是進步的，是樂天的」。達可兒不但恢復了往日的愉快，更在這愉快上敷抹了一層光亮的色彩。

但是，戰鬥和悲壯常常是分不開的。在一個狂風大雪的夜裏，他們舉行了一個大規模的動作，激戰繼續了好幾小時以後，敵人已經屍陳原野了。然而達可兒和伙伴們也被槍彈斷絕了聯繫，是那樣寒凜的夜晚呵！風攪著雪，攪成一個個的大冰團，人的眼睛是不能辨別方向了。達可兒迷了路，只好任憑小青馬跑去。漸漸的聽不見槍聲了，她走進嚇人的寂靜裏了。她把韁繩放鬆，開始低低的吹吹哨，希望能遇到一個同志，她拉長了聲音——噓——噓噓！立刻從不遠的地方有人回答，也是一長兩短的口哨。她找到了自己人，心裏非常興奮，縱馬順著那聲音尋去。一面高聲問：「誰？」

「是我！達可兒！放低聲些！」是石如珍的聲音，夾著盡力忍受而不可能的呻吟。

「怎麼是你？石隊長！」達可兒趕快跳下馬來，打起火鐮，看見了石如珍，他的胸部受了傷，半個身子都陷在冰堆裏了。白茬〔註10〕的羊皮袍子已經破碎得稀爛不堪了，達可兒走向他剛彎下腰，他一口將火光吹熄了：

「不要照，這裡離敵人不遠，快把我駕上馬走。我雖是完了，可是一個死石如珍給敵人得了也生出許多事來，快！快！達可兒！」

「你的馬在哪兒？」

「哦！我的馬掉在冰河裏了，把我拴在你的馬上吧。等天一亮離敵人遠了就把我埋了。假如你能再找到咱們的伙伴，好好的跟他們學著幹，你還要好好鍛鍊呢。還有，告訴同志們不要洩氣，不要傷心，忘了小糾紛，記著大仇恨。達可兒！走吧！」他一面說一面想掙扎起來，但是他已沒有了力氣，達可兒把他扶起來，她痛哭出了聲音：

「隊長！我一定要想法子救活你，你怎麼能死呢？我……」

「不要哭！伙伴！快走吧！」石如珍有點急燥了。

「往哪個方向走呢？我現在已經摸不清東西南北了！」

「讓我想想，看看天上有星星沒有？」

「天陰沉沉的，哪裏看得見一顆星星呢？」

「那麼，沒法子了，我們只好聽命運的指引吧。快上馬！聽！槍聲又向了！」果然，槍聲又向了，而且好像就在身邊。達可兒顧不得猶豫了，把石

〔註10〕沒有面子的皮袍，綏西稱之曰白茬皮襖。

如珍披上了馬鞍，自己只用一隻腳踏著馬鐙，一手抓住馬尾，一手抓住馬鬃，小青馬又開始奔馳了，感謝她熟練的馬術，這一夜間不知跑了幾許路程。

天亮了，達可兒疲乏得四肢已經失去了知覺，好容易才發現一間小屋，她想把石如珍扶下來暖暖。可是，這時候一切都嫌晚了，我們這一個民族英雄，已經在無情的創痛和風寒的逼迫下放下他的戰鬥了。他停止了呼吸，身子凍成一個大理石似的雕像，胸口處破爛的雪白的羊皮袍子上厚厚的結了一層紫冰，眼睛半合著還像在深慮著什麼計劃。達可兒給這壯烈的場面嚇住了，她呆呆的望著他，眼前沒有了一切的存在，她的眼淚都流不出來了。直到又一陣暴風雪颭起她才清醒過來，在那茫茫的原野裏，她用手掘去了雪，又掘去了沙，她把石如珍埋葬了——願這偉大的魂靈永遠安息！

埋葬了石如珍，達可兒如同埋葬了自己一樣飄忽了，往哪裏去找他們呢？實在，離開了團體她還不能單獨作戰呢。她心裏像火燒著一樣的焦灼，她彷徨的向四野尋視著，一遍又一遍，最後，才認出了方向，原來烏拉山又在眼前了。立刻，回家的念頭襲上心來，又經過六七天飢寒交迫的日子，她回到了東海生地。

東海生地平靜得如同往日一樣，什麼都看不出變化，祖母和母親一面老淚縱橫的擁護抱著達可兒，一面喃喃有詞的向菩薩致謝，她們像接待貴客似的忙忙碌碌的為她安置一切，一點也不過問她這兩年來的經過——達可兒又在溫暖的懷抱中了！

但是，歸來後的達可兒更不能僅僅為一個單調的平靜所滿足了，她必須時時刻刻的使用她那發掘了的火力，當日輕夢似的心情現在已經有了點影子。還需要人幫助，也需要幫助人去參加戰鬥，蒙古包裏的檀香味只能給予她煩燥和不安。過一天平淡的沒有內容的日子，她就會像做了一件什麼不應該做的事一樣。她那顆跳動的心，促使著她去接近那些跳動的人羣——一支駐在扒子補隆〔註11〕的抗日勁旅，他們勇敢、活潑、守紀律。他們是連頭胸腦都武裝起來了的中華民族的新軍人，由於那種民族意識的交融，達可兒熱衷的接受他們的薰淘，她以驚人的迅速學習著，三個月後，達可兒不但認識了字，會唱歌，她居然能說一篇一篇的理論，同時學會了精確的射擊。

憑著她的天資和努力，達可兒把她的所學盡量的傳遞出來，她把一支一支的救亡歌曲都翻成蒙語，向著蒙古草原播散，東海生地比每個角落盪漾著

〔註11〕安北縣的一個軍事商業重鎮。

「色列！包魯包魯胡貴口門！」〔註12〕東海生地每個蒙古包裏都談論著敵寇的暴行——達可兒一個人給這鹽矇矇的草原注射了新鮮的血液。

大的戰鬥要開始了。各部門的工作必須緊張而嚴密的配合起來，爭取偽軍反正是一個更艱巨的工作，為了那朵勝利的血花，十幾個年青人準備下了他們性命，臨行之前達可兒毅然的加入了他們的行列。她說她是以一個蒙古人的鑰匙的資格，去為祖國啓發那團強大無比的烈火。

達可兒給自己找好了道路，現在她是真正的戰士了。自從約定好了出發的日期，她的心緒不斷的從這個極端走向那個極端，她盼望得心慌意亂，憧憬著未來的成功，她幾乎不能忍耐最短期間的等待。

太陽終於出來了，一切的黑暗都在光明中消失，一串激昂的歌聲送來十幾匹馬，馬上的人多麼英挺呵！來了！伙伴們來了！

「喂！達可兒同志！是時候了！起來吧！」

達可兒跳起來活像一個小孩子：「看！把我等煞了！我的頭髮都快盼白了，快喝了這桶鮮羊奶，我的軍衣呢？快讓我穿上！我們該動身了！」

「軍衣只能再穿半天，以後該化裝了！」

「半天也好！反正我現在才是中華民族的好兒女！」

大家都下了馬，從皮帶上解下洋瓷盆，奶桶就空了，他們嘻嘻哈哈的打破了清晨的靜默。

達可兒武裝起來了，多麼勇敢堅毅的樣子！塞上的風吹起了一捲一捲的黃沙，沙塵裏跳盪起「起來！起來！西北的青年！」〔註13〕這歌聲從近處消失又在遠處向起，一直流向大青山裏去了！

〔註12〕蒙語之「起來，起來，不願做奴隸的人們！」
〔註13〕呂驥所作之西北青年進行曲。

除夕　獨幕劇

高鍾芳

地點

僞滿勢力下的哈爾濱，這裡有著日本人的特務機關，爲的監視著中國人，外國人的行動，其實說他是一個盜匪總機關還比較來得確當些。他們的爪牙到處猖獗著，搶劫、強奪、綁架、破壞，這裡已經讓日本人一手造成一個恐怖的世界！

時間

廿七年除夕。

第一場——當日上午十點到十二點光景。

第二場——當日黃昏後。

第三場——當日夜半。

人物

陳蘊華——某外國洋行經理的太太，廿四歲。

吳少文——某外國洋行經理，其實都是義勇軍駐哈爾濱的首領，廿七歲。

鄭芷芬——蘊華的同學，某小學的教員，其實也是義勇軍駐哈重要人員之一，廿六歲。

黃存義——少文幼時同學，現在是「滿洲國」要人，卅三歲。

松井——日本特務機關長，四十歲。

小劉——義勇軍的通訊員剃頭店的老闆，卅歲。

小翠——吳公館的女僕，十九歲。
偽警——三人。

景

　　是一間裝飾得非常精緻華麗的客室，室內有沙發，有鋼琴，有無線電收音機。臺的右手是四扇玻璃門，從那裡可以看見通樓上的樓梯，這門可以通花園，通廚房，這裡也可以通到大門，但不熟識這兒的人，是不會知道走這個門進來的。在門的前面安靜地橫著一張沙發，沙發的右旁是一盞美麗沙罩的傘燈，旁邊的矮几上放著幾色雜誌書報，臺的後壁也有兩扇玻璃門（門上掛著深紫的門簾）從門窗裏可以看見外邊的石欄杆，在兩個門之間是一架鋼琴，壁上掛著主人的結婚照。臺的左手又是一個門這上面並沒有玻璃，這門也可以通到外邊。在這兩個門之間有一張玻璃書櫥，裏面整齊地放著許多中西書籍，旁邊是一架半高的收音機，書櫥的稍前一點是兩張單人沙發，中間夾著一張几。臺中央是一張置有玻璃板的小圓桌和二張圓凳。

　　在現在的哈爾濱，一個中國人的家庭能夠有這樣精美的環境，那真不是一件容易的事，也許是因為這裡的主人是在某國的庇護下，所以才能過到這樣安靜的生活吧。

第一場

　　一個嚴冬的早晨。可是天氣特別晴朗，似乎已是初春的時光了，和煦的陽光，透過玻璃門直射到整個的屋子（門帘是拉在兩旁）照得通亮。

　　樓梯上起了輕緩的腳步聲，接著一個紫紅的影子出現在玻璃門。

蘊華　（在內）少文！少文！（門被推開一扇，陳蘊華慢步地走了出來，紫紅的旗袍襯托著她那薄薄傅上一層脂粉的臉，更顯出她的嫵媚嬌艷來，看上去似乎要比她原來的年齡小了一兩歲。在學校裏的時候，她是一朵鮮艷的校花。她被追慕著贊美著。她整天地做著布爾喬亞的美夢：她夢想著在她的少女期是一個為人們愛慕的高貴的小姐，結婚後有一個溫存體貼她的丈夫，她要做一個享福的太太，過著幽閒的生活。現在，她果然有一個愛她的丈夫，而且還有著一個美滿舒服的家庭。但，人的慾望總是很難滿足的，對現實總是不會感到滿意的，因此蘊華雖然遇著極舒服的生活，她

仍不能滿足，她希望過得比現在更好一點，雖然她的生活和日不得一飽的人們比起來，已是天上與地下了。她也很同情勞苦的人們，然而她絕未想到她的舒服的生活，卻是建築在這些勞苦的人們的汗血上面）

蘊　咦！又不在家！小翠！

翠　（在內）來啦！（小翠從右門裏走了出來，十八九歲的少女，白白的臉，短短的頭髮，穿著一件藍布棉袍，胸前束了一塊白圍裙）什麼事兒？太太！

（這時蘊華已經斜臥在長沙發上，隨便地翻閱著一本雜誌）

蘊　今天是二十幾啦？

翠　不，今天已經是除夕啦，太太。

蘊　（幽靜的生活竟使她連日子都過忘了）什麼？已經是除夕啦？（伸了一個懶腰）又是一年過去啦！哦，我問你，經理今天一早上哪兒去了呀？

翠　他一洗過臉就急急忙忙地走了。他只說讓你今天別等他回來吃飯（一邊說一邊倒了一杯茶放在小几上）大年晚上了，不知道咱們經理還在外邊忙的什麼勁兒？

蘊　（一句話引起了她的怨憤，這些日子來，丈夫很難有一整天地獃在家裏，甚至連晚上都不能常在家。這對於她實在是很大的怨憤）哼！誰知道！

翠　要不要生火？

蘊　不用，去吧！

翠　是。（下）

蘊　好太陽！（太陽把她吸引到門外去，她在欄杆旁邊眺望了一會，又跑了進來，她的視線觸到了鋼琴上面引起了她音樂的興趣。她原來本是一個音樂天才。她坐下，打開鋼琴。是沉默久了的鋼琴開始發出它幽揚的聲調來）

蘊　（低聲地唱）淚珠兒快要流盡了。愛人呀，還不回來呀！——（鄭芷芬躡手躡腳地從右門跑出來，是一個廿六歲的青年女子，穿著一件黑綢旗袍，頭髮半長，沒有燙過，臉上淡淡傳上一層薄粉，活潑中透露出堅強、果斷、勇敢、機警來，同時她卻也是一個有

熱情的人，因爲工作的關係，有時她會把她的熱情隱藏起來。「九一八」奪去了她可愛的家鄉，搗毀了她溫暖的家庭，殘殺了她親愛的父母，七八年來，她忍受了一切的苦痛和侮辱，爲的是要復仇，她不斷地和這個萬惡的環境奮鬥，她秘密加入了義勇軍，她會和她的同志們襲擊過他們的敵人。「八一三」的炮火響遍了全國，她知道全國的力量已經集中起來，全國同胞們已經開始向著他們共同敵人作爭取全民族生存的殊死戰了，於是她更興奮地工作著，雖然她所受的压力也更加重起來，然而他們不怕，他們咬緊牙根和他們的敵人奮鬥直到最後勝利的到來！誰會相信站在我們面前的溫柔的女子，卻是和敵人抵抗得長出力的女戰士呢？她輕輕地走到蘊華的身後猛地將她一抱）

芷　　（玩皮地）回來了，Darling！

蘊　　（驀地一驚）　鬼丫頭，可嚇死我啦！（說著已站了起來）

芷　　（仍把她推下去）唱下去呀！（說著自己也在蘊華的身旁坐下）你眞是會享福！

蘊　　（不承認）享福？這也叫享福？誰像你野馬似的，整天地在外邊兒跑。

芷　　好傢伙，你倒會罵人哪！（笑）

蘊　　（也笑）沒打你總算客氣的哪，剛才差點兒嚇死我！——小翠現在愈來愈不成話了，連客人來都不通報一聲。

芷　　你倒別冤了她，是我讓她別通報的，你瞧我不是走這門（指右門）進來的嗎？——，哦，吳先生怎麼一早就出去了？

蘊　　（怨怨地）誰知道他，這幾天好像丟了魂似的，從沒一天能在家裏呆上兩個鐘頭的！

芷　　（會心地）哦！——（玩笑地）也許是什麼人伴住了吧，哈哈！

蘊　　（信任地）這是絕對不會的（也和對方開起玩笑來）要是眞有，那就是你！

芷　　是嗎？那可是我現在都在這兒呀，哈哈。

蘊　　哈哈。

芷　　來吧我們再來唱一個歌——讓我來唱一個你聽（唱，琴聲同時也響了）沒閒空，我們要用功，不怕擔子重，我們要挺胸，不做變

     愛夢，我們要自重，不做寄生蟲，我們要勞動，新的女性產生在
     受難之中，新的女性，產生在受難之中，新的女性，產生在覺醒
     之中。

蘊   聽倒是挺好聽的！

（小翠領黃存義從中門上，一副姦猾的面孔，襯托著他那瘦小的身材，
還要穿上那麼一套彩色的西裝，再加上一副白金絲的眼鏡和一根司狄克
簡直是一個活怪，他會變，在中國人的面前，他是那麼凶橫威嚴，然而
當他見著日本老爺的時候，他又搖身一變，變成一個搖尾乞憐的哈巴狗，
他彎著腰，裝著媚笑，他已經是一個失去了人性的動物。已經是二十多
歲的人了，但他卻自以為還是十八九歲的少年呢）

翠   太太，黃先生來了。

黃   （輕狂地）唱的好歌兒，大嫂，（警見芷芬）哦，鄭小姐也在這兒，
       巧極了！

蘊芷 （同時站起）請坐，請坐！黃先生。

翠   （端茶來）你喝茶。（又給他燃上了煙才走出去）

黃   （已坐在沙發上，吸了一口烟）少文兄沒在家？

蘊   （仍坐在鋼琴旁邊）一早就出去了。

黃   （有意地）他倒是忙人，哈哈！

（芷芬這時卻站在中門口，隔著玻璃門向外邊遠望，其實她的心並不在
門外的景物她在想著另外一件事，同時也是因為她不願意看這條狗的鬼
臉）

蘊   （半客氣半羨慕地）其實也忙不了什麼，頂多也不過是一個小經
       理，哪像你做大官兒的。從早忙到晚哪，嘿嘿！

芷   （回過頭來對著蘊華一笑）

黃   （這一笑有點使他難堪了，但他卻裝得若無其事地）別笑話，這
       也叫做吃了誰家的飯，就得給誰家做事呀！（陰毒地）鄭小姐，
       你說是不是？

芷   （半敷衍半諷刺地）黃先生的遠見是不會錯的！

黃   （知道話中有刺，但他卻不在乎，他心裏在說「總有一天叫你知
       道我老黃的厲害」，但表面上，卻是一臉的笑）鄭小姐過獎了！

芷   （突然想起了什麼）蘊華，我還有點事得回去一趟（欲走）

蘊　　急什麼呀？你吃過飯再走不成嗎？

黃　　是呀，多玩一會兒，大家熱鬧！熱鬧！（可是他心裏卻在說「走吧」）

芷　　不，眞有事下午準來，再會，黃先生。

黃　　再會。

蘊　　（笑）瞧你這野馬！

（芷芬笑著從中門下）

黃　　我說，大嫂，你怎麼跟這位小姐來往起來？

蘊　　她是我多年的同學，人挺好的！

黃　　（這時已經抽完第一支煙開始抽第二支了，重重地噴出一口煙，冷笑地）嘿嘿！

蘊　　（坐到沙發上去）奇怪，你幹嗎冷笑呀！

黃　　（慢慢地）我看她可有點不大安分！

蘊　　什麼？你說她不安分？！（辯護地）別損人了吧，她這人再規矩沒有的，我知道很清楚。

黃　　你知道很清楚？嘿嘿！你以爲我說她是不規矩的女人嗎？哈哈，那我才管不著呢。我說她是個反動分子啦！

蘊　　（肯定地）黃先生，不是我向著她說話，你說別人反動，我卻相信，要是說鄭芷芬，我可不敢相信，她是那麼小心謹愼的人，我們同學了十幾年，難道還不知道她？我說你還是別瞎疑心吧！

黃　　（諷刺地）「小心謹愼」，但是她「愛國」呀，哈哈。

蘊　　（轉變話鋒）得了，我們先別談這些吧！

黃　　（擊頭）哦，我卻把正事給忘了！（賣弄地）你託我的那事，你放心，包在我身上，不成問題。（聲音放得非常緩慢地）不過，問題倒是在少文兄的願不願幹？嘿嘿！

蘊　　……

黃　　（挖苦地）少文兄恐怕不屑與我們爲伍吧！哈哈！

蘊　　（明知是一個刺，但有什麼辦法？爲了要滿足某種慾望，也只好忍受一點），別那麼說呀，你們不是很要好的同學嗎？

黃　　是呀！（說話的時候，恰好踱到那掛結婚照的地方，眼睛直盯著照片說不出的胸中妒恨），可是現在大家走得路不同了。他是「愛

國志士」；我呢，我不過是一個「走狗」而已。哈哈！「走狗」嘿嘿，如今的世界呀，恐怕還是做狗的，才有保障呢。哈哈！

蘊　（有點難受，可是）誰說你是狗？你現時可不是刮刮叫的天官兒嗎？（故作生氣地）我知道了，你準是不願意幫我們的忙，算我白操心了！

黃　（奸狡地）哪兒？哪兒？要是我不存心給你幫忙，那我就得天誅地滅！（在公事包裏掏出一張紙來一揚）瞧，委任狀我都給帶來了，還說不誠信嗎？（對她作媚笑）

蘊　（驚喜）眞的！我瞧！（伸手欲接）

黃　（縮回）別忙！

蘊　（驚愕地望著他）

黃　（慢吞吞地）我想大嫂你總不願意讓這快到手的官太太給丟掉吧？

蘊　（越發不明白起來）這是怎麼說呀？

黃　（一字一句地同時也帶試探地）聽說我們少文兒還是個頂頂大名的民族英雄義勇軍吶！嘿！

蘊　（這是她做夢也沒想到的，她只知道她的丈夫是一個安安分分的洋行經理，黃存義的話，眞使她吃驚不小）義勇軍？

黃　（知道可欺）噢！就是大滿洲帝國的反叛，強劫皇軍的土匪！

蘊　（難以相信地）然而他不明明是華豐洋行的經理嗎？

黃　好吧，你要不要我拿點東西你瞧瞧？（又拖出一張紙來）你瞧，這是他們的宣言，還是我們這位老哥起的稿哪，（挖苦地）好漂亮的文字──告訴你吧！華豐洋行的吳經理，就是陰謀叛國的大鬍子哪！哈哈！

蘊　（驚恐地）哦！──（突然）給我！

黃　給你？別開玩笑了吧！我們好容易才弄到這一個證據。（注視著對方的態度）

蘊　（失望）那麼──

黃　（乘機而入）大日本帝國一向是寬大爲懷的，他們本來就很看得起少文兒，（注意對方的動靜），很希望他能夠幫他們一點忙，（蘊華漸有喜色）雖然他現在是犯了叛國大罪，觸犯了皇軍的尊嚴，

他們還是可以原諒他的。只要他——

蘊　只要他？

黃　只要他不再反對我們。只要他誠誠懇懇地給皇軍效勞。一個特級的大官是準靠得住的。（誇大地）那時候呀，你是太太，別說自備汽車，就是自備飛機都不成問題！現在上海、南京、漢口、廣州，都已經給皇軍征服了，你可以自由地乘著飛機在那兒飛翔，而且還有皇軍給你保護——（突然放重了聲調）否則的話，要是少文兒還不改悔，那可就別怪皇軍的不情了，那時候，我老黃也就無能為力了！

蘊　（又喜又驚地）哦！（這時她腦子裏映上一幅美麗的圖畫——那上海的繁華呀，那南京的壯麗呀，那漢口的雄偉呀，那廣州的英姿呀，簡直是一個皇宮，她忘掉那些地方如今已經塗上了一層膠紅的血肉了！於是她歡樂地笑了）

黃　（已經抓住了對方的弱點，他就向這弱點進攻）現在有一件工作交給你辦，你得想法子把他們的文件比如開會決定議案，同黨的名單弄來，你知道這些東西都是對他要挾的一種最好的工具，當然，你也不能忘了婉勸和威嚇並用地去說服他，（又從皮包裏拿出一個大包來），這是三十萬，你先收著，要是這件事能辦成功的話，比這幾十倍的大洋不愁不往這兒滾，哈哈！

蘊　（望了這一大包錢神智有點迷亂了，她已經忘了這個血的時代了）

黃　（眼見到陰謀已經獲得勝利，他已沒有再留在這裡的必要了）事情完全交給你了，大嫂希望你努力，（在她肩一拍）好，再見！（走到門口）

蘊　通靠你成全哩！

黃　（忽然想起來什麼停步）哦我差點兒忘了，松井先生說想見見你。

蘊　松井？

黃　就是那個特務機關長！

蘊　他為什麼要見我？！

黃　（帶笑地）他嗎？也許是有很要緊的事跟你談吧？

蘊　（不能地）跟我談？

黃　好吧。今夜十二點鐘我帶松井先生來，再見（匆下）

蘊　（不悅地）幹嗎要在晚上呢？（但馬上又自解地）也許他會有什麼事兒，（瞥見棹上的紙包）三十萬，哦！三十萬。（高興地往沙發上一倒，奇怪得很，在平時，這裡的一切，已經很使她滿意的了，可是在今天，這裡一切並沒有改變，然而在她的眼裏竟變得樣樣都不順眼，原來的天堂現在已變成了地獄，簡直說不出的不舒服，於是煩燥地）怎麼的，這樣不舒服，我知道了，準是你們這些傢伙過得不耐煩了，好啦，耐煩點吧！再過幾天讓你們一個個給滾蛋，連這破屋子都不要（夢幻地）哦，飛機，自備飛機！（瘋狂地）哈哈哈哈！（樂昏了，她的心已飛到了天空，竟至連鄭芷芬的進來都沒有覺到，直到了芷芬走到他（她）面前的時候）

（鄭芷芬這次似乎是負著探密的使命而來的，他（她）一進來就注意到桌上的那個包再加上蘊華那種忘形的樣兒已經使她猜到一半）

芷　（故作不知道）什麼事樂成這樣兒？（說著也就坐到蘊華坐的那張沙發上去）

蘊　（一愣）又是存心來嚇我不是？

芷　（笑）我到存心來嚇你？倒是你自個兒樂瘋了，連來人都瞧不見。什麼事讓你這麼樂呀？說出來讓我也樂一樂。（故意把眼光射到紙包上）咦！這一包是什麼？（拿過來，蘊華並不攔阻）嗬！好沉，（打開故驚）呀，鈔票中彩了嗎？（注意著對方的態度，故作想念狀）我並沒有聽說你買了彩票呀。

蘊　（沒有一點著慌的神色，但卻不置可否，得意地）呢——

芷　那個姓黃的走了嗎？

蘊　剛走沒一會。

芷　奇怪，他幹麼老往這兒跑呀？這個沒有靈魂的大漢奸。

蘊　（笑）可不是？眞奇怪你兩個好像有什麼大仇似的，（芷芬冷笑）你說他大漢奸，他說你女反叛。

芷　（驚）女反叛？他說我是女反叛？（馬上又鎮定下來）嘿！在這兒，不做漢奸的人都得給他們加上一個反叛的罪名！

蘊　（一片好意）眞的芷芬，我說你說話也得留意點兒，在這種環境下何苦來呢？

芷　　　（一肚子的憤懣）哼！

蘊　　　……

芷　　　（半自語地）我就猜不透他爲什麼老往這兒跑？

蘊　　　你說誰？

芷　　　黃存義。

蘊　　　（解釋地）這還有什麼猜不透的？他是少文的同學，同學之間哪
　　　　有不來往的？譬如你不就常來嗎？（表示感激地）再說人家心眼
　　　　兒也不算壞，他見著少文的近況並不很好。還巴巴地想給他介紹
　　　　事……

芷　　　（插入）介紹事——你說你們的近況還不很好嗎？——這麼幽美
　　　　的環境，這麼舒服的生活，你還說不好？——哦，他打算給吳先
　　　　生介紹什麼事？

蘊　　　當然是在……（自己也有點覺得說不下去）

芷　　　我知道了，他打算也把吳先生給拉進泥潭裏去！

蘊　　　……

芷　　　（恍然）所以他就把這一包錢丟下了？

蘊　　　（對方的話使她感到異常的難受，然而錢究竟是可愛的東西，誰
　　　　又肯把剛到手的錢再送出去呢？所以）唔！

芷　　　那麼你是打算讓你們吳先生做滿洲國的官兒囉？

蘊　　　（難過）何苦這樣呢？這也是沒有辦法的事呀！

芷　　　沒辦法？但是一個人絕不能昧著良心做事啊！

蘊　　　良心？（反覆地）良心！良心！……

芷　　　（熱情地握起蘊華的手）是的，蘊華，我的話，也許是太使你難
　　　　受了，但是，你知道我的心裏是多麼的難過！忍受了七年了，我
　　　　親眼看見我們的土地任別人來蹂躪。我們的同胞任別人來殘殺，
　　　　（聲淚俱下）我，我還親眼看見我的爹媽叫別人給殺死！你，你
　　　　難道就忘了七年前的大浩劫嗎？你難道忘了七年來我們是過的什
　　　　麼生活嗎？蘊華！

蘊　　　……（似有悔意，但看到那一包錢的時候，她又迷惑了）

芷　　　（非常誠懇地）蘊華，我們應該把眼光放得遠大點！是的，誰不
　　　　愛錢呢？誰是不愛享受呢？但是一個人總不能爲了享受而甘心出

賣自己的靈魂啊！蘊華，別把個人看得太重了，我們應該爲整個的國家想一想，想一想七年來我們所受的苦痛，想一想上海南京的生活在敵人深威下的同胞，想一想那浴血苦戰的將士們吧！

蘊　（她並不是全無人性的人，她也有血有熱，可是一種慾望，把她迷惑住了，使她失去本性，芷芬的話也曾使她一度清醒，但是慾望的力量究竟太大了一點，似乎在她耳邊說「別上當呀，人生爲的就是享受啦！」於是）但是，你知道少文是義勇軍不？

芷　（萬沒料到）什麼？你說吳先生是義勇軍？

蘊　我並沒有說他是義勇軍。

芷　那麼又是誰告訴你的呢？（這時她已發現一個大陰謀正在向他們進攻了。然而她並不怕，她會用她堅毅中心去抵抗這一群魔鬼）

蘊　黃存義，剛才拿出一張他們的宣言，嘿！還說就是少文給起的草。

芷　（深沉地）哦，那他怎麼說呢？

蘊　他說只要少文他能放棄了他現在的工作，還有……

芷　還有？

蘊　還有讓他交出他的同黨的名單，那不但有個很好職位，而且還得重用。

芷　（憤極）好一個陰毒無恥的東西！——於是他又丟下這一包錢！

蘊　（無詞可對）

芷　他就想拿幾十萬張紙片來買去你們的靈魂，買到幾百萬人的生命！蘊華，你受了人的騙呢！這不是錢這是比殺人的刀鎗還要兇辣的毒藥啊！他已經買去了你們的自由，你爲什麼收下他這一包毒藥呀！

蘊　（正義與私利在交戰著，她夢幻著飛機元寶，這些東西已經使她失去了主宰——）

（忽然來了電話）

蘊　（接話）喂！那兒？哦哦！是，——我就是！這——（遲疑，但等她的眼睛轉到桌上那一包錢的時候，她的眼睛就迷了，於是決心地）好，就這麼辦！（掛上）

芷　（含蓄地笑了笑）

——幕——

第二場

即日下午四五點鐘。中門的窗簾拉了上去，壁爐裏燃著熊熊的火光。

臺上靜寂無聲。鄭芷芬和吳少文伏在桌上忙著寫文書，他們大概在趕著辦一件公事，所以幾乎連透氣都來不及似的。大概是十分鐘以後，吳少文首先完成他的工作，於是抬起身子長長地透了一口氣。他穿著一套藏青中山服，是一個中人的身材，雖然還只是三十歲不到的人，可是看上去已經像是快到四十歲的人了！然而他並沒有覺得自己的蒼老是可惜或可悲，他已經把他的生命供給他的工作，他已經是屬於大眾的了。

為了工作他常常忽略了自己的健康。因此一個非常強健的身體，便叫工作給剝削成一個瘦弱的身體了！但是從他銳利的亮的眼睛裏，仍然可以看出他的能乾和精練來！

文　　（搓搓手，又跪到壁爐那裡去烤了一會，再看看手上的錶，疲乏地）已經四點三刻了，真快，（走到芷芬身後）怎麼樣，還多不多？要不要我來幫你寫一點？

芷　　（頭也不抬）快。（繼續埋頭寫）

文　　（欽佩）芷芬，你的精神太可佩了！

芷　　（笑了笑，還是繼續工作）

（少文顯得無事可做似的，在屋內踱來踱去，間或揭開門簾的一角向外邊望望，一會又踱到芷芬身後看看有沒有寫好芷芬卻是一心地工作著，好像這裡只有她一個人一樣，五分鐘）

芷　　（站了起來）好啦！可真累死我啦！

文　　（開心）歇歇吧！

芷　　（坐到沙發上去）好舒服！——（不放心）呵，這麼一大陣沒聽樓上向，蘊華還沒回來嗎？她似乎從來沒出去這麼久的。（低聲）我說，你得當心她一點才對！

文　　她說馮二太太硬拉她去看牌，一時不會回來——你說要當心她？（懷傷地）這都是我自己一手造成的罪惡。但是我也決沒想到她竟是這麼一個人！

芷　　享樂是她唯一也就得最大的缺點，黃存義這東西，就抓住了她這弱點拼命向她進攻，你想她是他的對手嗎？

文　　（憤極）哼，黃存義，這狗！總有一天，我要挖出他的臟來祭一

　　　祭死在他手裏的同胞！

芷　　（有把握地）這一天也許就在今天！

文　　（興奮）是的，這就全靠我們大家的努力。

（半餉）

文　　蘊華那裏，總還希望你能多多提醒她！

芷　　這是當然的！不過剛才我跟她說了那麼久，她好像一點也不動心
　　　似的。接了電話後更顯得非常的不安定，瞧她已經中毒很深了！
　　　（慨歎地）所以一個人的虛榮心，真是不可以太重了啊。

文　　（憂又急地）噢……

芷　　其實你也得負一部份責任！（看看他一眼）

文　　（承認）是的，這也許是因為我太愛她了一點，什麼事都順著她，
　　　這樣就把這個愛享樂的脾氣養成一種習慣了！

芷　　（微笑）所以，愛得不得當的時候，反會變成害了！

文　　……（悔悟）

（門窗上規律地響了三下，這是一個暗號）門外，剃頭的來啦！

芷　　小劉來啦。

文　　（輕輕地扭開了門上的暗鎖，故意提高了聲音）進來！

（門被推開，小劉挾著剃頭的用具走了進來，高高的身材，穿上一件黑
色皮袍帶著一頂皮帽，一副十足的剃頭匠的氣派。誰會相信他竟是一個
義勇軍呢？大家互相換了一瞥愉快的眼光）

劉　　這屋子只有你兩個嗎？（指樓）吳太太？

文　　（慚愧）她出去了。

劉　　（放心地）哦！

文　　（低聲）事情辦得怎麼樣啦？

劉　　（低聲）全辦妥啦，只要信號一向，馬上就發動。（高興地）叫他
　　　們今天過一個痛痛快快的年吧！（響聲）哈哈！

芷　　也許他們會特別警戒呢！

劉　　不，他們早把我們這些人給忘了，除非有人先漏了消息。

文　　（慎重）不過我們總得特別謹慎一點？

劉　　（想起）哦，我幾乎忘了告訴你們一件事，吃飯的時候，一個朋

友通知我，今兒晚上在皇宮有一個盛會，讓我們留意一下，剛才我特地打那兒繞了一繞，可不是大張旗鼓，我還瞧見那條黃從裏邊出來。

芷　　（凝想）這個是個很好的機會，可是你打聽清楚了是些什麼人嗎？

劉　　大概都是些巨頭吧！因為，他們把整個的皇宮都給包下了呢！

文　　哦！——那麼你知道大概是在什麼時候？

劉　　說是在九點鐘，不過據我想總得在十一點鐘才能到齊。

文　　（堅決地）小劉，你去通知他們，我們還照原計劃進行。同時再調派一部份去包圍皇宮。

（這時候門外似乎有一個人影一恍（晃），接著一陣金屬落在石頭上發出響聲，這似乎不小心摔下一件東西一樣，這聲音抓住了屋裏幾個人注意力）

芷　　有人（說時連忙跑出去看了一會，回來）奇怪！

文　　怎麼著？

芷　　什麼東西也沒有！

劉　　我們可得當心點！

文　　（走到右門）小翠（小翠在內應）太太回來沒？

翠　　（在內）沒！

文　　有別人來嗎？

翠　　（露出半個臉在門口）沒有呀，我一直也沒離開兒這兒。

（縮回）

文　　（笑）也許是我們弄錯了！

芷　　（不放心）我總覺得很奇怪！

劉　　還是小心點好。咱們還是把這窗簾拉開吧！（說著自去拉開窗簾）

文　　（繼續說他的話）我說，芷芬，今晚還得你去一下。

芷　　去做內應嗎？我擔心的是黃存義他會認得出我！

文　　（支頭）這……

劉　　（有把握地）這倒不要緊，咱們銀花她很會化裝，讓她來給你化裝一下，準叫他們認你不出！

芷　　（堅決）成！就這麼辦，頂多也不過一條命！

劉　　（在芷芬肩上一拍）女英雄！

（少文在一旁露出快樂的笑）

芷　　別笑話了吧！

文　　我們以什麼爲信號呢？

芷　　（想）——這樣吧，你如果聽到我在唱歌……

劉　　好，就這麼定了！

芷文　（同時）定了！

芷　　那我得先走一步。

文　　好！機密一點！

劉　　再見！

芷文　（同時）再見！

（劉下）

芷　　那我也得去準備準備了。

文　　（握手）芷芬，這次的成敗全操在你手裏！我在這兒代替幾百萬
　　　同胞向你致敬！（敬禮）祝你成功！

芷　　（熱情地）新中國的兒女們都應該肩負起他們的責任來！是這（這
　　　是）我的責任！

文　　（感動得說不出話來）

芷　　我得走了，再見。（當她回轉身的時候，小劉卻推進門跑了回來，
　　　於是她又停了下來開心地）發生變化了嗎？

文　　（奇怪）怎麼又回來啦？

劉　　吳，我相信你，你是我們的忠實同志！（這句話已經使對方預感
　　　到一種不幸的來到了），但是我不能也不敢放心你太太！

芷　　（好像早已料到似地）你碰見他太太不是？

劉　　可不是？我走出去的時候，剛走到十字路口，就瞧見她一個人急
　　　急忙忙地往東街走。起先我倒還沒懷疑，可是她走的時候，老顧
　　　前顧後，就像怕碰著熟人似的，就不得不引起我的注意了。於是
　　　我就跟著她走，所好她並不認識我。這樣沒走幾步，走到一個小
　　　胡同這就叫我瞧出道理來了。我瞧見黃存義是從那裡出來，他們
　　　打了招呼後就一起走進胡同去了。（慨歎）吳，這眞是想不到的事！
　　　想不到你太太……（不忍說下去）

文　　（苦痛與憤怒交加）你該沒看錯人吧？（他心裏在想「但願你是

看錯人吧」）

劉　（急）怎麼會錯？

芷　（冷靜地）小劉，大概是不會看錯所好我們還沒有開始進行，現在改變計劃還來得及。

劉　剛才那一聲響，大概就是她在偷聽的時候！

文　（搓額手）眞是……（忽然）我也顧不得了，芷芬你們還是去進行你們的，這兒有我不過你們得見機行事！

芷　（胸有成竹地）好吧！

劉　那麼，鄭我們走吧！

芷　爲了整個國家，我們不能再顧念到私情了，少文希望你拿出點勇氣來！

（二人下）

文　（一陣痛苦壓倒了他）噢！

（室內漸暗）

──幕──

第三場

即日夜半十一點鐘的光景。

臺上除了換了幾個二百燭光的燈泡以外，另外在壁爐上新漆了一對紅燭。蘊華得意地望著紅燭，好像今年的紅燭特別光輝一點似的。這也許正象徵著幸運的快來吧。她穿得特別華麗，因爲她馬上要會見一個貴賓。這是她丈夫未來的上司，她應該對他格外禮貌。明天，就是他們幸福生活的開始了。

外邊間斷地送來隱約的炮竹聲，象徵著除夕的夜景。

蘊　（頻頻看著手上的錶）小翠。

翠　（上）太太。

蘊　（找不出話）客人還沒來？

翠　（覺得主人的異常的神情非常可笑。她猜不透她主人的心情，她只覺得主人有點反常而已，帶笑地）來了，還不給引進來嗎？

蘊　（自己也覺得好笑起來。今晚的特別不安定，連自己也覺得有點奇怪）去吧，記著客人來的時候，你先在外邊喊一聲，別冒冒失

　　　　失地就給引進來！

翠　　　是！（下）

（又是十分鐘過去了。門外似乎已經有了皮鞋聲）

翠　　　（在中門外）太太客人來了。

蘊　　　請客人進來呀！（自己卻匆匆地上樓去了）

（中門給拉開，小翠引松井進來，黃存義跟在後邊，大概因為是幹的特
務工作的關係，所以他穿的是西裝便服，矮矮的個兒看上去似乎跟中國
人沒有什麼兩樣，但是當你看到他那特有的仁丹子，和他走路時的那付
不能伸寬了腰的姿態，你就可以看出他和中國人的不同的地方出來了。
他是一個久居中國的浪人。「九一八」以後，一躍而為關東軍駐哈的特務
機關長。然而，浪人終究是浪人，他總改不掉浪人的特性——陰毒、無
賴、荒淫。——正因為他留在中國時間很長的原故，他能說得一口流利
的中國話，因此，在有些地方他會冒充中國人去進行他的陰謀詭計）

黃　　　（卑躬地）特務長請！

松　　　（傲步而入，沒有見著主人，不禁有點掃興）咦，人呢？（進來
　　　　後並不馬上就坐，卻滿屋子亂看亂跑，直到視線射到了那張結婚
　　　　照時，這才停住了腳，細看了一會（贊美地）真美！

黃　　　（裝著鬼臉）特務長請坐吧！

松　　　（無心理他）唔！

（小翠倒了茶，又給他們燃了煙，當她走到松井身邊的時候，他略微看
了她一下，在她頰上一摸，接著一陣大笑，使對方非常難為情同時也非
常駭怕地燃上煙，匆匆溜進門了）

松　　　（得意地）哈哈！支那女人真夠味兒。（回過頭來看見黃存義還站
　　　　在那裡一動不動，這才想他要的話來）皇宮的事都準備好了嗎？
　　　　（說時已斜臥在沙發上）

黃　　　（獻能地）已經完全準備好了！

松　　　哼！看他們今天能有一個逃得出我的羅網不！（得意地）哈哈！

黃　　　是是！

松　　　（輕蔑）我早就說過中國豬是做不出聰明的事來的，中國人全是
　　　　豬！他們的祖先本來就是豬！（故意侮辱）所以你也是豬是不是？

松　　不過，總還是豬裏頭比較聰明的一個，因爲你已受過優秀的大和
　　　民族的陶冶了。

黃　　（受寵若驚）是是！

松　　（又想起了主人還）怎麼還不下來？好大架子，中國人跟日本人
　　　搭架子，豈有此理！

（這時恰好蘊華剛從樓上下來，她的臉上又加上一層脂粉，在燈兒下，
更顯得嬌艷動人）

黃　　哦，來了。大嫂，你可讓我們等久了！

蘊　　（客氣）是的，對不住得很，因爲有點兒事所以下來遲了（目視
　　　松井）這位……

松　　（迷於美色已失了僞作的莊嚴，現出原形來，眯著眼睛彎著腰）
　　　嘿嘿！就是松井。

蘊　　（看了對方那種卑躬模樣忍不住要笑，但因爲是丈夫未來的上
　　　司，只好極力忍住）哦，松井先生請坐！我們這兒小地方，實在
　　　太不成樣了。

松　　（丑態畢露，伸出一隻粗黑的手來）好極了，好極了。（對方很大
　　　方地伸出手來，他卻使勁地緊握著對方的手，竟至忘了放鬆）

蘊　　（半窘迫半害羞地）松井先生請坐吧！

蘊　　（這才忍痛地鬆了手）你也坐（指長沙發）就這兒，我們兩個坐！
　　　（自己已坐下去）

（蘊華也只得坐下，因爲她不願顯出小家氣來）

（存義站在一旁——直到這時他還沒有敢坐，因爲他的「主人」沒有叫
他坐——看這醜態也直想笑，但又不敢冒犯了他的「主人」，只是不住地
咳嗽，以便抑住笑聲）

松　　（對蘊華）謝謝你通知了我們這個消息，否則我們可得小吃一點
　　　虧了。

蘊　　……（不知回什麼話好）

黃　　（湊趣）是呀！大嫂算是我們一個忠實的同志！

松　　（覺得黃存義的留在這兒實在是多餘的，於是顯得非常討厭地）
　　　你爲什麼還不去皇宮？

黃　　（會意）是是那麼你在這兒坐一會！大嫂，我還有點事去！

蘊　　（不願）幹嗎不再多坐一會兒？

黃　　（惡毒地看了松井一眼）有事，一會兒也許再來。（說到「來」字的時候，人已走出中門了）

蘊　　（侷促不安，但又不能顯露出來，免得叫人說是不大方）

松　　（嘴向門外一呶）他是一個十足奴性的東西！我們要的也就是這一種人！（說著對對方險惡地一笑）

蘊　　（難受，不由得臉上一陣熱）

（房中只剩下他們兩個人）

松　　（嘻皮賴臉地）你眞生的美！

蘊　　（沒有想到，害羞地低下了頭）

松　　（丑態地）你眞美我非常愛你！（說時一雙手已經搭到對方的肩上去）

蘊　　（雖然是一個非常愛慕虛榮的人，但她並沒有失去她了自尊心，因此對方的舉動，使她感到莫大的侮辱，她決沒有想到堂堂的「貴賓」竟是這麼一個禽獸，她想給他一個耳光，可是，人家是「貴客」無可奈何，只好忍著氣，避開他的手，客氣地）松井先生！

松　　（在他的想像裏，中國女人全是可以隨便玩玩兒的）咦！你怕我？

蘊　　（抑住心頭的憤怒）不，松井先生，你不是有重要的話要說嗎？請你說吧！

松　　重要的話，（又去拉她，她只往後退，他猛地一撲已將她抱住）就是最重要的話，哈哈，美人兒！

蘊　　（極力掙扎，怒火已在她的心底，她已悟會到自己是在受人玩弄了，但她還很客氣地請求著）松井先生請尊重你自己！請放開！

松　　（雖然在許多人面前常常擺出那麼一派莊嚴的氣度來，表示著大和民族是如何地優秀，如何地文明。可是，當他背了人時，當他提到了他心愛的東西時，他卻不惜暴露了他的原形去奪取了，於是露出了神明子孫的本相來）放開？哈哈！（抱得更近一點）寶貝，我愛你呀！

蘊　　（已經捺不住怒火的上衝了，用盡全力去掙扎，終於給掙脫，透了一口氣）你，你這禽獸！

松　　（獰笑）你罵我！

蘊　　（喘氣）你要知道中國女人並不是可以讓你們隨便欺侮的！

松　　什麼？欺侮？（突然）你知道我是什麼人？

蘊　　（毫無畏色）我知道你是日本的特務機關長！日本軍閥的走狗！

松　　（更進一步）你知道這裡是誰的天下？

蘊　　（猛省）是的，這兒是在八年前叫你這班強盜給搶去了的，現在這裡變成了強盜的世界！

松　　（咧開了嘴）所以你就得服服貼貼地接受我的愛！

蘊　　放屁！

松　　（仍是獰笑）咦，倒會罵人我問你，你爲什麼拿我的錢？

蘊　　錢？

松　　你要知道日本人是不輕易把他的錢送給外國人的。尤其是中國豬！我們只可以向他們勒索剝奪，這是他們的義務！現在我倒反送給你這許多錢，（要挾）要知道我們是不會白花錢的我們要代價！

蘊　　代價？

松　　啊！現在老實告訴你，我們要的就是你丈夫的命和你的身體！

蘊　　（退倒在鋼琴上）哦，天了！

松　　（得意）現在是設明白了吧！

蘊　　明白，是的，我現在才明白你們這一群的狗（自語）芷芬，後悔沒有聽你們的話反而（喪心）害了你們！

松　　（獰笑）嘻嘻！

（這時清明的理智已經把蘊華從迷津裏喚醒過來，她已明白了自己的錯誤，她明白了在目前情況下是談不到個人的享受的除非是出賣了自己的靈魂和肉體）

蘊　　小翠！（小翠內應）把我的那個小提箱給我拿來！

松　　嘻嘻！

（一會兒小翠提了一隻小皮箱去上來交給蘊華驚異地看了他們一眼，匆匆地走下）

蘊　　（把箱子打開，取出那一包錢，放在松井面前）錢，還你，請你馬上就走！

松　　走？錢還了就沒事啦。沒有這樣容易的事！（說著又想來抱她了）
（突然少文出現在右門口，他似乎在外邊聽了好久）

文　　沒有這樣容易的事，好，你就瞧我吧！
（少文的突然回來，這是兩個沒有想到的）

松蘊　（同時）少文（奔過，好像遇了救星，對方擁著她）
（一驚放下了手）

文　　（鬆開了蘊華）八年來，我們受盡了你們壓榨，你們在替天行道，
　　　哼！你們把這裡造成了一個活地獄，我們整天吸不到一點自由的
　　　空氣，我們整天地在苦痛驚恐中生活著，（越說越氣）你們這強盜！
（蘊華這時慢慢地走到松井的背後，因為她已注意到他手在往衣袋裏插）

松　　嘿嘿！（掏出手槍預備開，卻不料到蘊華突然從他背後把槍搶了
　　　去）

文　　（也掏出了手槍對準松井）動！
（正在這個時候，黃存義帶了三個僞警攤著芷芬從中門上）

文　　（見芷芬被捕不禁一驚）芷芬！（芷芬不開口）

蘊　　（見芷芬非常慚愧地）芷芬！

黃　　（見情勢知已不妙）少文兄，你這是做什麼？

松　　（見來了自家人，突又猖狂起來）快快，把這兩個東西給我捆走！

文　　哼！

黃　　（惡毒地）少文兄，這是奉的命令，並不是我不看同學的情面請
　　　原諒。（回頭，高聲）給捆起走！

僞甲　是！（但是卻一動不動）

蘊　　你敢！

黃　　（故意）咦，大嫂，怎麼，你——

蘊　　（恨不得食了他的肉）你以為我還受你的欺蒙嗎？你這黑透了良
　　　心的漢奸！

黃　　（冷笑）漢奸，你還懇求漢奸給你丈夫找官兒做哪！哈哈！怎麼
　　　這一會工夫你就恨起漢奸啦！眞忘了那三十萬吧？

黃　　（氣的說不出話來）

松　　嘿嘿！（命令僞警）為什麼還不動！

（忽然一陣砲竹聲）

（少文和芷芬相視而笑，奇怪的是僞甲也對著他們笑）

僞甲　　（突然）兄弟我們動吧！

（松黃一聽這話頓露得意之色，可是，奇怪的是僞警們並沒有捆住少文夫婦，卻反捆住了松黃兩個，同時並鬆了芷芬，這使得房裏每一個人都感到非常奮然這個到底是怎麼回事呢）

黃　　　（驚）咦，你們發昏了嗎？

僞甲　　報告，因爲我們都是中國人！

黃　　　（氣昏）混蛋！

僞甲　　（脫了帽，現出本來面目）你們也有疏忽的時候吧！

芷文　　（同時）（喜）小劉，是你！（緊握劉手）

（熱情地）小劉！

（蘊華楞在一旁）

松　　　（張大了眼）你這沒用的豬！

劉　　　我知道今晚皇宮的事是有點危險的，所以玩了一點玩意，不過還得謝謝這位兄弟（指僞乙），他借了一套衣服給我（指二人）他們都是有血的青年！

文　　　（他們都一一握手，感動得說不出話）

（外邊響了槍聲）

文　　　（興奮）聽，我們的兄弟已經發動了，（舉槍對松井）你以爲中國人全是馴良的羔羊嗎？你以爲中國人全是沒有靈魂的漢奸嗎？（對）你這無恥的東西，今天就是你們的末日了！（欲開槍）

蘊　　　讓我來，（拿出從松井手裏搶來的槍）這是你的槍，就讓我拿它作爲給你們送行的禮物吧！（開槍二人倒地）

芷　　　（興奮地握著蘊華的手）蘊華！倒底還不虧是一個新中國的女兒！

幕落於衝鋒號中

劉大媽
──綏西大捷的狂飈旋起來的草原上的女英雄

石傑

過了舊曆年不久。

寒風依然帶著嚴冬的性格，哀嚎著閃電似的旋過草原，在每一個角落裏搜尋著曾被踐踏過的遺跡。

劉大媽的牛車，停在那曾是她的家的門前，老漢氣哼哼的從地上撿起一塊塊燒焦了的木片，焦糊的木頭上還隱隱能看出紅漆的顏色，這明明是爺爺傳下來的那座榆木朱漆大躺箱、炕、鍋臺、和墙一樣的塌得一路歪斜，屋頂早不知去向，大小子倚在車轅上默無一言。三女扯著媽的衣角，瞪起大眼睛望著媽怔怔的臉。劉大媽拭著眼淚看看這破碎的家，住了三十多年的家，現在已經不是自己的家了。

和後套其他的村子一樣，趙櫃圪坦是被紅柳和知己草叢圍繞著，有一眼望不盡的莊田，和縱橫交織的渠溝，從這裡走路去五原大約有百里左右，離公路的大站口百川堡才十來裏，所以趙櫃圪坦也算個相當重要的村子，劉大媽的家安置在這個圪坦裏已經三十多年了。

原本她──劉大媽不是後套人，說起來是七八十年前的事了。劉大媽的祖父，在二十五歲那年，趕著輛牛車，牽一頭毛驢，載著年輕的祖母和才六歲的爸爸，來到這塊肥沃的草原上，像所有的人們一樣，勤苦的墾植著，祖父是能幹的，終於在這塊處女地上開拓了一片家業。祖父死了，家裏的人口一天天多起來，爸爸的鋤在地裏揮動得更勤。和爸爸種的那一片片燕麥，劉大媽一天天的成長起來。

做姑娘的時候，劉大媽就不安份。她不願像一般女孩們一樣，把所有的時間都消耗在說長道短上，她也不喜歡把自己關在那小屋子裏。她酷愛著這片無垠的草原，她常喜歡和一群較小的孩子，悄悄溜進草灘裏去灌黃鼠，打野兔。她是孩子們的領袖，因爲她的辦法比野兔還多一招兒。

劉大媽有著塞上的藍天那麼玲瓏的智慧，有著高原上的狂飆似的那麼豪爽的性情，現在劉大媽老了，還常和晚輩們的說起：「我年輕的時候，甚麼也不怕，女人麼，可長了一顆男人的心！」的確，只要看她那雙黑亮的滑溜溜轉著的大眼睛，就深信五十三歲的劉大媽並沒有減弱當年的英豪。

可是世界上的女人都得當家過日子。劉大媽無論怎的英雄，她是女人，總得出嫁。自從二十歲嫁到劉老大家，就一心一意的幫丈夫操作，三十年來把一雙三寸金蓮都操勞成半大腳了，劉大媽倒不在乎這個，人有志氣腳大怕甚麼。

每年，在春節快要到來時，劉大媽老早就盤算好了，年下該做什麼菜，孩子們要置件什麼穿的，去年冬天可和往年不一樣，劉大媽沒有一點心情來管這些事。

去年，從一進臘月起就那麼亂轟轟的，區長整天往村子裏跑，派車派馬的，騾子、馬，連車倌拉走了一半多。汽車路上灰塵衝天的，成天整夜的過著兵，隊伍的家眷一車車的往下開。劉大媽心裏就納悶兒，「抗日」抗了兩年多啦，也沒見這麼亂過啊！

一天天逼近糖瓜祭灶的日子了，這塊土地上的空氣越不寧靜起來，敵人進攻後套的消息天天播散著，前線戰事的波動，搖撼著每個人的心，那銀翅膀貼著太陽膏藥的禍害，整天在頭上轉，病狼似的哼哼的人心裏發慌。百川堡的老漢們老婆兒們，每天總是指天劃地的咒著鬼子，把自己被炸死的心愛的綿羊拖進矮屋裏去。

草原上的每一粒塵土都在不安，趙櫃圪坦在這不安中動盪著。何英生的女人才從百川堡搬回來，每天一想起在百川堡被炸毀了的家，恨不能把鬼子咬幾口。

「我受不了，我非得『掀傳』一下不可。」何英生女人一面恨恨的想著，一面早從這個門走到那個門，又從那個門進了另一個門。在何英生女人擴大的宣傳下，趙櫃圪坦的狗都感到了驚恐，女人們鼓燥起來，小喜鵲似的在丈夫們的耳邊叫喚著：

「走吧，何英生女人說，百川堡的人都搬了，五原緊著呢！」

「何家大嫂說，區上要下令了，要『空室清野』。」

「把糧食埋好吧，眞要亂起來叫人搶走了，咱們這一年就不用吃啦！」

「看你這死樣子，你倒是去百川堡和區上的人打聽一下，我可不能跟著你等死！」

趙櫃圪坦的居民開始向草灘裏移動著，生活在惶恐氛圍中的劉大媽多少也有著些不安，可是劉大媽是上了年紀的人，不像那些女人似的沒根據的亂吵，她心裏總覺得應當眼見為實。女人們的議論一天天兇起來，搬家的人也一天天多起來，劉大媽有些沉不住氣了，打發老漢去區上打聽一下，老漢回來了，仍是那一套：

「區上說，最好先躲躲，怕是一兩天也就要下命令『空室清野』了。」

區上的話是不會錯的，劉大媽也動搖起來，和老漢商量好，在臘月二十四這天，套上牛車，傢具反正是帶不走，鎖在室裏，糧食窖好了，也不會失，只帶上些鋪蓋乾糧就行了。

三十多年劉大媽就沒離開過家，家是她一手創起來的，老漢是個老實人，大小子二十歲了可還孩裏孩氣的，三女兒才十歲不懂事，劉大媽是這家的主心骨，辛勞了半輩子，這家總算有個樣兒了，現在天上掉下來的禍。她必得拋開這一滴血一滴汗疊起來的天地，對離開家劉大媽默然的沉痛著，但她依戀而又毅然的被牛車載向草叢的那方。

在劉大媽同一目的地，有著不少的趙櫃圪坦居民，那廣漠的一無遮攔的沙窩裏，人們蜂集著。何英生女人和丈夫帶著三個孩子在冰冷的黃沙裏安了家；桃女子病得話都懶得說，硬被她丈夫用牛車拖了來，裹著條大棉被坐在沙上，像一尊沒精打彩的佛；周寡婦永遠用著幾乎是刺破大耳鼓的音調在喊叫，似乎對十里以外的人說話。

年底，早立了春，在塞外非但沒有絲毫回春之意，反而是最冷的季節，沙地裏的冷暖更是以極度的殊懸而同時存在著。

風，狂吼著從下午一直吹徹了整夜，黃昏時候，雪蘆花似的在沙原上飄起，避難的人們用畢生最狠毒的詞句咒著鬼子，也怨著天。何英生的小女兒，瘦小多病的三三，哭了一夜，黎明時才安然睡去，從此三三就不曾醒來。何英生女人哭著喊天，讓頭髮都散開了，在地上打滾；周寡婦依然用唱女高音的調門兒一旁伴奏。終似是周寡婦的勸解發生了效力，何英生女人不再哭叫

了，坐在那裡不做一聲的咬著自己的手背，劉大媽替她梳著頭，緩聲的勸導，何英生女人流著眼淚，不說什麼。

正是何英生女人在沙窩哭喊打滾的時候，鬼子兵渡過了烏家河，土黃色的汽車在綏西公路上飛似的奔跑著，比在他們家還要隨便。從此，空了好幾天的城堡村莊加添了幾分鬼氣，草原上遭受著古時候都沒聽說過的災害。

趙櫃圪坦也逃不出這劫數，賈大娘的肥豬讓鬼子們吃得皮光肉淨，桃女子養的那隻毛頭大笨狗，一槍被他們打的臥在路邊上一動也不動了。螞蟻窩，耗子洞都被他們翻遍了，還只是氣哼哼的到處搜拈著，可是鬼子再兇點吧，在後套卻找不出十家老百姓和一粒麥子，每天所得著的，只是些不知從什麼地方射來的子彈。一賭氣到處放起火，從臨河、陝壩、百川堡各地一齊撒出來，退守五原。

大約是初七那天，探聽消息的人回到沙窩裏，說是鬼子退了，現在確是可以回去了，人們都深深的噓了一口氣，把東西都裝在牛車上，劉大媽就這樣的隨著大夥又回到自己村上。

劉大媽又將見到自己的家，大小子興奮的把車趕得那麼快，可是當車停在家門口，一切都和劉大媽的理想開玩笑！焦頭爛額的牆，奇怪姿勢站著的門框，所有她曾小心的把它鎖起來的東西，在她面前風車似的旋轉著，劉大媽困惑的睜著眼，像孩子受了委曲一樣，她哭了，似是希望眼淚來洗平這創傷，淚水像一串珠子樣的掛在劉大媽的臉上。

坐在一堆破碎的血汗上，劉大媽不發一言的惱恨著自己：「為什麼不把重要的東西帶走？老漢是無用的，除了像牛一樣受著自己的指揮外，一點也不能幫忙，看他那副愁苦的臉子，怪可憐的，但那有什麼用呢？」「也許不走，在家裏守著，和鬼子說兩句好話就不會燒了。」「可是鬼子為什麼要來呢？他們要是講理的話，能無緣無故的燒人家的東西嗎？」終於劉大媽怨到不得好報的鬼子身上去了。

怨不是劉大媽的全部，她開始發揮著自己鋼樣的性情，兩下擦盡了臉上的淚，一把拉著老漢走到屋後面的廣野上。

「老漢，你看那是甚麼？」劉大媽指著那豐密的紅柳叢。

「紅柳呵！」老漢莫知所答的應著。

「你再看，這是甚？」

「地呵！」

「地上有土沒有？」

「你瘋了，你怎麼的啦？」老漢有些不舒服起來，他感到自己的老婆有些異樣，他真怕她會瘋，他相信她是可以瘋的。

「有土，有紅柳，咱們不能再蓋？」劉大媽毫沒顧到老漢任何的不安，只堅決的在揮著手，「三十多年，咱們蓋起了這個家，再過三十年有個比這更好的，蓋不起來我不死，動手，馬上，明天住新的！」

老漢是向來聽從劉大媽的意見的。大小子年青愛熱鬧，有人提頭，他比任何人都興奮，再說自己不動手，還等鬼子來蓋洋樓？

當時便七手八腳的做起來，大小子和泥彌墻，老漢選擇了最適宜的紅柳條，砍下來讓三女兒拖到她媽媽跟前，劉大媽坐在地上，手不停指的把紅柳編成笆子，紅柳笆子裏織上了她新的意志，也織上了新的永遠不能磨滅的仇恨！

一切工作都以加倍的速度進行著，比劉大媽和老漢剛立家業時幹得更起勁兒，太陽隨著劉大媽的紅柳條一步步移下了地平線，劉家的房屋只剩下找椽子，蓋紅柳笆的最後工作。

這晚，劉大媽全家依然睡在野地裏。

第二天，東方閃著魚白色的第一線光，大小子從夢裏失驚打怪的跳起身來。

「大！起來吧，早些弄好晚上睡新屋。」

「他媽的，十年來沒睡過這麼香，今天可睡了個死！」

老漢叨念著坐起來，總有幾分得意。

父子兩個都在屋頂上流著汗，老漢暗暗佩服自己老婆的本事，究竟也是自己的功勞啊！

「他媽的叫狗兒的燒，燒了，老子再蓋新的。」老漢驕傲的誇耀著！

「鬼子再灰點吧，反正他媽的不能把地搬到日本去！」

兒子在響應。

今天沒有劉大媽什麼事，坐在墻根下晒太陽，順手把三女兒的頭扶過來，捉幾個小動物，生活似乎又恢復了昔日的恬靜。

突然東邊什麼人鬧起來，「千殺萬刮的喲……」遠遠的，周寡婦被一大群男男女女擁著，一把鼻涕一把眼淚，哭天喊地的奏著哀樂過來了。

「苦命啊！苦命啊！……千刀萬刮的日本鬼子啊……」

「天啊，又出了什麼事……」劉大媽嚇得站了起來，時間是那樣急促，絲毫都沒容她想，周寡婦早一陣旋風似的扭到面前，通的一聲就坐在劉大媽腳邊的地上。

「大嬸，你看我還怎麼活呀……我可不如趁早死了啊……」

「周大嬸，怎麼的啦？坐下歇歇，慢慢的說，有什麼不了的事，說出來咱們大夥幫忙想法子，哭壞了身子可是大事。」劉大媽豪爽的同情著。

「死了喲……你怎麼辦哪……我的……」又嚎起來。

「媽！看你，回家去有什麼說不了！」周寡婦女婿郭二其，背著個包袱，帶一身塵土，緊蹙著兩道濃眉站在那裡。

劉大媽想周寡婦也說不出個什麼，倒不如問問她女婿，才把眼睛投向郭二其，周寡婦在地上又喊起來，一行哭一行數，壓下去所有的聲音在訴說：

「半個月盡睡在那冰冷的沙地上，躺得我腰酸腿痛，我說去抬點草燒燒坑，誰知道才走到路口上，這個報喪神可來了，我的天呢……」才想痛苦一下，又怕女婿攔斷了話頭，忙又繼續說下去：「這兩個不知死的，他和我女兒連躲都不躲，只管住在離五原二三里的村裏，你想鬼子來了還有活命嗎，我的女兒就給日本人害死了，我的天哪……半輩子就守了個女兒，指望她抓把土把我埋了，誰知道……」

「你還嚷什麼？這是什麼好事？怕人不知道？」郭二其眼裏都快冒火了。

「你怕嚷，我不怕。我女兒叫鬼子害死了，你為什麼不帶她跑？你成心要害她，你害死她，我就跟你要人……」周寡婦索性嚎叫起來。

郭二其計窮的搓著兩隻大手，觀眾們都不平起來。

「她女兒不好，還怪責別人，」桃女子跟何英生女人悄悄咬著耳朵。

「周大嬸，你問人家要得著嗎，有本事跟鬼子要去啊！」衝小子俠客似的想要講一番道理。劉大媽怕自己人再吵起來，忙勸解著：

「周大嬸，別太難過了，沒法子，這是大夥受難啊！凡事往寬裏想，你看，我的家燒得什麼都沒有啦，可是我把它又蓋起來了！」

觀眾們才注意到背後的屋子是新蓋起來的，「劉大媽怎麼黎山老母似的半天一夜就變出了新房子？」

「咦，大媽，你蓋好了啦？」

「蓋好了，日本鬼子會燒，咱們就會蓋，看誰本事！」劉大媽突然嚴肅起來，她顯然的更老了，從昨天額上又增添了幾條皺紋，可是劉大媽的眼睛

卻年青起來，像壯年一樣閃著希望而且堅決的光。

「你房子燒了能蓋，我的人死了可活不成啦！女兒呀！」周寡婦又恢復了適才悲壯的感情。

「大嬸，人是活不成了，哭也沒用，總有一天咱們要跟他算賬去」群眾中誰在同情著說。

「我一個老婆家到哪裏和他們算賬去？」

「老婆家便怎麼樣？吃了虧就算白吃？大嬸，咱們也得報仇，咱們得給他『掀傳！』何英生女人用著從百川堡帶回來的名詞安慰周寡婦。

「『掀傳』？我沒你們本事，你們都是有福的，我一個孤老婆子什麼也幹不行嘞！老天爺，你怎麼單害我這苦命人啊……」周寡婦不要所有的同情，恨恨的爬起來，哭著向自己的家跑去，群眾和悲哀又被她一陣風似的帶走了，只剩下劉大媽的同情。

對於周寡婦這種酸溜溜的人物，劉大媽是不大喜歡和她交往的，可是今天，劉大媽給予她最大的同情。雖然爲本村的女人們私自慶幸著，但，對周寡婦無辜的女兒的不幸，劉大媽以人類最眞摯的同情而憂傷著。

晚上，劉大媽又有了溫暖的家，鍋臺下燃起知己草，火焰熊熊的跳躍著，人的影子在墻上閃隱著。劉大媽的思慮也隨著這虛幻的跳動在輾轉著，她覺得自己比從前多知道了些什麼，可是，突然又像缺少了什麼似的不中意，反而不能如昨夜安然睡去。

從這天起，這樣迴異的感覺常在劉大媽的內心相併的存在著，在這矛盾中她確是像得了些什麼新事物。

二月……

峭風翻過烏拉山巔，狂嘯的駛向黃河。利刃似的刮劃著古老河面上的堅冰，冰開始在夜間播散著破裂的巨向，峭風帶來了輕微的含蓄的暖意，也給草原上的居民帶來了暗暗的狂喜，人們蠢動著，像一群不帶向的蜜蜂。

士兵們，野地裏的黃鼠似的，迅速的在草叢裏溜過，居民們更迅速的移動著，沒有恐懼，也不再是逃避，而是欣然的準備迎接什麼新神靈；壯年們，緊握著槍，背上沉重的子彈，年老的，四個人抗一副擔架，悄悄了跟在老總們後面，他們不再像平日高唱著「嗨嗬嗨，軍民要合作。」在他們內心卻壓抑著更強烈的歌聲。偶然前面投過來一線歡欣的默笑，後隊人們的臉上立刻會心的顯印著一條條弧線，千萬人的呼吸合成愉快的雲樓，千萬夥相契的心

在草原上起著共鳴。

一個多月了，人們失去了家，讓溝渠田園蒙著被踐踏的羞辱；也一個多月了，人們期待著這個時日的來臨，隱伏在心裏的叫喊：「後套是中國人的，拿回來！」終於衝口而出，人們都如願的踏上了戰場。

趙櫃圪坦的男人們都興奮的收拾著各人的乾糧袋，像孩子過年似的，人們出一趟進一趟的忙著，愉快的笑容在每雙頰上泛起。

八十歲的賈大娘，聾著耳朵，始終對兒子和孫子們的事情莫名其妙，兒媳婦們也興興頭頭的，可就偏像故意隱瞞大娘似的一句話也不和她說，大娘氣憤極了索性不去理他們。拉著小孫女悄悄的問：

「你爸爸他們幹什麼去？」

「爸爸，叔叔，哥哥他們到五原打鬼子去。」小女孩在大娘耳邊叫著。

「胡說！」大娘吃了一驚，可是她絕不能信，兒子們一個個都喜氣洋洋的，一定不是去打仗，但她總不放心，扶著拐杖親自去劉大媽那裡去打聽一下。

賈大娘才走出來不遠，卻看見劉大媽一家子遙遙的向大道走去老漢和兒子各背著個小包袱，像是要出遠門的，劉大媽帶著三女兒跟在後頭，何英生女人招著手，尖著喉嚨在喊叫，彷彿是說：「大媽，早些回來！」大娘越不明白起來，這些年輕人是要幹什麼？

劉大媽已經好幾年沒去百川堡了，這回是為了去送老漢和大小子當戰地服務隊，跟在老漢後頭一邊走，一邊囑咐父子兩個凡事當心。對於父子兩個自願的去當擔架隊，劉大媽毫沒有猶疑的就同意了，可是心裏總有些牽掛著放不下，所以親自送送。

百川堡可不似前兩年齊整，堡子裏的房子幾乎是全部被燒毀了，劉大媽看了，像是百感叢生似的。

區上院墻也塌了，空場上像開什麼會似的，黑壓壓的擁滿了人。二娥子的爺爺雜在人群裏指手劃腳的談論著，看情勢，這鬍子都灰了的傴老頭子也要去五原呢。地上放著一堆堆的擔架，糟上拴著成行的騾馬，叫得一團糟的亂著。區長和一個助手在高聲唱著名字，老漢和大小子回頭看看劉大媽，就生怯怯的擠進人群裏去了。劉大媽帶著三女兒轉到靠近區上房屋那邊候著。

等了半天，還是那麼亂轟轟的，也看不出什麼頭緒來。劉大媽才想找個地方歇歇腿，卻巧一個女兵從對面走來，劉大媽心裏想：這一定是何英生女

人說的那個女動員，不由的把目光注視在女兵身上，誰知人家可大方，反跑過來和劉大媽說話：

「老太太，看熱鬧來啦，看咱們這回老百姓多好！」

「不，我是送我們老漢和大小子當擔架隊來的。」劉大媽侷促的解釋著。

「哦，那好極啦，老太太真是明白人，你貴姓啊？」

「我姓劉，你是這區上的女動員吧？」劉大媽被人誇獎得不知說什麼才好。

「老太太，屋裏坐，歇一會，他們走還得些時呢。」女動員不容分說的往屋裏讓。劉大媽怪怕生的總有點不好意思，可是實在累了，同時非常好奇的想看看女動員的家，於是就隨著進到屋裏。

小小的一間屋子，非常乾淨，牆上貼了幾張紅綠字紙條兒，像男人們似的桌上擺的盡是書。劉大媽暗暗的羨慕著，人家女子讀了書和男人一樣有本事，東跑西跑的都不怕。

「都是你們念書的有本事，我們後套人沒出息，灰得很。」

「哪兒的話，像老太太夠多明白，要是每個女人都催著她們的男人出來參加工作，這便是一大批力量。」

「他們男人出來『工作』——出來給國家賣力是該當的。」劉大媽漸漸沒有了不安。

「其實咱們女人也一樣給國家出力，比方⋯⋯」女動員開始了口頭宣傳，滔滔的說下去，一會是大道理，一會是個女人打鬼子的故事，說話又清楚又文氣，一時臉上繃得很緊，一時又爽快的笑著，女動員也很知道後套的故事，不時很體貼的問幾句家裏的事情。

劉大媽很快的就喜歡了這個女兵，她說的好多事，那麼輕鬆的一件件都碰在劉大媽心上，竟有些是自己的多日來感覺到而說不出的，被她三言兩語比方得那麼合適，劉大媽就深深的覺得能理解她的意思，同時身上又像減輕了什麼似的非常舒服。

劉大媽要回頭了，女動員那麼溫存的真誠的拉著劉大媽的手，親切的囑咐著下次再來找她玩。

一路上劉大媽任什麼也沒看見，女動員的話、臉、白淨的小手只管在眼前打轉，她怎樣的希望能把人家的話，像自己的話那麼順的說出來。她開始和三女兒講著女動員，可是三女兒不能瞭解媽，她一點也不喜歡媽這種冗長

的講述，她最感興趣的卻是看見一隻在洞口立著豎起胖尾巴的老鼠，或是一隻箭樣跑著的灰色小兔，對媽的談論她只是漠不關心的漫應著，有時乾脆沒聽見。對這毫不起反應的講述劉大媽非常不滿意，可是終於劉大媽找到了傾洩她腹中寶藏的住所。

劉大媽回到村上，女人們都向她這小屋集攏來，靜聽著劉大媽的百川堡見聞錄。聽眾們非常幸福的，能將百川堡的破牆爛屋，女動員的大道理，一直聽到女動員不大不小的腳。講述者是那麼詳盡的描寫著她自己所見到的任何一點，以及個人的感想，再加上何英生女人從旁的襯托，這場將近四小時的談話，很博得聽眾們的讚許，女人們在獲得了各人所要知道的以後，都滿意的散去，這些可貴的材料足夠她們講述半個月的。

只有周寡婦不能深信那些講述，她覺得劉大媽有故意誇張以表示自己多知多聞的嫌疑，所以她並不太滿意，只管沉思那許多可疑點。

二娥子卻有著和周寡婦全然相反的結果，她是劉大媽忠實的群眾，平日她最愛劉大媽的豪爽，今天她對這些大道理、故事聽得津津有味，更深的幻想著那神話似的女動員，她滿以為周寡婦有同感，很興頭的發表著意見：

「姑媽，你看人家女動員多可愛！」

周寡婦總不太喜歡誇獎人，尤其對劉大媽述說的那麼個不安分的女子，她簡直不能像二娥子那麼糊塗的喜歡這些不三不四的人：

「哼，別盡聽信那瘋老婆的話！」

「不信？你說劉大媽的話是假的嗎？」二娥子開始有點不滿意她這寡婦姑媽。

「一個沒嫁人的女子，跟一群男人們亂混，還會好的！」

「何家大姐也說人家好，那也是假的嗎？」

「她們還不是一個鼻孔裏出氣，咱們又沒見著，你怎麼知道她好？」

「她騙咱們做甚？天下的事你都不信，姑媽這是不對呢。」二娥子賭氣一扭身回自己家去了。

周寡婦對劉大媽的見了一次世面，心裏總不大舒服，為什麼那樣湊巧，好事都叫人家知道了，偏女人們愛聽她那一套。

劉大媽倒不曾想過，去百川堡一趟是故意和周寡婦為難，她只覺得這一次沒白走，確是比從前聰明了些，尤其女動員的那些道理，在她一次重述後，更牢固的刻印在心上，而且漸漸變成了她自己的，竟像她原來就瞭解那些似的。

夜拖著她灰衫的長袖，悄然的飄上了廣野，星星在黑藍色絨毯似的天空霎著眼，冷開始由沙原裏播散出來。

趙櫃圪坦踞在淒寂的草叢裏，伴著清冷的長夜，從它靜穆的軀殼裏漾出一絲輕微的活躍。

丈夫們，成年的兒子們已都去到國家需要他們的處所，女人們更閒在的聚集起來，在胡油燈下作著針線，扯著閒話，今天，每間小屋的空氣裏都播散著幾粒「百川堡」，「女動員」的分子。

老漢和大小子走後，劉大媽家裏冷清了一半。何英生女人照例到劉大媽這裡來閒聊。從走了丈夫們的冷暖飲食一直說到戰場上的死人，兩人盡量陳述著各人所知道的「死」的故事，三女兒由炕那頭漸漸移到媽懷裏，對那許多的「死」，她已感到自己周圍地域廣闊得不可捉摸的空虛起來，雖然早日玩的時候她覺得這炕是小得使她萬分不滿意。孩子無意識的心理多少也提醒了大人點恐怖，突然嘩的一聲外面什麼東西碰倒了，接著一陣若有若無的呻吟從窗外傳進來，屋裏的人陡的起了一身雞皮。

「大媽，你聽這是甚？」何英生女人怯怯的用眼睛看著劉大媽、可是耳朵聽著外面。

「不怕，我看看去！」劉大媽有一套大公無私的哲學：「不做虧心事，不怕三更鬼叫門」，所以，她一向是膽大的。可是當劉大媽開了門，她可真的見了鬼，一個血跡模糊的人跪在地上，一隻手抓住門，一隻手彷彿是才要推門似的伸了開來，三女兒尖叫了一聲，把頭鑽在何英生女人懷裏，劉大媽也不禁倒退了兩步，血跡模糊的人一面掙扎著向屋裏爬，一面嘴裏哼著：

「老太太，別怕……我……是傷兵。」

「我的天爺，傷兵你可不說話，差忽把人駭死。」劉大媽才看清確是穿著軍衣上身，忙和何英生女人兩個把他抬攛到炕上躺著，自己開始忙著招待這不速之客。

「外頭可冷呢，快歇歇，三女兒快再抱捆草來燒燒。你從哪裏下來的？」

「五原？一百多里你怎麼能走下來？」

「不，有人抬，他們餓了一天半夜，把我扔下找飯吃去了。」

「這些人才不是，也不說給病人安置一下，凍壞了可怎麼好。」劉大媽深感到年青人辦事的不周到。「那你一定也快兩天沒吃甚麼了吧，何姐姐，你多給鍋裏倒點水，咱們給熬點粥給老總喝。三女兒，去桃女子姐姐家滾鍋水，

給老總洗洗喝喝。」

「老太太，別忙活，我不吃，我一點兒也吃不下。」

「哪能不吃？大冷天，受了傷，再不吃口熱和的，人可受不了呢。」三女兒去後劉大媽代替了燒火的職務，何英生女人洗著米。

劉大媽一邊將長把的知己草添進柴鍋下面，一邊想想和老總談一下五原的情形，突然外面四五個人在亂嚷嚷：「在啦，在這裡啦？」隨著進來一個高身量的人，像交差似的和劉大媽說：

「老大娘，這位老總是我們才抬來的，現在五原忙呢，我們得趕快回前頭去，請你找幾個人抬一下吧，送到區上就行。」說完轉身就走，才出去，又好勿勿的探進頭來，「老太太，可千萬馬上送去，前頭打的很緊，傷兵不許在這裡停，明天一清早整隊的往後送，誤了事可不是鬧著玩兒的。」交代清了，連忙又跑去追那一夥人，劉大媽才要告訴他：村上沒一個男人了，不能抬。可是那群人飛似的向村外走去，劉大媽追在後面喊，他們連理都不理，何英生女人氣憤的對那群跑著的黑影低聲罵著，劉大媽無可奈何的回來。

「老總，怎麼辦呢？那群灰鬼簡直叫不回來。」

「她媽的，這群王八蛋非揍不行。」老總也生著氣，「老太太歇會你給找兩三個人把我送走吧。」

「老總，你不知道，我們這裡男人都去五原了，盡剩下女人怎麼抬？」

「連一個也沒有嗎？老太太，只要兩個就成，抬到百川堡那裡有傷兵招待處，我就有辦法了。」

「實在是沒人，老總，我們不敢說瞎話。」何英生女人解釋著。

「唉，你們好歹給我跑一趟找兩個人，把我送走了你們也省心，看我這個樣子，老在這裡多麻煩，只叫他們送到百川堡，我保他們不再往遠裡去。」

「老總，你這不是為難我老婆子嗎？村上實在找不出一個中用的人來了！」

「老太太，實在沒法子呵，你想我要是讓大隊丟下，三四百里沙地，沒吃沒喝，我非死了不成。再說打仗的時候哪裡有準備，真要有什麼變動，我在這裡，你們可更累手了。老太太，你行行好，哪怕找幾個老漢都成。」

「我給你跑一趟吧，不過多半不易找著，我們這裡連六十多的老漢都走了。」劉大媽雖然明知沒用，可是傷兵求的那麼可憐，心裡太不忍了，只好去試試看。

劉大媽從這家到那家，趙櫃圪垯走了一大半，狗被這黑夜串門的老太太招的到處亂咬，終於仍是絕望。

原野罩著幽鬱的黑夜，無邊緣的伸向遠方，胡油燈以微弱的暗紅的火燄和夜的黑暗鬥爭。送傷兵的問題也在和劉大媽的智慧鬥爭，她從一列列閃著燈光的窗前經過，懷著預知的失望：

「總算對得起他了，我替他跑過了呵！」

「咳，這管什麼用？今晚總得給他送到呵！要真趕不上大隊，我可就誤了大事啦，一定得送走！」

「偏是夜裏，不然到區上跑一趟，找幾個人抬走。」

問題在劉大媽腦中旋回著，當想到區上時，白天的事又在她面前閃著，女動員在她思維裏佔去了傷兵的位置，清晰的話語在耳邊重響起。劉大媽煩著，極力集中智力於解決當前的難題，可是像有鬼，她絲毫也不能把女動員暫時從腦中驅逐出去，多麼和善的笑著，「咱們女人也一樣的給國家出力⋯⋯在廣西還有女兵親自上前線呢⋯⋯」

「女人也當兵？人家真本事，咱們後套的女人不行。」劉大媽把女動員的意思演繹著，突然另一個念頭在眼前一閃，「我們真沒本事嗎？今天的傷兵不能自己抬？」

「這也是給國家出力呵！對，一定得抬！」劉大媽在黑暗中自語起來，像是獲得什麼寶物似的，她加快了腳步向自己家跑去。

劉大媽的小屋擠滿了人，都是來參觀她家奇怪的客人的。何英生女人在述說剛才那幾個擔架隊的不通人情。桃女子、二娥子聚精會神的聽著，周寡婦在聾子賈大娘耳邊大聲廣播。三女兒也在告訴衝小子，那滿身是血的傷兵怎樣爬進來的。

劉大媽帶著自己發現的奇蹟，匆匆的推門進來。臉上泛起一層欣喜而有希望的笑容，不待任何人發言，先自喊著：「有了，有了！」劉大媽像二十歲的姑娘們似的活潑起來。

「什麼？找著人了嗎？誰這麼快就回來了？」何英生女人驚奇的問著。

「不是，我是說咱們自己動手，女人來抬！」劉大媽的回答像霹雷似的驚震了全屋。周寡婦第一個尖著喉嚨笑起來：

「大媽，這就是你剛才高興的緣因嗎？你想的辦法？」女人們隨著周寡婦的問話也轟起來。

「怎麼？女人不能抬嗎？」

「大媽，你說真的讓咱們抬嗎！」二娥子天真的問著，但總有些懷疑劉大媽奇突的想法。

「事情這麼緊，誰還說笑話，老總說前頭緊的很呢，要不趕快送走，打仗可是沒準的。說不定出什麼事呢。」

周寡婦一面在搖頭，一面聳著肩笑得像是遇上什麼千載難逢的喜事一樣。賈大娘對這羣笑著的人簡直莫名其妙，她一點也不覺得劉大媽有什麼可笑的地方，就高聲問著，周寡婦用袖子角擦著眼淚對賈大娘喊著：

「劉大媽叫咱們女人抬傷兵！」

「真的，這可不成，女人哪裏抬得動？再說哪有女人出頭露面的！」賈大娘一點也沒笑，認真的阻止著劉大媽。

「抬不動，多找幾個人，反正不遠。」

「老太太，我自己走吧。哪裏有女人抬的道理，你們要出了岔兒，可更麻煩了。」傷兵看實在沒辦法，不願再累她們了，才想掙扎著起來。但是胸口上的傷撕裂了樣的痛起來，只好又哼哼著躺下。

「老總，你的事要緊，十來里地哪裏就出來什麼亂子，你要真趕不上大隊，可就誤了大事啦！」

「對，大媽，咱們也出一回力，以後老漢們就再不說老婆們光會吃飯了。」何英生女人到底見過大世面，心裏活動得多，首先同意了劉大媽的主張，同時說服著桃女子。桃女子羞澀的笑著，又怕人家笑話女人家這麼不要臉敢抬傷兵，又怕丈夫回來罵。

「他憑什麼罵你，他自己不也抬傷兵去了嗎？」

「咱們這是為公事，誰敢笑，誰敢罵，不要緊我保你沒事！」

在劉大媽和何英生女人多方面的說服與擔保下，桃女子答應了這件工作。

周寡婦覺得情勢不大對，似乎劉大媽的提議又有實行的可能，她簡直不明白這些糊塗人為什麼總愛聽一個瘋老婆的話。她惟恐二娥子也要跟去了，而且劉大媽已經打發三女兒去找素女子，大約要鬧成真事，她不得不出頭阻攔了。

「大媽，你這可不行，帶這麼多年青女人黑天半夜胡走，出了事你可擔不起呵！」

「哪裏這麼巧就出了事，咱們為公家做事，誰敢把咱們怎麼著。」

「聽說區上扣女人呢，明天她們老漢都回來了，你怎麼辦？」

「誰說的？人家區上就有女動員，不是也給公家做事呢。」

「不，還是不去的好，這麼兵荒馬亂的，誰也不敢保沒事情。」周寡婦親切的暗示的在劉大媽的胳膊上捏了一把。

「眞要出了事情，這位老總心裏也過意不去！」

「對，對，老太太還是我自己慢慢爬了去吧！」周寡婦的話果然發生了效力，傷兵已經怕對這些女人們負責了，何英生女人素來看不慣周寡婦那假殷勤勁兒，實在忍無可忍了，爆發了她那火藥樣的脾氣。

「我們自己願意去，十來里地怕什麼怕？不看人家老總在五原幾天幾夜沒吃喝了，受了傷，咱們連抬著一下都不肯，也太難啦。咱們就連人心都沒長著嗎？大嬸，我們又不要你去，怕什麼。」

「好你們有本事，你們去，我沒長著人心，我不是人。走——二娥子你不許去，跟我回家！」周寡婦惱羞成怒，乾脆不跟這群瘋婆娘吵了，硬拆臺，拉起二娥子就走。

劉大媽知道二娥子是必然的群眾，沒想到周寡婦來這麼一手，心裏怪何英生女人說話太猛，才準備緩和空氣，二娥子卻一摔手坐在那裡不動。

「姑媽，你回去吧，我和劉大媽去。」

「什麼！你說什麼！你敢不聽我的話？」周寡婦氣得衝到二娥子面前，用力睜著一雙小眼睛。卻巧素女子睡眼惺忪的進來，不知她們什麼，反正周寡婦也沒有什麼嚴重的問題，就前去周寡婦一邊推向門口，一面勸解著：

「你們娘母兩個還有什麼吵的，算了吧！」

「並不是不聽姑媽的話，實在的你看人家老總這個樣子還能走嗎？」二娥子仍堅持的坐在那裡。

「好，你去！我把你婆婆叫來，反正我是管不了你啦！」周寡婦恨恨的順著素女子的推擁出了門。

「哼，我婆婆才不管呢。就你沒事找閒事管！」二娥子指著她姑媽的背影笑著，女人們都笑起來。

素女子是順從慣了的，而且最直爽最熱心，所以雖然是懷著小孩，也毫不躊躇的讚同劉大媽的意見。

五個女人說著笑著，不到半小時繩和木棍組成的擔架已被結成，爲民族戰爭而受傷的戰士被輕俏的安置在上面。抬離了這溫暖的小屋，在冷風裏走

向草叢中宛延的道路。

　　女人們織弱的身影在夜的模糊裏移動著，笑聲被冷峭的寒風送向遠方，輕微的喜悅在草原上漾著，知己灘裏沒有過這樣的史蹟。

　　深夜到達了目的地，傷兵終於被劉大媽等送到了百川堡。

　　在燈火齊明的區上，人們徹夜的忙亂著，要向前方送軍需品，也準備向後方運送負傷將士。劉大媽和其餘四個女人站在區上的辦公室裏，被人們殷勤的招待著，欣喜而又莫知所措的笑容在這群鄉下女人的臉上漾著，她們給草原上的女人們踏出一條從未走過的道路。

　　黎明前，劉大媽帶回了個人勝利的喜悅，更帶回了全國喜悅的五原大捷的消息！

恆　河

錢玉如

離江岸約莫有百里的恆河懶蛇村，這幾天突然的繁盛了起來。從隔江省城中逃出來的難民，亂嘈嘈的塞滿了每一個小屋，小村像一缸正要發酵了的糈酒，泡泡地醞釀著什麼。

是春的開始。

鳴聲在催送著黑暗。

天還未亮透，素杏就起來了，她把小鏡擱在板窗檻上湊著灰暗的微光，在她那微黑的長臉上抹著從鵝蛋形的粉塊上拈起來的白粉。

今天她是特別的高興，口中輕嘔著彈詞：

「行行來到紫金山，

　　紫金山上牡丹開。

　　紅的好比是梁山伯，

　　白的好比是祝英臺。」

白眼孃孃在夏布蚊帳中轉側著：

「阿杏，起得這早幹嗎？」

「看你老人家！昨天還講過呢，今天是三月三喲！」

「哦—— 那也用得著起這早？依我說，今年不看蠶也罷，風聲聽說很緊呢！阿杏？」白眼孃孃在蚊帳中擔心地問。有二個方出世的小么蚊，嗡嗡地撞在夏布的白花上。

「媽，這也不過是講講，不見得就會眞的打過江來！我也不一定是為著要討蠶花，總也要應應節呀！」素杏使性的回答著。

「這孩子！娘不過是這樣說。年青的人，玩玩也算不了大事。可是，去

年跛腳大爺家的阿菱，還不是三月三在樹林子裏被人擺佈了？阿杏，年頭兒不同了，你也該檢點檢點！說到看蠶，年年還不是你在忙？娘向來不攬這一套的……」

素杏不曾理會她的話，她開了古舊的櫥子，在裏面找出了繡了花的新鞋來，坐下來試穿著大小。白眼孃孃挑開蚊帳，咪細了老眼望著聚精會神忙著打扮的女兒，親暱地叫著：

「阿杏，穿那雙紅花的！今天過節！花花綠綠的，方是女兒家的打扮。」

「我才不呢！停會給人家看了好笑。媽！你總是歡喜怪模樣的裝扮我！」素杏愉快的噪唔著，放下鞋子，匆匆的跑下樓去。母親聽見她走了，自己笑著又躺了下來。

屋中是異樣寬敞的，雖然祇有二面小板窗調劑著屋裏的光暗，那些被年代黯淡了的笨重傢具，卻因了殷勤的拂拭，顯得很安靜，和諧。母女倆大約是因了寂寞或是別的原故，她們的床是放在一個房裏的，在後面一間更大的房中，堆疊著作了七八年了素杏的嫁奩───一切屬於新房中的擺設。因為不常開窗的原故，推開門時就有一股油漆味刺激著人的鼻子。房子的祖宗原也是小小的地主，不幸輪到桂青白眼一代，遭了一次大水災，田地被沖走了大半，就在這一年中，半途中落了的桂青也悄悄地死去了。年輕的白眼老婆守著薄薄的一點田地與這一幢寬大的老屋，和才出世三月的素杏，靜靜地度過了她的半生。

素杏在孤獨的慈愛下長到十六歲，母親開始給她準備了全副體面的嫁奩，她急切地希望能有一個誠實的小伙子，來作她獨生女招贅門下的女婿。

素杏的年齡一年年地長大著，親事在不高不低中拖挨過了十個年頭。當每次長成了的姑娘揩拭著那些紅漆的蒙著輕塵的器具時，她不自禁地暗暗的懷了怨嗟……。

樓梯響了，素杏捧著一盆水走了上來。母親早沉醉在甜睡中。她放下盆，拈起鞋子來看了半天，便坐到床上去穿起來。母親被攪醒了，睡意忪惺看了看半撮著嘴的女兒：

「阿杏，什麼時候上四太爺家去？」

「就去了。媽，稀飯煮好在鍋裏。等小鴨出來時，你拌一點糠飯餵牠們。媽媽別忘了。」女兒仔細的叮囑著，拿梳子梳著頭髮。

「曉得了，這孩子！娘幾時誤了你事？」母親半憐半嗔地埋怨著。

「好！我走了。」她又在腋下塞進一塊花手帕。

「早些回來，阿杏，別學那些瘋姑娘腔！」

「是了，洗臉水打好在桌上，媽。」她走到門前，又回頭告訴。

樓下是三間：堂屋、廂房和廚房，一樣的寬曠而陰暗。廂房中亂七八糟的堆著一些多年不用了的農具。她輕快地走下來，一一的帶好了門，走出院子去把大門開了。

沉重的門因了撞擊而起了震動，樓上的老太婆突然覺得異樣孤伶起來……

外面——

春的晨曦是靜謐，清朗，愉快地點綴著這一個年青的節日「三月三」。

在恆河邊際的村子，相傳這一天是蠶花娘娘降臨人世的日子。年青的漢子們，大多一清早便起來，去山中採摘著各種的鮮花，在郊外等候討蠶花的姑娘們的乞求。那一天，平常不易與男子接觸的少女們，多半是打扮得精精細細，成群結隊在郊外嬉遊，在男人的手中爭搶著新鮮的花枝，拿回家去供養蠶花娘娘的神座前。據說：誰在這年得到的花朵最多，誰家今年的蠶一定便最興旺……。

小尖山腳下，紅豔豔的桃杏花擠挨地開在嫩枝梢上，映著恆河碧澄澄的流水，可愛的泛溢著。青蒼蒼的懶蛇堤，似乎已被來來去去漂亮的姐兒們笑語眩醉了，疏懶的長伸在水面上。溫風，在堤上熾熱的煽動了小樹的嫩葉，它們在枝頭爭先恐後的滋長起來。

堤前，年老了的外鄉乞丐，坐在地上可憐地伸著手。在今天的姑娘們，大約多不會慳吝她袋中有限的銅元的。還有各式的小販，在頸子上掛著買賣的籃子。

籃上也掛著浥了露的鮮花，在人群中擠擦著。

午後，素杏伴著遠房的堂姐瑛與那個由瑛介紹了的姑娘丁寧，談笑著穿過騷擾的長堤，在它盡頭的小涼亭中停憩下來：

「丁小姐嗎，我們鄉里，除了幾個節日外，就沒有別的時候再閒逛的了……。」素杏小心地盡著嚮導的義務，她覺得這灰衣奇特的姑娘，和藹而爽直，希望藉此能和她接近起來，從她的身上，尋獲到一種新的，她所渴望了好久的東西……。

丁寧留神地察看著每一個過往的人，似讚許似慷慨的點了點頭：「這真是

一個好的休假日！瑛，一年來你不聲不響的住在鄉間，原來卻享受了我們所
思想不到的清福呢！」

「你也是這樣說？寧姐？」十九歲的瑛，用憂鬱的眼光向著她，帶著些
微的驚異與怨艾低低的詢問。

一年的緊緊的封閉，已將年青活躍的她磨去了銳利的棱角，居然釀成了
溫存柔順的態度，無意中博得了她嚴峻的伯父——村中的耆紳四太爺信任的
溺愛，這在她是痛苦的。

「當然，」丁寧抬眼驚異地望著她，隨即輕輕的歎著氣：「瑛：可是我覺
得你是改變了，你失去了當年大刀闊斧的豪氣！這，大約也是恆河溫吞吞的
空氣影響了你吧？」

話在玩笑中帶著責詰，瑛被悒怨塞窒了喉頭，她低低的歎嗟著：「寧：祇
恨我當時為什麼要回到鄉間來！你不明白我如今過的是怎樣的生活？尤其
是……唉！聽到你們熱烘烘過著團體生活，見到你們生氣勃勃的來信，
我……」她咽住了下文，默然的低了頭。

「胡蝶兒，

　清早起，

　頭不梳呀……臉不洗……

　………………。」

湖畔幾個赤腳的小姑娘，在石縫中摸著螺螄，送過來清脆而不成個腔的
細細的歌聲。

她們緘默地相對著，聽了瑛的話，素杏莫名其妙的感染上憂鬱，她黯然
凝視著聽到歌聲而出了神的丁寧，似乎要從她那雙充滿了生命力的絢麗的瞳
上來找尋到解答一樣。

「素杏姐，」涼亭前一個姑娘停下來，親暱的招呼。「二姑娘，你們不去
搶蠶花？」她捧著盈把的花枝，洋溢著忻悅的眼珠探詢似的打量著丁寧，後
面跟著她十歲的妹子，提著一竹筐野菜。

「茶花妹，回家了嗎？」

「不呢，素杏姐，還早著哪！」

「二妹，」素杏挽住瑛，「我們和丁小姐前面走走去。」

瑛抬起了滯澀的眼皮，香噴噴的花都在茶花胸前閃耀。她爽朗的一笑：
「走，茶花妹，一路去吧！」

　　有幾個姑娘從她們的後面擦過，帶過了一陣愉快卻並不輕佻的談笑。落在地上的花朵，被不憐惜的重步蹂躪著，生了鏽般的發了黃。不知從那裡移來了一小塊白雲，頑皮地遮住太陽，她們感到一陣陰涼，但在這處的山頂上，太陽卻像鍍了金一般的在發亮著。

　　前面起了紛亂的騷音，有人捧著大把白花，站在石橋上，在他的面前，蜂擁著大群的姑娘不必要的爭噪著：

　　「給我！」

　　「長根小娘，給我幾枝！」

　　「快！我的，我的！」

　　被喚作小娘的男人露著整排黃牙齒，手忙腳亂的分給著。後面的瑛撲嗤一笑，挽住寧耳語：「這是村中出名的怪物，一舉一動十足女人腔！你看！」

　　長根小娘把手護住了花兒，尖聲地叫著：

　　「別搶！噯！把花搶壞了！哎呀！又掉了一朵……」姑娘笑著全跑了。他喃喃自語地拾，黑臉紅到發紫。

　　「二姑娘，」他怯生生的囁嚅著「你也出來逛逛？」

　　「長根哥，你的花真好看，能夠送幾枝我嗎？」瑛忍俊不禁地打趣著。後面的杏用肋推著寧。

　　「這是地蓮花！」長根低頭看了看花朵，然後一起送到瑛的手中：「都送給二姑娘吧！」

　　「你自己不留著一點敬神？」

　　「不！我再採去。」小娘忸怩地搖著頭，袋中摸出塊紅絹子來在那長滿酒刺的臉上拭了一下，訕訕地笑著走了。

　　「小奴家——悶坐房中……

　　　想起了情哥……哎呀……」

　　走不遠幾步，他用嘶啞的嗓子唱了起來，可笑的扭捏著，她們全笑了。丁寧像輕鬆了重負似的吁了一口氣。

　　「他把自己真當作女人呢！連老婆也不肯討……」在路上，素杏告訴著丁寧。

　　在祠堂前分手時，素杏鼓起了最大的勇氣來邀請著丁寧：「丁小姐，明天你上我家去玩去，我家很清靜……噢！真的，我有許多話要想告訴你！」

「好的。」她爽利的答應了。看著她高而瘦削的身影挾著茶花姐妹倆走遠了，她挽住了瑛高興地說：「看樣子；她將來也許是我們的一個好同志呢！天還早；我們轉到河畔去談談吧！那裡很清幽。」

林子裏，風在吹嘯著，被踐踏過了的殘花，冷清清地躺在絨毛似的草地上。

當她們從陰暗了的樹林中走回來時，黃昏的薄霧開始在融散。瑛的心激動得很利害，寧的一字一句，全在她平靜久了的心頭激起了波浪，她已無力再鎮定自己了。她們緩緩的從山後轉回來，腳下的小草生氣地吱喳著。丁寧悠閒的眺望著青山落日，她起了從未有過的偉大的遐想。

「二姑娘，你回去了？喔！這好多花！」長工阿法坐在橋頭，噙著他的旱煙桿，帶著老實人的拘謹站了起來，小心地招呼。她微微一笑。稍稍停住腳步：「我在樹林子裏玩了一下子，你們這幾天辛苦了」

「那裡？」阿法謙虛的分辯：「四奶奶待人寬著呢！作一點工便叫休息了累什麼？那裡找這樣好主人去？」

聽了他誇張過份了的感激，她祇一笑便和丁寧走了過去。

天上，刷上了一層濃厚的灰色，麥場上人家端出了粗板凳來，除了刮風下雪的大臘月外，人們已習慣了這曠潦的夜談，順便的又省了屋裏的油燈。

阿法的煙已抽夠了癮，敲著煙嘴，他懶得馬上就站起來，回到主人撥給他住宿兼看管的陰暗的老屋中去。

他原不是本村人，從小沒有了父母，小鎮上慈善的人們便將他帶著寄在四太爺家，稍稍長成後，他作了他家的小長工，牧牛割草的生涯很快地使他成為強健的漢子。因了自小絕對孤立的地位，造成了他少年拘謹遇事低頭的老實性。但為了他對主人的忠心，一村人也漸漸地另眼相待了，他更死心地把懶蛇村當作自己的出身地，祇偶然因了祭祖才回到自己山角落中的小鎮中去。他的名字永遠被注定了整個的命運——長工阿法。

他正想站起來，忽然看見橋頭黑影子一閃，自己傻子似的笑著，提高了嗓子喊：

「王媒婆，那裡去？媒錢下了腰包，也不帶些喜果大家嚐！」

那黑影子伸出兩腳站穩了，尖利地罵著：「那裡來的屁話？老娘一直走著人家，誰拿到你娘的 X 媒錢？」

「別騙人！打量我不知道七里坡新上了大批貨。」

「哈！鬼心鬼眼的，弄得你紅了眼？」媒婆銳利的嘲弄。忽然想起了什麼，急急拐著小腳跑攏來：「哼！光向人要喜果，可是你自己的呢？幾時給人吃？」

自己的？阿法惘然了。媒婆站在他面前裂著嘴笑：「長工阿法，我說你也該接婆娘了！這樣大，孤身在外面，無家無小也不像啊！」

「可不是！」後面一張噴著酒氣的嘴接著說。「老爹也老了，該有個兒媳婦侍奉才是。」

阿法抬起臉來，一陣發燒，回身打了和尚一嘴巴子：「死禿子！到想作我爹了。」

媒婆湊趣地笑著，一本正經的說：「眞的，阿法哥，我可眞為你著想呢！」她四下望了一眼，然後坐下來，逼低著嗓子說：「我們莊上新到了一批貨，是眞的。有二兄妹從省城裏逃出來，住在我堂屋中有一個月頭了，如今手頭缺點錢，過活不了，那哥子前天投了軍，姑娘一人在我那裡。論相貌還像樣，年紀還輕，針針線線的全來得！如果你有心的話，保管在我身上。媒禮我也不說了，咱娘兒倆那有不通融的？和尚，你說可是？」

被問的人含糊的點頭：「對當然對，不過，不知是不是作那生意的？」

阿法也疑惑起來，探詢的望著媒婆。

「沒有的事！」她慌忙擺著手。「人家千辛萬苦逃難出來，誰肯作缺德事？而且姑娘也沒有嫁人的意思！不過說著看吧。阿法，你主意打定！我還有事呢！」媒婆氣衝衝地說。

「那有什麼？」和尚仗義的說。「我替你跟四太爺商量去，還怕不答應？」阿法感激地望了他一眼，又輕輕地歎息著：「不過也不能馬上就決定呀！太婆婆，抱個牲口也要打算一下呢！是不是？」

「那也好。」媒婆拍拍塵土站起來。「阿法，我不會騙你，我看你還是趁早的好！光棍多著呢！」

她拋下恐嚇的言語，拐著小腳匆匆地走了。阿法眼望著星光下這傴僂的背影，沒精打彩地敲著煙桿。

「阿法想女人了！」蹲在後面的和尚嘻笑地拍著他。「不要想傻了！老爹明兒替你辦事，哈！哈！」他跨過橋頭，還在暗中給他作著鬼臉。

仲春的風掠過了他的肩，一直沁涼到他的全身毛孔中去，但他卻無心離開橋頭，祇怔忡地發著呆，煙管在暗中紅紅地閃著火光，直到半夜……。

　　第二天的下午，瑛陪了丁寧穿過麥場，到素杏家去，才走上臺階，她們聽到了裏面的素杏用高嗓子在唱著彈詞：

　　「奴家本是千金女，

　　　而今改裝入侯門！

　　　想起了……我爹娘……」

　　「她在唱孟麗君呢！」她回頭對寧輕聲笑說。大門是開的，裏面的素杏抬起頭來：

　　「丁小姐來了！」她匆忙翻攏了書，站起來，一面又叫：「媽，客來了呢！」她迎了出來。肥胖的母親母雞般的從廚房中搖擺出來，不經意的問著：「誰？呵！二姑娘！這就是丁小姐？請坐吧！姑娘們！」

　　素杏從瓦壺中倒了濃冽冽的茶，遞了過來。一面忙亂地拖著凳子：「請坐，丁小姐！」

　　丁寧笑著坐下來，對著那愉快的母親，她找著閒談的資料：「你們這兒眞不錯，怪清幽的！大媽！」

　　「是呀！姑娘，這屋子還清靜，娘兒倆沒人打擾，不過有時也冷靜些！人口太少了！」

　　「好極了！這好地方，素杏姐一定很用功吧？」她眼望著桌上的一些線裝書，回頭對著素杏笑著。正在和瑛輕聲說著什麼的素杏抬起頭來，臉上一陣飛紅；「我也沒有事做，書也不會看，有時祇唱唱戲消遣，笑死人！」

　　「可不是，丁小姐。」老太婆拿耳爬子抓著耳朵，愉快地眯著眼。「我們阿杏的戲是唱得還要得！天溫和起來，鄰舍的嬸嬸媽媽們，多喜歡拿了針線來聽她唱，在院子裏一坐一大堆。」她順眼瞧著院中，有二株杏樹，嫩嫩的綠枝梗上，綻著紅色的花苞，分泌著滿院的甜香。

　　「我們阿杏的名字便是這樣取下的。」老太婆解釋著。「生她時，正是杏樹第一次開花，可是，她爹也是那年沒了的。所以叫素杏。」

　　「媽，你老是說不完那一套！」焦急地想和她們談話的女兒，被母親的嚕囌弄煩了，著急地埋怨著。老太婆放肆地笑了，項下鬆懈的肥肉急促地顫動著：「你要我說什麼新鮮的？是了？素杏，快上樓去找些麥糖啦花生來，給姑娘們吃。在鄉下是吃不到什麼的。」

　　等素杏上去了，作母親的歎息著：「二姑娘，你說！這孩子，太要強了。論理，作娘的並不算委屈她，十四歲在小學裏也念滿了。一個女兒家，盡噪

著要進中學去！你想，家裏孤鈴朗鐺的兩大口，我怎好答應她上縣裏去？爲了這，唉！不樂意了大半個年頭。等到你來了，我對她說，現在有了老師了！你跟二姑娘學是不錯的。媽不是不開通的人。也知道如今年頭兒變了卦，女兒家是沒法關在房裏的了。我說，孩子，媽清清白白的過了半生，你可要放精細著，別教快入土的人又背上個混名兒，讓人臭罵……。」

「媽又說些什麼？」女兒捧著大把食物，撒在桌上，回頭說：「媽，我說你老人家去躺一會兒吧！」

「也行，你們姑娘家作伴兒聊天去，這孩子就是礙著我，哈！哈！」笑聲被帶進隔房，素杏撮起了嘴：「我媽！她老是說不完那一套！氣死人！」

「老人家該讓她開心些！這個杏姐，你做什麼要計較她呢？」二姑娘解勸著。搖一搖披到肩上的長髮，素杏高興的笑了：「丁小姐，你一定會好笑？我同我媽一天到晚瞎拌嘴。」

她沉重的注視她，搖頭：「那裡會！這是因爲你們人少的原故，好像應該吵鬧鬧的？素杏姐，你在家沒有事作吧？」

「作些什麼呢？一天到晚燒火煮飯的。不過空卜來時，也覺得無聊，想著該找一點對我有好處的事做，但也不知道該作什麼？連書也找不到可看的。」她翻著桌上的那些彈詞。「丁小姐，你一定有書，可以借一點淺近的給我看嗎？」

「當然是可以，我明天找給你，你喜歡看那一種書？」

「看那一種？我眞不曉得，丁小姐，我們莊稼人，一年到頭耕田種地。我總覺得，那些書同我合不上！眞的，我眞羨慕你們呢！多舒服，要怎樣便怎樣！」

「我們也不見得便舒服！」她歎息地分辨，和對面的瑛作了一個苦笑。「各人有各人不同的苦悶，素杏姐。」

「眞的？」她驚喜起來。「你想，丁小姐，我羨著你們的是自由自在，我呢？」她困惑的微笑了，袛像地底下的曲鱔一樣；永沒有見天日的一天了……。」她抑止了自己失望的語調，俯著頸子弄手帕邊。她倆憐憫地望著她，這瘦削的身軀，微微拘束的坐著，從披在肩上的黑髮中，分明地攙雜著麻一般的少數的白髮。丁寧惘然了。忽然，她聽到瑛被窒息住似的叫了出來。

「寧，杏姐的話是對的，我很瞭解她；不但她，寧，便是我，從輟學後，

被迫著回到鄉間來，一年的生活已使我快要失去從前的熱情，這裡什麼事全是死氣沉沉，沒有一點活氣！我常常一個兒呆坐著，想到自己的一生也許就會這樣埋沒在這死灰般的沙漠中，我恐怖極了，眞想逃出去！不然；祇有死！才能結束這半死不活的痛苦！」她稍一停頓，低聲說：「可是，這些都是辦不到的，寧，你要我怎辦？我眞難再忍受下去！」她眼中浮著急忿的淚光，爲了掩飾自己的情緒，趕緊低下頭去。

聽了瑛的話，素杏焦急地注意著寧，她早就把她當作了一個唯一可以解救眼前一切厄運的人，她在急遽的等候回答。

廂房中傳來白眼孃孃遲鈍的鼻息……

「瑛！你的話不對。」丁寧嚴屬的指示著。「這裡並不是沙漠！我來了三天，仔細的察視著一切情形，相反的，我要說，這是一塊未經人發現的曠地！的確。因爲它太純眞了，它需要熱誠的手臂去開拓出來！『環境是要人去改造的』這話正恰當我們現在用它。瑛！我要說，我們應該立刻將它開墾出來，而在這裡；無疑的，你要把這責任擔到自己肩上去！因爲你比較有能力，而且也熟識這裡的一切。其實，你早就該想到了，放著眼前廣泛的工作不著手去幹，卻灰心失意的羨慕別人。現在還來得及。瑛！不能再猶豫了，你一定得把這一片沙漠開墾出來，領導全村的姊妹們。」

兩個姑娘貪婪地吸取著丁寧的話，它們一字一句撞開了鬱悶的心胸。瑛欣喜地躍起來：

「寧，你眞聰明！你眞……呵！我眞想不到祇一年不見，你已進步到如此之快！我如何趕得上？給你一說，我眞覺耽在鄉間這一年，寸寸光陰多是虛度了的。唉！可惜我已沒有了力量！這一年的封閉，使我和外界完全隔絕了。我退化了多少？也許已擔當不起這巨大的任務來！」

「瑛！我們不需要謙虛。這不過是每個知識份子應盡的責任！因爲有智慧的婦女太少了，尤其是在農村裏；你推脫是錯誤的。積極的去作吧！我希望你！」

她喜欣欣地點著頭，心象吸了朝露的花心一般地開放了。素杏似乎出了神，她已沉入深思中。這些話。她從來沒有親耳聽到過，但她卻能一字字的在心上切實的溶解；因此她更感到悲沮了，她知道這些話是不會眞實的與自己聯繫起來的。它們同時也一字字的緊壓著她，似乎要把她擠入腳下陰濕的地面中……

「素杏姐，你厭煩了吧？我們談起這個。」丁寧細心理解了她的矛盾，卻故意探詢地問。

「不！我不會。我真難得聽到這些話！我是在細細地想。丁小姐。我衹覺得你是——我說不上來！我好像覺得你們比我大到了不知多少倍？……」

她明瞭了她的意思，走過去，聲音鏗朗的。「不是那樣說。素杏姐，你不能把自己看得太渺小了！我才講過，這是每個知識婦女的責任，廣泛一點說，也就是整個中華國民的共同任務！我們不能把自己當作沒用的人。素杏姐，我在這次談話中認識了你，你是有熱情有勇氣的人！我願你與我們一同擔當起這工作來。目前最切要的，我們要用各種方法輸送知識到全村婦女的頭腦中去，要增強她們的國家觀念！你知道，終有一天，敵人會侵略到我們的頭上來，我們要使每個婦女都直接或間接的成為戰士！要掃除歷代以來重男輕女的習慣，要為一切含辱死難的女同胞復仇！素杏姐，你懂得我的話嗎？」

「我懂得，」她急急地分辨。「這些話，不怕你見笑，在我心上已不是一天二日了，可惜我不會說話，表達不出來。所以，我真相信你，好像相信我自己一樣！我一定照你的話做，丁小姐，我說不出感激你的話來……好像你一下子把我從籠裏放了出來似的……丁小姐。」

她笑著握住了她的手：「你不用叫我丁小姐，現在我們是同志了！叫名字。杏。」她緊握著那為操作粗糙了大手，親蜜地說。看到這二十六歲了的大孩子臉上誠摯的笑容，她覺得似乎已和整個村子的婦女握住了手。

二天後的一個傍晚，瑛被請求作阿法的伴新人，她驚訝地答應了，換上衣服，嘿嘿地向那暫作了新房堆柴的老屋中走去……。

「—四十二塊——太貴了——不是作生意的——逃難——當兵——鬼子——姑娘還看得過——」早上阿法興奮的紅臉和怯怯的說話，在她腦中迴旋著，她感到一種莫名其妙的不爽。

走進門，頂頭撞見了和尚，光禿的頭皮蒙著油汗，他以招待貴賓的口吻陪著笑臉：「二姑娘來了！大家正等著您呢！阿法福份可真不小，您也肯光臨。」

她不覺紅了臉。「新娘呢？」

「在樓上。」和尚一面答應一面喊：「阿法快下來！二姑娘來了呢！」

她剛走到小梯前。樓上的阿法伸出頭來，見她上去，忙又把頭縮回去。

她悶著笑上了樓，暫時被黑暗迷了眼，等她認出了前面低矮的房門時，她看見阿法正恭敬地站在門邊。跨進去：給他道著喜，阿法手足無措地向她打著揖。一邊回過臉去說：「這是四太爺家的二姑娘，將來要仗她照應呢！你行個禮。」

隨著阿法的話，她才看見板床上坐著個女人，穿著早上和尚來向她借的花旗袍，黑黝黝的臉，有幾粒小麻點。

女人見說便澀澀的站起來，恭敬而生硬地向他鞠躬。她祇得點點頭：「阿法哥不用客氣！新嫂嫂請坐吧！」

阿法從床下拉出條破板凳來，用袖子拭了一下。「二姑娘坐一下，我還要去看看呢！」一面又收拾了一下房間，然後帶著可憐的困惑的微笑摸索著下樓去。

小屋是異樣的狹窄。原來是放東西的閣樓改制的，側面開著個破板窗，卻因了對面大宗祠的高牆擋住了全部的陽光和空氣。破爛不堪的舊木架床，掛著洗黃了的藍夏布蚊帳，七方八塊的補著些補釘。空氣是陰濕霉爛的，處處表現著這貧困的光棍漢日常可憐的生活。

她抬起頭來，正撞著女人從斜的裏射來的惶恐的偷視，她溫和地向女人一笑：「嫂子，你是從省城裏逃難出來的？」

婦人意外地發現了她毫沒有改變的省城話。像遇見了親人似的快慰了起來，噓了口氣，天真地點了點頭。

「我也是從那邊來的，我們都不用怕陌生，嫂子，省裏怎樣了？你是怎樣出來的？」

女人漸次抬起頭來，她用稍帶嘶啞的低音述說省中一切情形，及被媒婆騙賣給阿法的事，瑛同情地聽著。二人很快便交談了起來。

閣樓更快地暗下來，人們抬上了一張方桌，好容易才在窄小的地板上安下了。點起二支小紅臘。樓下一批賀喜的女人們多嘈嘈雜雜的擠了上來，人人都用惡意的，嘲弄的視線掃射侷促不安的新人，婦女們頭上強烈的茱油味與極重的不知是誰的狐臭溷濁了小屋中貧乏的空氣。她皺眉走下樓去。

「二姑娘，快上菜了，你上那去？」阿法正從一個從小酒店中抬來新開的紹酒罈中打著一盞黃色的液汁，酒的酸味撞入她的鼻子。後面，堆著的柴全出空了，齷齪的漢子們用粗野的話在大聲談笑著。破竈中發出了濃醇的豬肉味。她慌忙地推脫了：「別客氣！阿法哥，我晚再上來罷！」

　　阿法拿了酒壺趕送出大門，目送她的身影很快地消失在夜的濃瘴中，還是沒想得出一句能夠講的話來。祇傻傻地噓了一下氣回身跨了進去……。

　　夜晚──

　　老柴屋中的空氣是溷雜的，帶著男人的酒氣與女人的汗味。阿法滿面油垢，罩上了太小太短了的舊袍，被人推旋撮弄地與女人拜了天地。婦人在勃發了野性的人們惡毒的嘲笑下，已失去了清明的意志，眼前祇看到一切怪形惡狀的嘴臉在恍動，但她仍時時把眼光掃向門外去，糊模的希望著什麼？……

　　門外是黯黑寂靜，偶然有腳步聲從濃黑處遠去。二姑娘始終沒有來……

　　報紙……

　　「江岸敵調動甚忙，似有涉江襲我某岸意我方已作嚴密戒備，決不令暴敵得逞其冀圖！……」

　　「隔江之敵！昨晚擊我某岸，越數小時……。」

　　「噹！噹！……」。矮腳保長的大鑼，在村中響著，著他沙啞了的嗓音：

　　「村前村後，各家聽著。晌午時男人上大宗祠開會！」

　　「若有不到，依照規律處分！」

　　「噹！噹！…………………。」

　　沿街小板門全打開了，女人們驚疑地聚在一堆。等矮子打鑼過來，大家七嘴八舌的問：

　　「矮腳爺爺！開會作甚麼？」

　　「為什麼要開會？」

　　「我們當家的上 X 莊去了！怎辦呢？」

　　「矮腳爺爺，是不是為了辦學校的事？」素杏挾了二本書從丁寧處回來，她問。

　　「咦！杏姑娘，你怎麼也曉得了？」老頭子大大的吃了一驚。

　　「我知道。那個丁小姐告訴了我。」

　　「呵！」老頭呆笑著。那個姑娘姓丁！聽說是縣裏派來的？她在縣長爺什麼機關裏作事呢！我可攪不清！聽說縣長爺歡喜她呢！」

　　「誰？」和尚老婆攔著問。「女人也作事？」

　　「我可攪不清！」保長歎息地搖頭。「現在教個女人來管事！而且，聽說鬼子要打過江來了呢！我可攪不清！什麼鬼子天王的？又是誰要奪天下了？

唉！」他搖著頭，衝開了女人群，打著鑼走了。

「噎！噎！………………。」

女人們圍住了素杏。

「杏姑娘，到底什麼事？」

「嬸子，村中要辦女人讀書的學堂，縣長派了人來了。」

「女人也要上學？」十四歲的七么嫂，凸著大肚子，驚異的問。

「有那個來讀呢？村長和紳士們的女兒全送上縣裏去了？」大腳老婆疑惑的忖度著。「誰家肯放丫頭家去上學？這年頭兒！」

「不！嬸子，學堂是不要錢的。」素杏解說著。「你們都可以上學去的……。」

「我們去？」和尙嫂大吃一驚。隨即朗然的笑了起來：「那才有味呢！拖兒帶女的，或者突著大肚皮……哈！」

女人們全笑了。素杏著急的紅了臉。「她們晚上才教嬸子們，你們每夜祇上二點鐘課。白天是教小姑娘們的。」

「教書的老先生那裡去找？」

「教書的是縣裏派來的。便是那常走過的穿灰長袍的丁小姐。另外聽說還要選我們村裏讀過書的姑娘去幫忙呢！」

「哦——便是那個著喪服的？三月三我看見你們在一起走，我還說她一定是死了娘老子的。」和尙嫂俏利的笑著說。

「我也看見了。」大腳老婆賣弄著。「人還長得怪好看的呢！怪不得縣老爺也看上了她……。」

「哈哈！哈！……」女人們全像抓到了癢處般開心地笑。素杏在一旁難爲情的低了頭。爲了想不出法子能使她們會與她一樣的尊崇信任這個爲了她們而跑到鄉間來的姑娘，素杏在痛苦著…………。

大宗祠中的會議直到晚上才結束，村民全將被編成受訓練的壯丁了。縣裏的公函上分明寫著永泉尾巴當作他們的教官。當然他們是不會服的！Ｘ他娘！嗓子眼兒還像大姑娘一樣的毛頭小伙子，居然要作起教官來？但這是政府的命令呢！他們是沒有膽量攆走這小子的。這個消息由男人們同村長同時宣佈村中要設婦女夜校的消息一起帶了回去，一時傳播了全村，娘兒們更是興奮地整天竊竊私議著……。

永泉尾巴，他是全村唯一受過軍訓的學生。他在娘懷裏死了爹。十二個

月才生下來。年輕的母親受了多少辱罵，恥笑。在一個風雨交迫的黑夜，她悄悄地吞服了鴉片。留下早年守寡的老婆婆，在媳婦靈前痛哭了一場，便帶著過了月的嬰兒，半夜裏去村族長家中喊了冤。二天後，祖母回家變賣了媳婦所有的遺物，她打開祠堂的正門，擺下了酒席，邀請了所有的族人。酒過三巡，因了孩子酷似父親的面貌及因遲產而顯得特別濃厚的毛髮，村長證實了他確是鵝頭秀才的後代。終於把小永泉的名字列入了族譜中去了。於是，傷心的祖母在祖宗靈前痛罵了那一班曾指著媳婦為不貞的族人。她拜謝了村族長。艱苦地擔負起母親兼父親的責任，把小小的脆弱的生命重懸在自己破碎的殘年上。為了避免族人的謀害，她帶著命根子的孤兒，回到縣中略有聲勢的老娘家住下了。

因為要延續他家的秀才門弟，老祖母流了多少眼淚，才把剛七歲的孩兒送進了私塾，現在他是長成了。祖母的全部私蓄多作了孩子的束脩，他在高中畢了業，受了軍訓。最近，完全衰弱了的祖母，又把他帶回故鄉來，靠著殘留下來的一點田產，祖孫倆在已生疏的村中住了下來。

晚上，永泉把一切情形告訴了老奶奶。她完全驚呆了，等她攬清楚了這是村長好意的抬舉後，她又因了過份的感激和歡喜而傷心起來，流著老淚。她勉勵著年輕的孫兒要盡心盡力，來報答村長的大恩和替自己含冤而死的母親爭一口氣……。

等孫兒睡熟了，老祖母又輕輕地哭起來，到樓下菩薩與祖宗神位前點上了香燭，默默地叩了幾個頭。她在黑暗中一個人坐了半夜，為孫兒苦苦地祈禱著。直到半夜，才涔涔地流著老淚，重新摸上樓去睡……。

自此，『不願作奴隸的人們』的歌聲，開始由壯丁的口中傳播了全村。她深深地種植在每個村民的心上，總有一天，它們會結成自由的種子，留傳到後代去……。

一夜大風雨，氣候驟然涼了下來。早晨的山谷，呼吸著蓬勃的煙雲，山腰中茅屋的炊煙，被溼重的空氣擠壓著，蜿蜒地從低凹的地面上飄浮開來。

廚娘扁嘴婆捲著肥臀滾進了四太爺的書齋：「老太爺！阿法——他婆娘——逃跑了！」

老太爺拾起墨晶眼鏡，手中握著一捲新羅山人的畫冊。「你——？」他驚異地注視她，把畫冊放上了書架。

「逃跑了，老太爺！」她帶著哭聲回答。

老太爺從書桌後摸到了他的手杖。「這忘八婊子養的，她竟敢？——告訴奶奶去，到地頭把阿法找回來！」出了門，他吩咐了管門人小兔。

山路是泥濘的，竹籬間爛漫地開著刺花。

長堤前，黑羔羊和小羊在溼草地上咀嚼著。看羊的大福編著草蚱蜢，他被主人的洪聲嚇呆了。

「大福，你看見阿法新討的婆娘那裡去了？」

「誰？阿法老婆？」孩子在主人手杖前抖索著。「剛才到有個女人雞婆般跑去了的！」

順著他手指的方向，老太爺推開了他，跨著大步。

幾個黑影從堤另一頭跑來，一剎捲到老太爺的前面。當頭的阿法扶住了他：「你聽大福扶著回去罷！好歹我要上趕那鬼婆娘……。」

後面幾個漢子一擁，早旋風似滾了過去。

山坡前，四太爺看見了南瓜老爹，雙手捧了大把紫藤花：「你老人家出來走走？我正送花上府裏去呢！」他陪著笑。「那麼。你帶走吧？今年這是第一批才開！你……？」

大廳上，老太爺的花才插入宣統的古瓶，女人滿身泥漿，豬一般的被擁了進來。綻著滿頭青筋的阿法。手中抓著一把青藤：

「老太爺的栽培！讓阿法成了家——這婆娘我不敢再要！老太爺賞我痛快地打一頓，攆到下房裏去完事！」阿法兩眼通紅，可憐的嘶喊著。

「阿法！別缺德！誰個沒有錯？問一問清楚！先別打！」廳堂上念著高王經的四奶奶，嚇得忙站起來，攔住了拿藤條要抽下去的手。

「那也不行！」四太爺的臉鐵板似的。「阿法！打吧！女人天生是要鞭子去對付的！」

鞭子摩擦著空氣，呼呼地落在女人身上，女人沉默的忍受著——但終於起了低的呻吟。

廳門前擠滿了人，女人恐怖地挨在一起，男人們亂轟轟的提議著：

「阿法，使勁打！你還可憐她皮肉？」

「Ｘ她媽！難民也放白鴿？」

「叫媒婆來，賣給別人算了！」

婦女們代討著饒：

「好了，阿法，她還要替你生男育女呢！」

「阿法，算了！呀！打死了呢！」

「爲什麼要逃呢？眞也是命生得賤！」

扁嘴婆用力地幫著四奶奶想拖開發瘋了般的阿法。女人倒在椅子腳下，鞭子無情地碎裂著她粗黑的皮膚，她痛苦地捲縮在一堆，臉上綻開了青紫的血痕……。

等她回覆了神志時，自己便躺在廚下的破竹床上，扁嘴婆在身畔作著鞋底。一切的東西在眼前迴旋著，女人痛苦地閉上眼，她感到渾身火棘棘地焚燒著……。

樓上——激奮萬分的瑛抓住了剛上去的丁寧。孩童似的嘶喊起來：

「寧！你看見了？這也算婦女的解放？！這也算……！」她嗚咽了起來，急急蒙了臉！

丁寧站定了看著她咽噎起伏的肩頭，一陣焦躁，她回身狂暴地打開圓窗，

風挾著毛雨急遽地撞進了窗洞，外面的景物是陰暗的———恆河的水在疾風下沸騰，暴風雨正在醞釀中……

怒與恨的火焰燒灼了她的心肺，她發出了瘋狂的咆哮：「這算什麼？哭？眼淚可以洗得淨她們的苦痛嗎？可以援救了她們嗎？這是我們的任務。我們祇有積極掙扎！眼看著跪伏在枷鎖下的姊妹們！我們……」

風窒塞了她的吼聲。

瑛勇敢地抬起頭來，從風聲中，她彷彿聽到了數千萬被壓迫的婦女，在暴力下起了呼號，反抗的呼號！在寧的呼聲下反應起來……。

風雨威脅著恆河，大地在呻吟！

經了丁寧最大的努力，婦女補習學校的木牌終於在宗祠的大門前掛了出來，在一邊。冠冕堂皇地添上一行小字「X縣政府婦女協會鄉村教育隊主辦」瑛對四太爺作了積極地反抗，頑固的老太爺到底放棄了他的成見答應了瑛協助教務。她們在祠堂廂房中布置了教室，桌椅也是借著祠中的，因了素杏的宣傳，居然也有幾個小小的姑娘帶領了弟妹來上課。

天氣漸漸地熱起來，村中到處飄浮著成熟了的果子的甜香。傍晚，長工阿法背了滿沾黃土的鋤頭踱著快步回家去。

夕陽的光覆在草坪上，斜拖著他短短的身影，有一陣涼風拂在他那粗糙

的被夏季的炎熱灼焦了的黑臉，他愉快了起來；

「一位婆娘三十三，

　！要吃香煙美麗牌。

　眼中呀看中大少爺——

　哎呀——嚕……。」

快到家了，女人倚在臨街的板窗上出神，一見他便把頭縮了進去。自從四太爺重新把滿身傷痕的女人送回來和他和好後，他總常常故意地板著臉，擺出丈夫的威風來，如今有了老婆了，他好像要把一輩子受的氣全要在女人身上發洩出來才是似的。

推門進去，鋤頭向土牆上一靠，沉重的金屬撞擊聲大約也可以使裏面的女人心頭一跳？

「飯熟了嗎？」他邊走邊問。「肚子早餓了！嚇！還在摘菜嗎？臭小娘養的，別家的煙突早冷了，你這時不弄飯？敢情你不餓？Ｘ娘的，安穩地在家睡覺！」他咕噥著。提了桶冷水來洗著腳，攪擾了牆角中的蚊蟲，嗡嗡地叫著撞出窗去。

他在板桌旁坐了下來，拿起了煙桿子。女人在黑暗中開始煮米了。他狠狠地瞪了她一眼，猛烈的抽了幾口煙，闊嘴冒著青煙，把矮身軀蹲踞在凳子上，開始教訓：「現在已不是大姑娘細小姐了，你幾時也學學別個婆娘的樣？花錢抬個懶女人家來供養，也是我倒運！誰不是三兒四女拖著做呢？你閻王前不曾討得好，作不得太太。早晚沒吃喝的日子會來呢！莊稼人死活全靠天！媽的！」

角落中的女人坐在火光中，熒熒地火熾灼著她的側面，她出神地望著火，沒有理會男人努力想引她注意的嚕囌。一陣焦味透出竈前，他急急擺過來臉：「怎樣了？你？」

女人手忙腳亂挾出竈洞中的柴，更猛烈的焦味流充在矮屋裏，他生氣地站起來，走到窗前去，麥場上閃著白色的人影，天已黑透了。

女人從沉黑中點起燈來，一支燈草的火焰鎮服了小屋的污黑。男人睹氣自己在廚下盛了飯，飯透著熱騰騰的焦香，憎惡地搖一搖頭，坐下來使勁爬著飯。

「咦！為什麼不吃飯？要我替你盛嗎？」兩碗飯下去，焦味與火氣隨著融解了。他看見女人倚著樓梯凝思，便又帶氣的催促著。女人懶懶地盛了飯，

在對面坐下來，挑一下燈，緘默地咀嚼著粗糙的飯粒。他推開飯碗，從腰中抽出煙桿來，噏了半天，猛然地想了起來：

「鬼子快打來了！不是嗎？天不要人安穩地作莊稼呢！Ｘ他媽！」

女人沉著的爬著飯，戰事的消息她是很清楚的，每天她都偷偷地溜到祠堂中去向丁寧打聽。丁寧每天都把報紙上的職況詳細地講解給一班婦女們聽的。

「大約是謠言吧？」

「謠言？誰造？打！就打吧！Ｘ他娘，鬼子奪得錢財，奪不了天生的氣力。窮小子們還怕沒飯吃？苦祇苦了地主老爺們，天報應！」

她撲嗤一笑：「我說你們是白嚼，氣力大，拖去打先鋒，當炮灰，他最高興呢！」

他傻笑著，猛然得了個好主意：「反正我是外村人，關恆河屁事？鬼子來了，帶著婆娘回老家去，山角落裏一鑽。抽壯丁，難道也抽外村人？」他得意地咪細了眼睛望著女人：「你女人家也胡造謠！」

女人收拾碗筷到廚下去，打得兵兵的響：「我不懂？憑看的也比你聽的多百倍，不信，咱們等著瞧，鬼子管你裏村外村？只要你是中國人！哼！……。」

他輕蔑地笑了，打著煙嘴子：「來了再說罷！你嚇得了誰？……。」

外面的門呀的一響，女人嚇得一嘟索。一個光頭探了進來：「嚇！兩口子談家常呢！阿法這小子你說什麼？」

「我說鬼子是過來不了的。隔了那麼條大江。和尚你說可是？」

禿子坐下來抓著癩頭皮：「小子，小心為上！鬼子媽的矮子肚裏疙瘩多，不是好惹的。瞧今天便是三口井讓漢奸下了毒，他媽多少縣裏人全是喝了井水沒來由的挺了屍！」

阿法把煙嘴湊著燈火：「真的，那小娘Ｘ的招了沒有？到底怎樣幹著，那忘八羔子？」

癩子興奮起來，使勁抓著禿頭：「呵！不是他媽的我發現了，這一村人敢情全完了蛋！那小子一身老布褲褂，到還像個本地人。石板坡太腳婆在打水，這小子瞧了半天！他說口渴了，向那婆娘借桶打水喝，等她一轉身，忘八羔子他就摸出個紙包來，要往下扔！偏巧我到他身後，來路不正！我一想縣裏的事，便跳過去抓他。這小子可利害，回打了一拳，拔腳便跑。大腳婆二桶水全撞翻了，她叫起來抓住他，大家圍攏來就給綑了。一查，袋裏還有二個

毒粉包，一根紅繩子繫著個小銅錢，拉上村長處一頓打，全招啦！三田廟幾口井全下了毒，趕著去通知了，還不知鬧了人命沒有呢？聽說這小子也怪可憐的，只拿到五毛錢一天，便作這 X 娘的缺德事！」癩子從頭上抓到一塊疤眼，拿到燈上燒著滋滋響。阿法聽出了神，煙嘴上已沒了火。女人早上樓去睡了。

和尚把手中的東西捏一捏，向地上一丟：「真的！阿法，咱們可不讓鬼子欺負上頭來！今天村長和族長商量去了，不知講些什麼？明天……」

阿法把煙管一敲，站起來打了個呵欠：「有什麼呢？防著些兒便是了！我倒想睡了，這年頭，本是作日和尚撞日鐘，得過且過的。」

秃子獨自出了半天神，猛地站起來：「小子，你的心是在發霉了，得多晒晒太陽才好。我走了，明兒村公會時我可要提出來！咱們村裏什麼準備也沒有可不像……。」

阿法關了門。自己進來又抽了幾口煙，就提了燈上樓去。屋中馬上沉黑了，泥地下留下的煙灰，在暗中閃耀著細細的火光。這殘燈的火焰一剎便熄滅了。

從樓上傳來男人的粗笑聲，遠處有幾條狗在低吠著……。

清晨——鐘聲在震蕩。

「各家聽著……噹！噹！

石板坡的公井作了蓋啦！

限定每天早晨打水，過時便加鎖啦！

三田廟公井下了毒啦！不准去打水！

大家一齊留心漢奸啦！……噹！噹！……」

每個娘們全提了桶趕去，女人抓住了拿起扁擔要走的阿法：「看你跑得到快！缸裏沒有一點水呢！我煮飯用什麼？」

「那管我屁事？」阿法火氣上來。「別的女人全不吃飯？她們是天生三頭六臂的？偏你小娘養的死嬌貴？」喃喃地罵著，他抓起了扁擔走了。

「這死鬼，總有一天要你嚐下炮彈味才好！」女人看他走遠了，恨恨地罵著。猛可拿起水地自己桶，一股勁出來了。

轉過一帶土牆，迎頭全是提水的婦人，她們驚視著這自被打後便不曾露眼過的女人，彼此作了個會意的微笑，便飛一般過去了。她臉一陣紅，低頭踏了滿腳的泥漿。

到了井邊，井沿上站著和尚嫂，大腳八字的踏在井圈上，毫不費勁地提起一大桶水，抬頭哎呀了一聲，隨即笑了起來：「阿法嫂子，你也親自出馬了？」溼手掠一下頭髮，她甜甜地說：「本來，男子不在家，靠自己動手，方便些呀！提不起嗎？等我來，這就是了。原用不著費老大的勁。不瞞你說，嫂子，姑娘家原要在家攪慣的，出了嫁才不會遭婆家臭罵。是吧？就像你，誰知道會落到這小村裏來呢？還不是該自己伸出手來！慢慢地練著就行了！」

給和尚老婆一說，她也不再羞澀了，提過幾桶水，她在井沿邊與婦人們瞎扯起來。

和尚嫂還在井邊，這是村中有名的美人，總是一身乾淨的青褲褂，烏金般頭髮覆在額上。因了她的美貌。村中的少年曾給她編了一個小曲——癩子討嬌嬌——常時故意地在她跟前唱著。這時她談笑生風的站在坡前，和尚的二個小妹子嘻笑地往來抬著水。坡上的茶花站在她家的竹籬前，拿著女紅帶做帶笑：

「呀！我們家門前從來沒這樣熱鬧過！今天怎麼會這般全到齊全了呢？」

「不是嗎？」大腳老婆接著嘴。「沒有那天殺的漢奸，多少婆娘肯這樣勤快呢？」

「真的！那漢奸也可真是要錢不要命！聽說城裏更多了！是吧？阿法嫂。」

「啊呀！那可真多著，圍城的前幾天，什麼茶呀麵呀全下毒！鬼子可狠呢！作漢奸的人，每人都給打了啞巴針！被人捉住了也說不出話來，多半活活地被打死。這些斬頭的鬼子什麼事做不出？那時我們躲在山凹裏，有逃出來的人告訴，沿街全是女人的屍首，什麼也不穿，奶頭和下部割得血淋淋的。我家隔壁的王大麻子起初也是不肯走，後來鬼子晚上撞門進去，強姦了他女人，男子躲在床下不敢出大氣，到後來聽著忍不住了，偷著爬在廚下去摸了口菜刀來，潛到床前亡命跺！連女人一起斬跺成碎肉，可憐他看也不敢看就開了後門跑了。」

「過幾天好容易爬到山裏，簡直像個活鬼！後來山裏來了什麼游擊隊，他就跟著走了，聽說他到處殺鬼子，就像魔王似的！」

「那家女人不被欺負？城裏有名的王道臺家的二位小姐連媳婦，鬼子來了全大家約著跳了井，就是淹死也比受鬼子欺負強呀……。」

女人們全聽呆了，一個個呆瞪著眼。茶花倚在籬上擦著眼淚。二個小姑娘把扁擔橫在地上，一邊坐著個呆聽著，她更起勁了：

「我想，假如現在鬼子要真過了江，那我們可不……。」

「這些婆娘作什麼了？！」一群打柴的漢子在石板路上停了柴擔休息著，大家奇異地問。

阿法女人突然不好意思起來，提起水桶忙著跑了。

「冒失鬼一大群！」和尚嫂埋怨著。「人家好好的說著閒話兒，被你們衝屍般的衝起跑了！」

被埋怨的漢子抹了一把汗，不屑地裂著嘴：「那又有什麼？誰又是老虎會吃人？用得著連忙躲起來？我知道你們攪什麼鬼？她是千金小姐怕見人？媽的！在埠頭還不是老子像死豬般拖回來的？我就瞧不得……」

「蒂頭，」南瓜老爹在他後面擋著。「你管她作甚？還不擔著走呢？」

和尚嫂氣鼓了嘴，正待發作，男人早呼哨一聲，大家拔腳走了。旁邊的女人們笑著勸：「癩子嫂，別理這些忘八羔子；咱們還沒煮飯呢！」於是，水花在石板上四濺著，笑話聲漸漸遠了，祇有茶花抱著未完成的針線，呆呆地站在家門前出了神。

自此後，每天井畔都有了阿法老婆的足跡，女人們全丟棄了厭憎她的心理，大家拉著她去家裏閒談，夏季的麥場上，晚間原是乘涼吹牛的好地方，素杏的彈詞早丟去了，每晚和丁寧講解著報紙和戰事狀態，女人們大家熱心地聽著。她們現在需要聽那種帶有刺激的真正的事實，那彈詞中空幻的夢景已不能再引起她們的興趣了。

在恆河邊沿的小村子，一年四節是要向別的大村去趕集買一點日常需要的用品的。祇有到古曆的九月中，才有一個本村的集會。這時稻子已完全收割了，村民在這時是稍稍富裕的。各處小商人便趁此時匯集攏來，拿他們低劣的商品，以一種誘惑的方式來博取村民們一年間以血汗換得來的穀粒或少數的金錢，這就是九月的「兌穀市」。

假如在往年，村民們照例要忙碌起來，他們要沿家募集大量的錢，來唱戲謝神。但現在，炮火一天天迫近了他們，誰也沒有這閒空來再顧到神明的享樂，而且，女人們也沒人悲傷那失去了看打情罵俏的小戲的機會，因為她們每個人都愉快，充實，每天除了一定的家事外，晚間都有了正式的課程，

填補了她們的不足。但有錢的人是比較忙碌的，隨著緊張的炮聲，他們用賤價收買了大量的穀米，同鹽的豬肉等類，倩人一擔擔地往深山中挑，在那裡，有深密的森林，有峻峭的山崗，他們在裏面安排了寬敞的草屋，盛蓄了富裕的食糧，他們是不會怕鬼子的。因爲村子裏自有貧困的漢子們會商議對付鬼子的方法。

三架貼著紅膏藥的鬼子飛機，差不多每天飛來在恆河一帶盤旋著，有時飛到眼睛已不容易看到的前面時，他們就能聽到比砲聲更響更兇的轟炸聲，久久的繼續著……。

「鬼子的母雞又在下蛋啦？」田中的漢子女人彼此笑著告訴。他們是不怕這笨拙的雞婆的，雖然也有從縣裏來的人恐怖地述說過。

下午，七橋前的榮香姐抱著新出世的第九個孩子，她指揮大孩子們搬動著堂前堆著的風車，稻斗等等農具，一齊塞到後面牛欄中去。從閣樓上搬下了所有的發著霉的破被，整齊的疊好了，放上擱板……。

她在七板橋頭作暫時客店的生意已八九年了。每到「兌穀市」，趕集的小商人堆滿了她寬闊暗溼的堂屋甚至於廚房時，她總是整天愉快的忙碌著。晚上，她帶領了大批孩子及丈夫婆婆，大伙兒擠挨在被黑暗和灰塵整年封閉著的小閣樓上去睡覺。

如今她老例地早半個月就準備著。但從她生硬地打了皺的臉上，明顯的看到了深重的憂鬱的陰影。無疑，砲聲影響了她安靜得如冬季的蟄蟲一般的生活。而爲了她最大的女兒珍姑的事，更使母親添了煩惱。

一切似乎全停當了，孩子們都玩了開去。珍姑在廚下炊著晚間的稀飯，她抱著孩子坐在橋前，悶悶的發著呆。

她的親家已叫媒人來提了幾次，因爲局勢緊急，而且兒女也全大了，不能不讓他們早些成了家，了卻父母們的一椿心事。這是正理，她是無可挑剔的，而且？女兒在她家雖然是作著抵得過一條牛的工作，但究竟也要拿食料去養活她呀！這年頭，省得下一份口糧，少一分負擔，既然有地方可送，作娘的不是可以輕鬆些嗎？但嫁女是要賠錢的。自從開這小客店時，收下了男家二十元聘金，她一直愁到如今，女兒是不能光著手出去的了。起碼得有一兩件衣裳？和一口白木箱才行啦。不然，不但女兒將來給人瞧不起，便連自己也失了體面呀！

可是，錢呢？眼看著到今天還接不著一個趕集客，敢情風聲很緊呢，自

家老老小小一大堆，也得弄幾個錢逃難吃飯哩！

她煩躁地想著，抬眼望望前面的白馬場，還是那樣的冷清清，今年的「兌穀市」多分是沒指望的了。

天邊，半灰半紅的晚霞在緊湊起來，結實的堆砌著，成功了一條灰色的平線，當它再艱難地掙扎著推上來時，廣場很快地蒙上了一層濃厚的灰色；

有一個黑色的人影在走近來，她糊糢地可以辨別那人和背上大包袱的輪廓。「這一定是個投宿的客人吧？」她充滿了驚喜地冀望著：

那人果然漸漸走近了，寬闊的身軀穿著深灰衣，頭面神秘的被遮在一頂氈帽下，走到她面前，略一遲疑，隨即停了下來。

「榮香姐。」他除下帽子。

「啊！誰？你難道是大龍麻佬？」她吃驚地直立起來，低低地喊著。

麻佬靜靜地笑著，把帽子重新帶上去，在厚氈帽下一張紫漲的寬麻臉，一雙斜視著人的圓眼，厚闊的嘴唇狡猾地抽動著：「是的，榮香姐，難道連你也不認識我了？」

婦人抱了孩子踉蹌地退了幾步，一聲不響地愕視著他。麻佬獰聲一笑，從容跨進店屋，回頭向不知所措的婦人命令著：

「有水喝嗎？榮香姐，為什麼要那樣陌生呢？我現在是你主顧呀。」

婦人吁了一口氣，心象潑上了冰水似的激痛起來。到小竹床上放了孩子。

「麻佬？為什麼不回家？你到我這裡來幹嗎？」當她倒了一碗茶放在他面前時，她大膽的詢問。

麻佬端起碗一口氣喝了，放下碗；他驕慢地瞟了一下婦人。「為什麼要回家呢？Ｘ娘的，那早不是老子的家了。」

婦人坐下來，輕輕地歎息著：「這是你的不是？麻佬，自從你被撺走後；你娘和你媳婦哪一天說起你不是淌眼抹淚的？而且——你總不能讓年輕輕的老婆，在家守活寡——」

「不用說了。」

麻佬粗暴地命令。「榮香姐，這些事，如今媽的對我是毫不相干的了！你——哼！老實說，我恨著這一村人，我更恨極了阿六大炮，總有一天，老子要給這村子倒翻過一個身來才甘心！你瞧著吧！」

婦人的心激烈地在跳動，好容易才叫了出來：「麻佬，你怎麼可以這樣？這是你的老家，你的出身地呀！而且大砲究竟是你爹！麻佬，天在頭上呢！

人做事可以不憑一點良心的嗎？」

「哈！哈！」麻佬高聲笑了出來，梟鳥似地，婦人覺得有點抖索起來。

「榮香姐，這年頭誰是憑良心的？哼！我大龍作了一輩子人，就沒瞧見誰是在憑良心作人？告訴你，如今我作了生意了，這些貨，」他拍一下桌上的包袱，「存放在你這裡，大約你也可以放心了吧？老子現在歸了正，發了財，從前的帳，慢慢地從頭算起罷！」他站了起來，「我要看望往日的朋友去！你把東西收起來罷！」

婦人跟著他出去，直望到他的身影沒入沉沉的暮靄中，才頹然地走進來，癡癡望著桌上沉重的包袱，她呆住了。

她與麻佬原是老鄰居，從小在一起玩著，麻佬比她小一歲，天生是陰險，狠毒，榮香稍稍長成時，他就誘惑了她。等母親發現女兒作了不貞之事後，她狠狠地監視了。榮香是沒有兄弟姐妹，母親迅速地替她招贅了一個外村的買賣人，於是，失了第一個戀人的麻佬便更放肆起來，成了村中人人憎惡的土棍。二年前，他被自己的父親在族長前告了忤逆，照族規是要活埋的。但因了母親苦苦的哀求，他們祇得放下了已綑在旗桿石前的麻佬，把他逐出了村子。這二年來，他的消息從未被人提起過，榮香已經完全遺忘了。

重新想起他剛才的說話，不覺連心都起了戰慄，這桌上的包袱，恰似乎成了注定了敗運的印信。

床上孩子哭了，她兩眼酸酸地歎了口氣：

「菩薩保祐罷！大慈大悲的菩薩！讓我們一家平安的度過這一年去罷……」

抱起孩子，她傷心的祈禱縈迴在黑暗的店堂裏。有兩滴大粒的眼淚流落在甜睡了的孩子的小頰上……。

但榮香姐的猜想確是錯了。半月後，因為縣中每天的空襲，商人多半全鑽到每個小村落中來了，懶蛇村似乎比往年更熱鬧起來。

白馬場，這年年的兌穀市場。如今又擺設起各種小貨物的攤子：花洋布，汗巾子，玻璃的耳環子，鍍銀的銅戒指，胭脂粉，及一切鐵製的農具。另一邊，搭起了布棚的小食攤，賣著一切村中不常見得到的奢侈的食物。

雖然說是不唱戲，但卻有變戲法的，耍木偶的，花花色色的西洋鏡，逗引著質樸的村民成日價徘徊在廣場上。

在護村河的埠頭，丁寧與瑛在焦慮的等候著什麼？

堤上枯老的桑林，尖風拆碎著乾脆了的黃葉，瑣碎地飄落在潮溼的地上。

天是黯淡的，薄霧障擋了遠處。因為站在空曠的高處，她們可以聽到遼遠的斷續的炮聲，隔著大江起伏的山巒，從霧雰中透出來，清晰而微帶著威脅的，傳進她們的耳膜。

丁寧在堤上往來的躑躅著，當一陣激烈而因了遠隔顯得稍稍空虛的炮聲寂靜下來時，她默然察看著瑛，作了個意味深長的微笑。

一切景物刺激了新進改變了她的人生觀的瑛，她怔忡地聽著。時時又驚覺地對隔岸作著不安的瞻望。

「瑛！」丁寧從衣袋中抽出一件東西來喚著她。她郁郁地踱了過去。「這是我媽在幾月前寄出的一封信，到現在才收到。」她把米色的信紙抽了出來突然喜氣洋溢地說：「你看，我媽竟有那樣的雄心。」

順著她的指點，瑛低聲誦讀了：

「……自與汝父結合後，家中封閉甚嚴。後復添汝兄妹三人，加以祖父破產，受當時環境所制，吾與汝父遂不克實現青年時之志矣！汝父郁郁至死，彌留時尚不能忘者，即未能以身獻諸革命事業也。

十數年來，含苦茹辛，撫養汝等。唯願能早日成長，各自樹立事業，克力為國，繼汝父母志！此心數十年如一日，莫敢忘也。

現國難日亟，民族存亡，在此一舉。幸兒等各能奮發，不負教養，此心欣慰！不待言喻。但自念一身在世，尚幾何時，而有志未酬，何以報祖國？又何以對汝父於地下？

寧兒。汝母年已半百，老態畢露。況自閉海濱十餘年，昔日雄心，盡成灰燼。現兒輩既各能自立，吾決將此殘年，投效祖國。如力所能及，捨死莫辭；即盡瘁死，亦可與汝父含笑於泉下矣！吾兒等可勿以母為念，須知倭奴未滅，何以家為？兒輩當共勉之。……」

她讀完了這段字跡潦草的信，抬起頭來，丁寧含笑聽著。但在她沉毅大眼中，早閃耀了瑩瑩的淚光。她把信摺疊好，放進袋中：

「我媽與父親，原是一對革命同志。當初因為家中太固執，不贊同他們的行動，硬逼著二下結了婚。想用兒女柔情，來牽住二顆年青活躍的心。把他倆在家中封閉起來，三年足不出戶，因此父親奄奄成病，一直到死……。」她哽咽了一下，又喜悅起來：「可是，你看，廿餘年來，他們究竟關不住人堅

定的意志。我媽人老心未老，竟說出這番話來，勉勵我們。瑛，我決意乘著媽的教訓做去。而且，我同時接到哥哥的來信，他說他已在海邊組織起大批漁民，也編成自衛軍。假如有一天敵人要向那邊侵犯，他決意率領他們抵抗，保衛我們的第二個故鄉。這信在我那裡，他在信上述說著詳細的計劃。停會你可以仔細的去看一遍……呀！她們來了！」

一個小划子沿河順流而下，船上有一角小小的白旗在招展著：

「來了！」她興奮地喊著。跑下埠頭去，瑛暫時呆住了，站在地下不動。

船上似乎滿載了人，望去一片灰色的影子，慢慢地近來。她抽出手帕到頭上揮揚著。一刹時，小船飛起了無數的白手帕，在湍急的湖風中閃閃地飄舞著。

划子漸漸旁了岸，丁寧跑上前去。船上一群穿灰色制服的姑娘爭著跳上岸來，她馬上被這些灰色的愉快的青年包圍了。

「爲我們的隊長及校長三呼萬歲呀！」不知誰高聲地提議喊著：

「萬歲！我們的突擊先鋒萬歲！」洪亮著歡呼聲起了。瑛默然地站在堤上，愉快的感激的眼淚慢慢地湧出了她的眼眶。

丁寧從鐵一般包圍中掙扎出來，急急地叫著：「瑛，瑛到那裡去了？」

「別鬧！」大隊長史浩用她洪亮的男音壓住了眾人。「應該先給同志們彼此介紹一下！而且，諸位，這裡是鄉村。你們得自己拘謹些！別讓鄉下的人們得到了相反的影響！」

說著她自己也笑了，然後個別的爲她們介紹著新的同志們……。

當她們進村子時，隊伍是異樣整齊而嚴肅。前面白色的三角旗上更寫著：「X縣婦女協會流動劇隊。」後面，高大的隊長和丁寧等邊走邊商討著布置一切的事宜。

沿街的婦女驚喜的視線歡迎著每一個隊員。她們看見丁寧，都展開了誠樸的笑臉向她招呼……。

第二天一早，矮腳保長在祠堂的白粉牆上貼了紅紅綠綠的紙張。是素杏的筆跡，在上面端正地寫著：「流動劇隊抵此，準於本晚公演抗戰二幕劇：殺敵、保家鄉。地點：本村白馬場。」村民們在下面莫名其妙的擁擠起來，識了字的女人大聲驕傲的讀著。於是，聽懂了的人們便欣喜地散開去，興奮的四處傳說著。

「又要做戲了！」和尚老婆提了二桶水，在茶花門前停下來高興地告訴她。

「眞的？祠堂肯出錢嗎？沒見來收公費呢？」茶花不相信地追問。

「不知道呢！」和尚女人迷糊了。「聽說是學校中丁先生請來的，大約總不會要錢，都是些姑娘家，笑咪咪的都像丁先生一樣和氣。眞奇怪！現在女人什麼事全做！」

「阿法嫂子，你知道嗎？她們說要做戲呢！」茶花遠遠看見阿法女人來了，她連忙問。

「是的。」走近來她喜盈盈地告訴：「是丁先生那個機關派來的。演話劇，知道嗎？不是唱戲！」

「不唱戲？」和尚嫂子完全迷惑了。「算什麼呢？今晚在白馬場？」

「是的。」她簡約的回答。回頭對茶花大聲囑咐著：「茶花妹，今晚你到我家來，我們倆一起去，帶條長板凳！」

夜晚——

白馬場的中央，經了所有的壯丁們一天的努力，一個臨時堅固的戲臺早搭好了。臺上掛了銀耀的汽油燈，照澈了整個大場子。臺下，婦女們搬來了長大的條凳，帶著新奇的興奮，大家坐得緊緊地悄悄的談論著。

人不斷的在擁擠著。臺上垂著長長的灰幕，使女人們感到了異樣的離奇：

「爲什麼要用布遮起來呢？」茶花向激動不安的素杏問。

「這是文明戲呢！」素杏也是莫名其妙，但她總該比她明白些才是。想了想，她又加著聲明：「文明戲是一定要用布遮起來了。」

「姐姐，他們還不打鑼？」茱花兒穿著新花衣，規矩地坐在姐姐的旁邊，小聲地問。

「別鬧！茱花兒，」一直出了神的阿法女人笑了起來：「這是演話劇，不作興打鑼的。」

後面，白眼孃孃和大炮太婆坐在高凳子上，咪著兩雙老眼愉快地看著前面的大堆青年人。大炮太婆低低的告訴著：

「孃子，你想，孩子終究是自己的一塊肉，我那能忍著心把他不偢不理的。照說，媳婦兒年紀也大了，賢賢孝孝的，不能說一輩子讓她守著空房，所以，孃子！趁著老頭子不在家，我偷偷地把他叫了回來。這孩子心眞狠，不是榮香那丫頭幫著我說了半天，他還不肯回來呢！大孃！他的一些說話我

真不敢說給你聽，太傷了我的心了⋯⋯。」

「別管他這些！嫂子！」白眼嬤嬤笑著勸。「你祇看我，一輩子祇有阿杏那一個孩子，她如今卻整天全跟學校中的小姐周旋著。聽說又要聘她作甚麼教師了！你說，人大心大，關也沒法再關。再說呢，這年頭女人可也翻了身，一個個眉開眼挺的，我看著也羨，咱們且別瞎愁兒女事，也學著過幾天舒服日子。有什麼法子呢？時勢變了，由得老的空著急，她們早雀子似的隨興兒飛了！」她得意地望著前面，人堆裏素杏正和茶花在低低地談著話：

「你為什麼不去學校報名呢？」

「媽不許。杏姐，我在家和媽吵了幾遍呢！」

「媽要她趕緊作枕頭花呢！說是十一月裏姐夫家要⋯⋯。」茶花兒接著嘴。但沒說完，早被漲紅了臉的姐姐下死勁擰了一把。

「死婊子！干你屁事？」

素杏笑著起來了「茶花妹，這又有什麼關係呢？咱們妹姐也怕羞？」她又悄悄地詢問：「不是說要明年嗎？為什麼要這樣快？」

「都是媽！」茶花委屈地告訴。「說是怕打仗要逃了，將來⋯⋯」

「不會的，聽縣裏來的小姐們講講鬼子打了幾個月還沒打過來呢！她們不會騙人的，阿妹，你得見見他們才好⋯⋯」

噹！鑼聲響了。所有的嬉笑喧嘩一時靜下去。幕開了，臺上擺設著粗糙的傢具，一個老婦人在屋角里紡著棉紗，搖車沙沙的。遠處有沉重的炮聲在響著：

「這是誰？」小茱花兒看呆了。「咦！做戲也紡線呢！」姐姐恨恨地推了她一下。

靠著木柵的門開了，一個打長辦的姑娘挽著茱籃子走進來，親蜜地喊著媽。

「這就是那個阿薇，丁小姐那樣叫她的。」素杏悄悄地指點著。「她穿了我們的短衣還是很好看呢！」

臺上的姑娘放下籃子摘茱，臺後唱起歌來。過了一會，一個男人推門進來，背著鋤頭，戴著斗笠。

「他們全是莊稼人呢！」茱花兒自己嘰咕著。「咦！為什麼又不唱了？」

那個姑娘搬出碗筷，老太婆停了紡線，大家坐下來要吃飯。忽然又跑進個男人來，驚驚慌慌地大聲喊，「鬼子來了！」

　　小茶花兒嚇了一跳，直立起來。阿法女人拉住了她：「這是演戲呢！小呆婆娘！」

　　臺上的老婆婆和姑娘似乎嚇昏了，到處亂鑽。祇不肯逃出去。二個男人催促著，臺後嘈雜得很利害。後來，二個男人提著鎗跑了出去，砲聲和鎗聲轟轟地響著。

　　一會兒，從門外衝進了二個穿黃軍衣的人，拿鎗對準了母女倆，她們驚叫起來——

　　「這是日本鬼子！」阿法女人輕輕地告訴茶花。「你看他們臂上都帶著紅膏藥！」茶花的心在激烈地跳躍，她緊緊地抓住了素杏的手。

　　哈！哈哈！鬼子狂笑著，扯住姑娘往裏拖，老媽媽喊了起來。砰！鎗響了，老婦人倒了下來。茶花嚇得哭起來。

　　姑娘被鬼子拖進裏面去，她大聲的哭罵著，鬼子也將她打死了。忽然外面起了一陣喊殺聲，鬼子逃到門口，中鎗死了。男人滿身是血地衝進來，看見媽和妹妹死了，便撲在屍身上大哭起來。窗外起了火，滿天通紅的。另外有一個男子跑進來，告訴他鬼子的大隊快到了，要他趕緊迎敵去。男人站了起來，在臺上怒吼著：

　　「我一定要替媽和妹妹報仇！我一定要拼死保住自己的家鄉！田地，不讓鬼子來佔據！殺！殺盡日本鬼子！……」

　　幕很快的拉攏了，肅靜的全場，女人們在抽著的。茶花含著一泡淚，拍撫著哭了的妹妹。

　　當後面的男人們亂嘈嘈地要走時，臺上出來一位姑娘，用手圈著嘴大聲地告訴：「還有一幕，請大家不要走！」於是後面的人趕回來了，齊齊的站著等。人頭像春蠶下的子一般，密密地排列著……。

　　幕果然就開了，那個男人已換上的灰色的軍服，威武地帶領了許多農人，半夜裏殺死了守崗的漢奸，悄悄溜進村子。同鬼子兩邊打了起來。天亮時，他們終於把鬼子趕出村子。

　　幕閉了，臺上唱著義勇軍進行曲，後面的一些青年的壯丁和小孩們跟著唱起來……

　　茶花拉住了素杏：「杏姐，現在我同你全說了，你好歹要把我的事託那個丁小姐設個法，我真不願到那邊去，你想，那樣我一生不是就完了？……」

　　「別著急阿妹！」素杏安慰著她。「丁小姐一定會給你想法子！」她又低

聲吩咐：「最好，明天你溜到我那裡去，我帶你到她那裡玩去；有事你和她說就是……。」

茶花姐妹倆戀戀的走出白馬場。還聽到孩子們細碎活潑歌聲，飄散在四郊……

大宗祠的廂房中，丁寧與她的隊員們在討論著工作的計劃：

黑夜，外面有深秋風的嗯哨聲，穿過窗檻。桌上放著的煤油燈，黃色的火焰帶著鬱暗的光暈在顫動。門外起了細微的敲啄聲，丁寧抬頭仔細地聽著，辨不清這是風聲還是敲門聲。

小部份的隊員已經睡了，但大伙兒還擠在教室的燈下，為元旦的出演和宣傳忙碌著，門是開在廂房邊上的，外面有一小小的過道通著打麥場。郊外，秋蟲帶著淒聲呻吟著。

敲門聲繼續著。姑娘們多緊張起來。

「誰？」史浩沉著聲問。她往往是她們中間最大膽膽的一個。

「小姐！」外面低低地回答。她過去把門開了，寒風凜冽地闖進來，燈的火焰被壓下去，室中暫時陰暗了，門外的人幽靈般塞了進來，神色是愁慘沮喪的！

「大砲太婆？！」素杏叫了出來。上前扶住了她：「這樣晚，你……？」

老太婆抖顫地坐了出來，侷促地望著四周，突然綴泣起來……

室中人全驚呆了，怔怔地注視著她。丁寧用眼在向素杏探詢。

「大砲太婆，為什麼了？你老人家？」素杏急促地問，她向丁寧作了一個融心會意的微笑，丁寧馬上明白了。

「他！小姐，我自己來了，我來求求你，你……不要，難為他……我家的……一，一條根……」老太婆抽咽著：「他來了半個月了！我為了祖先，子孫，收留著他，可是，」她憤羞的急急地訴說著：「他卻要把……全村………呀！老天爺………。」

她先是嚴肅的聽著這時回頭來對出了神的眾人朗然一笑：「是那事兒了！杏，你看我猜得對不？」

老太婆凝咽地從袋中探出了一枚東西，抖索地遞給丁寧，又重新慟哭起來。

這是一根小紅繩子，在下面穿著一枚銅錢，大家都恍然了。

「媽的！又是誰作漢奸！」史浩低聲罵出來。老太婆驚愕地抬起頭來，

絕望地望著她：「這是我兒子大龍麻佬。小姐，可憐他不習好！前年大臘月，這孩子鬼迷了頭，土棍子搶了五老爹家，把他帶進去了，那年才接媳婦………小姐們，他爹心狠，開了祠堂門，大家要把他活……活埋……。」她把頭俯在胸前，孩子似的哭泣著。

　　「是這樣的，」看見許多人莫名其妙，素杏替她述說：「她兒子大龍麻佬，從小在村中便是無賴，前年作了強盜的引線，村中打搶了被鄉勇抓起來，大家公議要活埋他。但大砲爺爺祇有他一個兒子，大砲太婆急得要上弔，沒法祇好把他趕出族去了。不知他在哪裏混了二年，現在又回來了，前幾天七板橋頭的榮香姐告訴了我，說他每天帶領著榮香姐夫喝了酒到處亂闖，他二人當初原有些小仇的。榮香姐怕她丈夫會被他用奸計陷害了的。

　　「那天我和丁先生說了，丁先生叫我要她留心些，別讓她丈夫糊塗地上了當。晚上丁先生說叫演那一幕『捉漢奸』。誰知被猜著了，怎麼他真的作了漢奸呢？」

　　老太婆哭夠了揩了揩眼淚：「諸位小姐，麻佬雖是我的兒子，但作娘的也是要他學好的。眼看著連永泉尾巴這小子也發達了，我恨著他為什麼不做好人？前幾天，也是我的不是，看了戲回去，我勸著媳婦兒也去看看，年輕輕兒的，為什麼讓她成天躲在家裏呢？湊巧榮香那丫頭來了，大家就一起看戲去，我在家看門，誰知她兩人不知商量了些什麼？回來時，地暗暗地同我說，別是孩子也幹了些沒出息的事，換得來不乾不淨的錢？我還罵她呢！今天媳婦兒等她丈夫走了，悄悄地到我房裏來哭著，一問，說是晚上在孩子身上搜到了這銅錢來。小姐：前月間三田廟促到一個漢奸，他身上就帶著這勞什東西，我一看，心冷了半截……我瞞著他爹偷偷地從榮香那裏把他找了回來，誰知他卻是在打算自己的…祖先……」老太婆哽咽了一下，絕望的攤開手：「媳婦在家尋死覓活的又有榮香那婊子幫著吵，說我害了男人啦？我又沒話說。想想看，孩子究竟也是十月懷胎養下來的，放他走了吧？可是，媳婦卻不許，她說：「麻佬在村裏混了半個月多了，別放虎歸山，害了別人，他在村前村後到處察看著，難保不帶了鬼子來鬧事。你老人家還是去求求祠堂裏的丁小姐……到恐怕還好些……」我一橫心說：你青春白頭的夫妻多不顧，那我也就……死！就死罷！誰叫他行這斷頭行事…………小姐，榮香那丫頭把我偷偷地送到這裡來了，她還要我求求你，作個好事，怎樣在縣長爺面前替我們講個情，該打該罰隨他老人家辦，祇別讓他走了，害了一村子人……可是……

小姐，他，他是死不得……的……一家子，只有……他一條根………」

素杏悄悄地扯了扯丁寧的衣角。

「老奶奶：你不用傷心了，祇要你兒子肯悔過自新：」丁寧怡聲勸慰著。「死罪大約是不會有的。不過，」她回聲向大家猶豫地：「我們是否應該先把他設法軟禁起來？在未得到他的正式罪狀前？」

老太婆搖曳地站了起來：「小姐：求你看我的老臉，在縣老爺處說個情…………我要回去了。」她老眼中充滿了淚，祈望著丁寧。

「不相干，老奶奶；」她突然愧赧起來，過去扶著她。「你請放心，你才是眞正的行了好，救了這一村人的性命，我要代表全村子人來謝謝你呢！老奶奶。」她回過臉去：「杏：你扶著老奶奶回去，好生勸勸那位嫂子，我們一定會給設法的！」

當杏扶著她走時，老太婆感激的抬起頭來，眼中閃著異樣的光輝：「小姐們，我一輩子不會忘記了鬼子給我們受的罪！我們要記著這個仇！」她的臉是嚴肅悽動的。「從明天起！小姐：我把媳婦送到你校中來，你細細地教著她。可憐…年輕輕的也許要…………」她搖一搖頭：「合姑娘，我們走吧！小姐，我不會忘了你的大恩的……」

丁寧關上門，興奮地走回來：

「如今，連鄉間的老奶奶們也知道站在防禦的崗位上保衛自己的家鄉，這眞是可欣喜的事！現在，讓我們來商量這件事措置的計劃吧！」

當炮聲眞正的迫近了村子時，村民們已作完了肅清漢奸的工作。榮香姐夫被他老婆的大義所感動，他悔恨的供出了自己的罪狀和他的被騙底同類。他和永泉尾巴帶著壯丁們，毫不費勁地打盡了村周圍在麻佬支使下的小漢奸們。據日暮途窮了的麻佬坦白的供認，鬼子決定在半月後要佔據了江這邊的幾個縣城，鬼子的走狗們已在附近的各鄉鎮活動了起來。縣長下了命令，永泉尾巴作了隊長，自衛隊很快的成立了，村中開始騷擾起來。

恆河的渡橋全被拆毀了，改用小划子擺著來往的渡客。每一個外村人上岸時全要經過一番嚴密的搜查，因爲這是一條到縣中及別的大村落去的要道。

四太爺全家在一個黃道吉日中遷進了獅子嘴。爲了工作的便利，丁寧帶著隊住到山谷裏去。大炮家的老屋中，照舊設立了學校。學校越來越闊大，瑛和素杏都作了正式的教師。

為了看守主人的田地房屋，阿法是不能離開村子的，女人伴著他，她鼓勵了丈夫參加了自衛隊。

長堤是愉快的，兩旁灰蒼蒼的老樹，雄糾糾地兀立的。時時有金風的長嘯，穿過了稀疏的樹枝，嬉戲地投入打了皺的河面中去。

山濃密地堆砌著，像一座青銅的城堡！假如不是本村人，他是找不到它的入口的。

在那迂迴曲折的山道後，有二個絕壁峻峯對立著，這就是獅子嘴。在那裡面假如有一點武器，人們是用不著擔心受到外面的侵略的。

在這天然的城堡內，村民搭造了小小的茅屋，把婦孺安置在裏面。祇有少數的人，尚存留在這警報頻傳的村子中。

山腳下的小泉，流水撫摩著光滑的鵝卵石，錚淙地響著有一二張赤紅了的秋葉，在小小的激流中打著盤旋。

堤上：大腳老婆與和向嫂各人提著二大桶的東西，匆促地踏著大步趕著路，她們是從山裏出來的。婦女們作了很多的糯米粽子，煨了整整的一夜，現在趁熱撈起來，跋涉了多少的山路，要提到埠頭去。在那裡，男子們造了小的草逢，住宿在裏面，輪班巡迴守望著這一條 X 縣的喉舌之道。

經過阿法的老屋，婦人們把頭探進門去窺探著：

「阿法嫂，在家嗎？」

窗戶開了，女人長長的麻臉從小窗洞中伸出來：「是你們嗎？回來了？」

她們把桶子放在階沿上。「阿法嫂，埠頭有人回來過沒有？」

「阿法回家了。」她回答著，走了出來。「你們又送什麼來了？」

「一點粽子，還熱呢！你吃嗎？」

「嗐！那些東西堆著不少呢！」阿法在裏面聽見了，跑出來通知，手中捏著他的旱煙桿。「哪裏一時吃得了？傻婆娘。你們在山裏還好？」

「山裏嗎？好得很。哦！阿法哥，我忘了告訴你！你家四太爺把獅子嘴山的地全捐出來了，現在種了不少山薯，芋子。我們在那裡沒事時把光禿禿的荒山全開鬆了，將來種麥子。這是丁先生叫我們這樣做的。你猜！他們小姐們也全換上了短衣，拿了鋤頭同我們一起開地，可利害著呢！」

「眞的嗎？」阿法女人羨慕地問。「四太爺肯把地捐出來？」

「不捐嗎？那可不行呢！地主老爺們藏著米和麵的，在山裏住些時不打緊，窮人就該餓死了？況且男人們全在村子裏，誰給他們種地去？萬一鬼子

要進了村子，山裏的人會全絕了糧了，那時他們的穀米還藏得住？那天丁先生幫著二姑娘講了老半天，四太爺才算歡歡喜喜地答應下來了。」

「地不少呢！獅子嘴裏。」阿法含著煙桿沉吟著。「哦！假如你們真正的種上了糧食，好好地栽植起來；媽的！咱們還用得著發愁嗎？現成的食糧全有了，好歹也支持一二年的………………」

「阿法！阿法！」後面在大聲的叫。她們回過臉去。和尚跑得氣呼呼地在阿法前站住了。看見自己的老婆，他急急地揮著手：「那些是什麼？好吃嗎？快送去！快！」

女人慢吞吞地提起桶子：「幹嗎這樣急？剛才阿法哥還說堆的東西多著呢！」

「來了游擊隊了！」和尚興奮地告訴阿法。「我們趕快要找些東西給他們吃才行……快！」

「游擊隊？」大家都驚異了，已經跨了步的婦人又重新停下來聽著。

「哦！……就是那個游擊隊吧？」阿法女人恍然了。「張大麻子的！癩子哥，你可看見張大麻子麼？」

「什麼馬子騾子？可多著呢！咦！快去呀！送到埠頭去！人家都快要進村來了！臭婊子養的！」

二個婦人猛地記起來，提了桶子急急跑了。癩子得意地拍著阿法的肩；「小子，這次可不用擔心了，游擊隊，配上婆娘是……是娘子兵！哈！那可成了！阿法！」

達一達一底達一……

軍號響了起來，遠遠地樟樹林裏，大隊的剛到的隊伍正在開進村來，背上的刺刀在陽光下閃耀！

達一達底……底……

踏一踏一踏………

草鞋腳踏在石板路上，齊聲的響著。

當先：一面鮮明的國旗，在灰色的鐵一般的行列前飄揚著！………………

「敬禮！」受了軍訓的和尚，不自禁地喊了出來，他筆直地立正了，舉起手來。

在前面執旗的人向他微笑還禮！

踏——踏——踏………………

　　隊伍在前進，前面的人已轉入了大宗祠。後面，永泉尾巴帶領了少數的壯丁，也排成小小的行列，精神振奮，步法端正。永泉尾巴對人群中的老祖母微笑，老太婆眼中滿了欣喜的熱淚，嗚咽而又笑著向孫兒揮手。

　　隊伍沒入大宗祠，和尚還呆呆地敬著禮。

　　「別裝這個傻樣了！癩子哥；」阿法女人一回臉，忍不住笑了出來。

　　「反正我們是行了！」癩子歡歡喜喜地放下手。「你瞧吧！鬼子再還敢欺負咱們嗎？小子！有種的拿起鎗來幹！」

　　「哼！他嗎？」女人愉快地嘲弄著：「他是會鑽到山腳落裏去的。他是外村人呢！」

　　「咦！我？我不是說過的嗎？鬼子是打不過來的……。」阿法慢慢吞吞地回答。他蹲了下來，點燃了他的煙嘴………………。

　　大宗祠裏；傳播著隊伍與壯丁們洪亮的合唱；

　　「起來；不願作奴隸的人們！

　　……血肉……

　　……新的長城！

　　……萬眾一心……

　　……前進！

　　……前進！

　　……

新的生路

桂芳

（一）牛馬似的日子

在楊樹浦 XX 路一帶。

傍晚太陽剛剛下去，彌漫在空間的還是和白天一樣的悶熱。柏油馬路給一天來的曝晒已經失去了它的堅硬性，踏上去軟洋洋地卻又是火燙地。擺在路邊的許多攤頭：賣甘蔗，香蕉的，搭著一個小帳篷放著幾隻玻璃杯：賣荷蘭水冰淇淋的，生意特別興旺。人們忙碌碌地來來去去，為許多穿得整整齊齊走進店鋪裏，也有許多從虎灶出來，手裏提著兩桶熱開水。

在那邊有著櫛比的工場，一座座高大的水門汀的房子森嚴地矗立著，高聳在廠屋上的是炮身般的煙囪，噴著一縷縷的濃煙，慢慢地身高擴展，顏色也由深黑而淡灰終至於消滅在半天雲霧中。當「回聲」在緊張的尖音銳屬地叫起來的時候，許多小姑娘，老太婆，男人，女人像垃圾似的一下子從廠裏倒了出來；同時另外一堆又被裝了進去。

「橄欖妹，你背上都溼透了！」進廠時走在後面的大肚皮阿嫂輕輕地說。順手在自己的臉上抹了一把汗。

「嘻！橄欖酸了，汗酸氣，嘻！」橄欖沒有回答，給旁邊那個男工搶著說了；輕佻地摸一摸她的面孔，又捏捏自己的鼻子帶著調笑的侮辱的口吻。

橄欖，拖著一條粗粗的辮子，走起路來牛尾巴似的左右搖擺著。小小的個子，有著削尖的下巴，瘦狹的額，加上她那黃黃的臉色，使人一見她就很容易的聯想到橄欖。這樣，一個促狹的綽號就喊出名了。這綽號用得普遍後反而掩蔽了她的真名——小玉。

她很少有朋友，就是在一道工作的，大家認識了，碰面的時候也並不打

招呼。有誰欺侮了她，她也從來不敢回嘴，也不去告訴別人，等到那人走了，事情似乎已經過去了，她纔揀沒個人看見的機會偷偷地揩眼淚。

當下，她聽見那個男工譏笑她，就裝著沒聽見，連頭也不回的把步子跨得更大些。今天她有些頭痛，昏沉沉的一些力氣都沒有；腳像縛著兩塊石頭似的更覺得重重的提不起勁。倒是那個大肚皮阿嫂看不過了，恨恨地愀了男工一眼：

「神氣什麼？嗅嗅自己的吧！」

交過了「牌子」，小玉就逕自走到自己的工作位置——在筒子間裏，照例地把她的過長的袖子捲一些上去，開始工作。

機器像吃人的怪獸般蹲在地上，那皮帶擊拍著馬達和筒子摩擦著機器合成的巨大的騷響，把一切的聲音都在倒下去，只有「拿摩溫」在監督或命令工人時吹出來嘹亮的口哨纔能突破這緊張的喧囂的空氣。

「眞悶死人了，又不許開窗，顧了紗就顧不了人。」大肚皮阿嫂提高著喉嚨生氣似地說。在這裡工作慣了的人用過高的聲音說話早已成爲不自覺的習慣了。她是個比較高大的，近來又凸著肚子，格外怕熱。一到夏天，汗不停地流下來，那棉絮又故意捉弄她似的落在她黏溼的皮膚上，鼻孔，耳朵，眼睫毛覺到癢膩膩的難受，兩雙手又只夠忙「生活」，連揩汗的工夫都沒有，情緒越發煩燥了。但爲了紗的堅韌不適宜於流通空氣，開窗自然是在禁止的條例中了。

小玉看了她一眼，也不說什麼。她在想怎樣把手裏的「生活」趕快些，好多換些錢。

「你不嫌熱嗎？」在許多小姊妹中，大肚皮阿嫂和小玉因爲工作位置的貼近算是最要好了。但現在對於小玉這種冷冰冰的不講話的態度卻覺得反感，「你熱死了，也只配像匹螞蟻似的不聲不響的死去！」

小玉謹愼地向四面望望，「拿摩溫」還在遠哩，她這纔打起精神：

「我頭痛呢！近來常常要頭痛」。她說話的時候，眼睛老是巴巴地望著對方，彷彿怕自己說錯了，會使對方不快。如果對方皺一皺眉頭，嫌煩地揮一下手的時候，她就會把後半截的話縮回去，再也不敢輕易繼續下去。

「頭痛？哦！橄欖妹，那麼你慢些做吧！回頭病倒了，可犯不著。」看見小玉的可憐的樣子，剛纔那些惡感一下子都掃光了，反而以一種長輩的溫和的語氣勸導她。

「也沒有辦法呀！……」

小玉，正要講下去，忽然從門外傳來一陣亂哄哄的喧鬧的聲浪夾著「給我」「給我」的爭吵聲，她們順著方向看去：那邊黑域域的圍著一大堆人，由過去的經驗立刻就明白這是：「搶生活」。連忙奔過去也鑽在人縫裏，小玉顧不得自己的頭痛，拚命的用手臂排擠開橫在她前面的別人的身體，兩隻手跟著別的許多手伸進竹籠裏，盡量把筒管往自己的懷裏送。大肚皮阿嫂因為自己是大肚皮，看著這人群的浪潮，只好在後面跟著腳尖張望著裏面，一面喊：

「橄欖，多搶些給我，橄欖……」

很快的大半籮筒管給搶光了，小玉也兜著一衣襟回來，頭更痛得兇了，可是看到這一根根的筒管，等於一個個的錢，又看到那些搶不到的同伴那種頹喪的樣子，也就在緊繃著的臉上露出一絲寬慰的笑意。

並不是「包生活」而是做「自己生活」，在貨色少的時候，是常常有「搶生活」這現象的。

「你生活做完了，到我這裡來拿吧，不過，阿嫂，你也好歇歇了，你瞧瞧你的肚子！落在幾月裏？」小玉一面說，一面很快地接上一根紗頭。

「下個月就要養啦！不做拿什麼來活命？」這一下問到她的心事了，她近來正為著這問題在煩惱。索性把身體更靠近小玉些，訴起苦來：「自己也覺得受不住，有時累得直想躺下去。要想告假吧，你知道的！弄得不好，假沒有告成，飯碗倒敲碎了……」

一提到「敲碎飯碗」彷彿就有個可怕的黑影緊緊地噬住她們，連呼吸都感到困難似的，她們沉默了半晌，代替說話聲的是無休止的機器的吼叫。

「橄欖妹，你真不知道呢，許多女工看上去不是已經三十多歲了嗎，可是實在說起來，她們還都是姑娘呢！」阿嫂看看她的同伴們──人和機器一樣的忙碌，呆板：「噯，也難怪她們，如果我不是從小做童養媳，我也不肯結婚了。並非是不喜歡出嫁，你看……」

「我纔不願意嫁呢！」不知怎的，這些話給旁邊的阿姐聽去了，她也來附和：「嫁了人有什麼好處？在廠裏受苦受氣不夠，回到家裏還要服侍丈夫，煮飯啦洗衣啦，忙得氣都喘不過來，壞的男人還要打罵，有了孩子呢……」

「有了孩子，更不得了。」阿嫂聽見有人來證明她的說話，就得意了，不知覺中聲音也更提高了許多：「做廠吧，孩子沒人照顧，放心不下，不去做吧，多一個人吃用，怎麼可以反而少一個人賺錢？要是孩子多的話，那就簡

直是死路一條。」

　　阿嫂一看見自己的大肚皮，就感到有一種莫名的威脅隱憂。雖則她也跟別人一樣地愛孩子，但為了自己。對於這未來的小生命，愛的成份實在比不上討厭的成份多了。她帶著羨慕地口吻對小玉說

　　「像你，那纔寫意呢！自賺自用，多下來纔帶些給你老祖母。」

　　阿嫂是知道小玉的歷史的；十六年前，就在這同一的工廠的漿紗間裏起了一陣小小的騷動，小玉的母親忽然暈倒了，「拿摩溫」吹著尖銳的口哨，壓住別的同伴的喧嚷，叫兩個中年女工放下了工作抬她到馬桶間裏，幾個鐘點後，在慌亂中有一聲微弱的嬰啼，這就是小玉。在她的出世的第一瞬那，她就聽到了那些機器的巨大的撞擊聲，聞到了那潮溼的溫熱的空氣中的強烈的糞臭，吸進那些毛毛雨般的飛揚著的棉絮。還是在襁褓中，她已經是個沒有母親的孤女了。人家都說她「命硬」，從胎裏帶來的災難剋死了娘。她被帶到鄉下她的家裏，靠著慈心的祖母的養育漸漸長大起來。可是「命硬」論者又得到了證明：幾年前她的全靠他賺來維持生活的父親經過十幾年的繭子廠苦工的折磨由一個鐵壯漢子而變成孱弱的病夫，終至於死亡了，於是家境一天困難一天下來。眼看著死守只有餓斃，她祖母纔叫她跟著從前的一個鄰居到上海來進紗廠，到現在也一年多了。住就住在那鄰居家裏。小玉克儉節省下來的僅有的幾塊錢總是託便帶給那在鄉下的老家貼補貼補。但獨個兒畢竟是孤苦伶仃的，那長久積壓在心裏的憂鬱一經提起，彷彿開了瓶塞的汽水再也抑制不住。

　　「什麼寫意？爺不見娘不見的，睜開眼睛沒一個親人，就是頭痛發熱還不是一樣熬住了做『生活』，廠裏又是，你們知道的，一碰扣工錢，二碰歇生意。你們看，近來越發不像話了，連馬桶間都不許我們去，還冤枉我們是去偷懶的，故意弄得這樣髒臭。前幾天我肚皮瀉，多去了幾趟，就給『拿摩溫』，那個斷命的……」

　　「吃吃我的棍子，看有沒有斷了命！」不知什麼時候「拿摩溫」已經站在她們的背後了，一雙帶紅絲的眼睛射出淫威的光芒，隨手拿起筒管在她們的身上著力地抽了幾下：「是你斷命還是我斷命？做『生活』拆爛污，倒會咒罵別人，仔細罰你們的工錢……」

　　吹著口哨。他搖搖擺擺地揚長去了。隱約地還聽得他對那個最飄亮的女工調笑；「明天請你吃點心，唔？去呢，笑一笑，喂，喂呵！」

「回聲」響了，她們把帶來的飯具攤在地上，蹲著吃起來，像仲夏夜裏在陰溝邊的蚊子一樣多而且討厭的棉絮，毫不客氣地飛到她們的飯上。飯是冷而硬的，爲了餓，爲了機器還開著，顧不了消化不消化，她們狼吞虎嚥地敷衍著肚皮。

....

餵肥的是矮子老闆，那鬼子紗廠的權威者。但他們，出賣勞力的人們，卻是每天過著牛馬似的日子，悄悄地起來，悄悄地上工，晚上悄悄地睡去。看見的是「拿摩溫」的晚爺面孔，聽見的是麻痺神經的機器的響聲，吃進去的又是棉絮和塵灰。沒有太陽，沒有快樂，沒有青春。她們的臉孔黃下了去，背彎下去了，性情也變的偏狹起來，一天比一天的瘦弱和衰老！

（二）剩下條劫餘的身子

一個謠言：「要打仗了」。

馬路上的黃包車，搬場車，搭車，滿滿地載著煤爐，蓆子，帆布牀，一部接著一部夾雜在電車汽車的紛亂中拖過去。男人們背著包袱，手裏提著箱子，女人們一面抱著孩子，一面照顧著東西。走路的人擁擠著匆匆的來，匆匆的去。碰著朋友第一句談話總是「你看怎麼樣？準要打一打的了。」弄堂口四五個成二三個人圍成一堆，高聲地發著議論：「這趟總該和鬼子赤佬拚個你死我活的了。」「給這些矮子瞧瞧我們的厲害。」到了晚上，街頭黑沉沉的，店家在很早就打了烊，祇從店門的隙縫裏透射出幾縷驚慌的慘淡的燈光。

這緊張的空氣傳染到了工廠裏，工人們再不能像以前那麼的安靜了。開工的時候「拿摩溫」監督得特別嚴厲，不停地巡邏著，叱罵和抽打。但是工人們還是趁著一個偶然疏忽的機會，常常兩三個頭聚在一起，偷偷地互問著：「怎麼辦？風頭很緊哩！」

情緒亂得很，看看外面有許多人都在逃了，而且消息一個比一個緊急的傳進來：「楊樹浦很危險哪，這鬼子紗廠格外靠不住！」「馬上就要打了，鬼子兵已經開來啦！」

也逃吧！可是逃難也得要錢呀。他媽的廠裏故意把工錢扣著？一號那天應當把前半個月的工錢發下來的，卻又推三擋四的今天推明天，明天說後天地拖著。到現在已經是十號開外了，連一向有的半個月存工，也快有一個班月的錢哩去問他們要求吧，那矮子老闆又說什麼：「放心，做好了，你們中國

不會和咱們大 XX 打起來的？就是打，也用不著焦急，哪一天炮聲響，哪一天就發工錢。」

咳？漂亮話，骨子裏還不是怕我們拿到了工錢逃性命，難道我們窮人是該死的嗎！

「橄欖妹」，大肚皮阿嫂看見「拿摩溫」走遠了，悄悄地拍了小玉一下：「別老死的做呀，這幾天光景很不對呢」！

「是呀，馬路上都是搬場的。」小玉惶恐的眼睛直望著阿嫂：「黃包車討起價來都是八角一元的，還是搶著有人要。到底仗打得怎麼樣了？你再講一些給我聽呀！你的男人不是也常給你講的嗎！」

「講一些大家聽聽」阿姊也催著。

「你的男人懂得許多，他怎樣說呀？」阿嫂和周圍的幾個女工也都把身體湊近來。

「他說鬼子欺侮我們委實太兇了，這趟不比從前，咱們自己都兄弟般的聯合起來，定要拚一拚命的。北方早已打起來，上海也馬上要開火了！」

阿嫂很興奮地回答，這是她丈夫常說的話。她心裏很感謝他丈夫，他非但不打她罵她，而且閒下來還教她識字，給她講些國家大事，這在她們這一夥小姊妹中算是難得的。現在居然自己也能講給別人聽了，心裏多少是得意的。看了看她們，繼續說下去。

「你們知道嗎？我們這樣受苦，都是鬼子害出來的。我男人還說做鬼子廠家是恥辱的，幫他們賺了錢，卻把這錢去買鎗炮來打我們，殺害我們。」說到這裡，阿嫂忽然看見小玉張大著二隻眼睛注意地聽著的神情就掉轉談鋒，「小玉，你為什麼不逃？」

「逃？沒有錢逃到那裡去？我的家不在上海，也沒有親戚，在租界裏更連一個認識的人都沒有……」

「再說，打了七八天不打了呢，那我們的生意倒完結了，到哪去吃飯？」阿姊和阿招不等小玉講完都搶著說。

小玉瞥見「拿摩溫」慢慢地踱過來了，一面遞個眼色給大家，大家會意了。裝著沒事般各管各做工。

八月十三那天的下午快五點的時候。

格隆格隆……機器的響聲瘋狂似的吼叫著。

忽然在極端嘈雜和喧囂中似乎聽見有隱約的「轟轟」的聲音。

「是大砲」！有誰顫抖著喉嚨喊了一聲，立刻由一個傳十個，十個傳百個的擴展開去，一片恐怖的亂哄的空氣沸騰起來。

「大砲，機關鎗，開火啦！」

「關車關車，到帳房間去算錢工！」

「大家一道去！」

像一夥密蜂似的大家擁出了工場，又擁進了帳房間裏寂寞地只躺著幾張笨重的辦公桌和轉椅，那些平日間威風的，狠暴的矮子老闆和上司們現在都躲到哪裏去了？他們著急地到各處去找，在走廊上，幾個女工看到了帳房先生正匆匆地向大門外走去，馬上她們奔上幾步圍著他。

「滾開，圍著我幹什麼？」帳房先生心裏明白是爲了要工錢，但他想試用高壓手段征服她們，用力把一個小姑娘一推，大踏步就跑，卻仍給別的更多的工人包圍起來。小姑娘跌倒在地上了，但她掙扎著起來，很快地又趕上去。

工人越來越多了，緊緊地把賬房先生圍在中間，激動地喊著。此刻他們絕不是垃圾而是一群搏鬥的熊了。

「你怎樣允許我們的？一面大砲響一面發工錢。聽見嗎？這不是大砲的聲音是什麼？」

「工錢！不能讓我們白做了一個半月的，我們要有工錢纔能活命」。

有幾個童工哭起來了；「快些給我們工錢，我們要回家了，媽媽不知怎麼樣了？」

站在前面幾排的很嚴屬的威脅他：「到底給不給？不給，今天可不饒過你！」賬房先生給群眾的力量嚇得腿都軟下來，呆呆地像一團棉花縮在那裡，畢挺的西裝也顯得畏縮和乾癟。半天，他纔格格地支吾著。

「我沒有現成的錢，現在正是去請大老闆簽字，到……銀行裏去拿呀！」

「什麼時候拿？」

「這個……到到……晚上八點鐘發」一下子，他從人隙中溜走了，像強盜從警衛的網中脫逃一樣。

八點鐘到了，賬房先生怎麼還不來？哦，大概做先生的總有些架子，不肯準時到；八點半了，還沒有來九點鐘，十點了，還是沒有來。大家焦急著遙望前面，一個穿西裝的遠遠地來了，猜度著來「是不是賬房先生？」他走近了，卻又走了過去；一輛汽車，遠遠地駛來了，「恐怕是賬房先生吧？」許

多顆心希望著，可是經過大夥的面前，又直駛過去。

在他們正注意地張望著老闆時，那後面的工場的門出於意外的驟然被誰從裏面關上了。他們被關出在工廠的外面。

「什麼用意啊？為什麼要關門？」騷動在這人潮中泛濫開去。

十二點了。

夜是顫慄的，惶恐的，流動的烏雲逃避似的盡向著前面飄浮，路燈也像預感到生命的危險懶洋洋地衹在很近的周圍畫了一個憂鬱的黯淡的光圈。路上靜悄悄地沒有一個行人，一切都在可怕的戰魔的爪下沉默了。大炮的轟轟和飛機的格格的聲音格外響亮，劃破了這夜的窒息的空氣。盼望發工錢的心情由熱望到失望，現在是絕望了。

「他媽的，老闆騙人！這鬼子！」阿嫂忿怒的咒罵起來。

「我肚皮都餓死了！」小玉不耐煩地說。

怎麼辦呢？回了家再說罷，但是，戒嚴！大家都知道現在已到了戒嚴的時候。回不得家，又進不得廠，每一分鐘都擔憂著自己的生命會被毀滅，每一分鐘都惦記著家裏是否平安。在不得已的情況中，有幾個揀了屋簷下的地位，用一塊手帕覆在臉上，朝著墻壁躺下了。有幾個坐在地上，背挨著背，肩靠著肩，疲乏，飢餓的身體，經過相當長久的時間後，不知覺中也昏昏沉沉地打起瞌睡來。

天下雨了，雨滴像一顆顆子彈似的落到她們的身上，從鼻子流到面頰，流到頸上，再流到地上。地上溼了，衣上潮了，髮也潤溼了，像一群可憐的落水雞。

天快亮了，黝黑的天空漸漸變成蒼白，突然，一個巨大的聲音在附近爆發，火花射閃著，這些落水雞從睡夢中驚醒過來，哭著喊著，沒命的奔逃，不擇方向的亂竄。

「不好了，丟了炸彈啦！」

「小玉，跟我來，那邊炸死了人哪！」

接著，飛機炸彈大炮和機關鎗密切地合成恐怖響音，血的流，擁擠的人潮；一個死人在前面了，跨過去；一堆血在前面了，踏下去；店家櫥窗裏的玻璃都碎了，簇新的襪子帽子滿地散著，染上了腥氣和鮮血，沒有人會去撿拾它；媳婦，女兒挾著老母親拚命的拖拉著，年青的人喘著氣，緊緊地抱著嬰兒，逃了一陣，看看嬰兒慘白著臉，瘋狂地哭著，快要死了，把手裏的最

貴重的東西也丟了；（後來纔發現連維持生命的最後一袋餅乾都在匆忙中丟掉了。）大肚皮的按著自己的肚皮一步一拖一步的跑著；小腳的一邊叫著命苦，一邊在人縫裏鑽著；坐在汽車裏的嚇昏了，跟跟蹌蹌的從汽車裏逃出來去鑽在黃包車底下；一個鬼子兵追趕者幾個姑娘，「砰砰」二鎗，姑娘隨著鎗聲倒下了。……

逃著，逃著前面到了外白渡橋，過了橋這邊就是租界了。好，定一定神，小玉四面找找朋友──沒有阿嫂，沒有阿姊和阿招，沒有一個熟悉的人，連向來和她一起住著的鄰居也無從找尋。

剩下來給小玉的，是一條劫餘的身子！

（三）重入地獄

一條窄狹的小弄堂，碎石子的街，兩邊堆滿了拉扱和藥渣，骯髒，湫隘，惡臭，蒼蠅和蚊子的飛舞，使路過的人都捏著鼻子趕快地走過。兩邊牆壁上的石灰，有許多已經落下了，露出一塊塊青磚來，上面畫著白粉筆的烏龜，長長的伸著頸，背上的空白處，歪歪斜斜的寫著「打倒鬼子赤佬，旁邊畫一個孩子，手裏拿著刀正向烏龜的頸項斬下去，另外一隻手高高地舉起青天白日旗。

過去沒幾步，一家後門上，正像野狗似的伏蜷著一個人，頭倒在門的這一端，腳跟在那一端，滲透汗的黏黏的衣裳，袖口撕碎著，還黏上一大塊油污，頭髮蓬亂著有好幾天沒梳理了，灰暗的臉色和昏黃的眼睛。這就是小玉。此刻她連橄欖都不像，卻像是乾癟的瓜子了。這後門的階沿就是她的臥牀。

還能夠活幾天呢？她憂慮了，自從逃難出來後，靠著那些好心腸的人有時施捨些麵包饅頭過日子。但今天沒吃過飯，昨天夜飯也沒有吃，明天呢？是不是有吃？後天，大後天……這以後的長長的日子怎麼過？找不著熟識的人，袋裏又沒半個小錢，怎麼過下去呢？給人家做傭人罷？沒人介紹，上荐頭店罷？沒人保；做小生意罷？沒有本錢；廠裏不知怎樣了？阿嫂阿姊阿招她們是否還活著？

她拖著疲弱的飢餓的身體站起來，迷茫地踱到弄堂外，希望能夠碰到一個朋友。

戰爭的恐怖氛圍激盪著，人們驚慌地來去，她注意每一個工人模樣的姑娘，但每次她都失望了。突然，她的肩頭被誰拍了幾下──是一個似乎有些

面熟的四十左右的女人，穿著套湘雲紗短衣褲，短短的個子，掛著一面孔的笑容。

「你是？」小玉猶疑地問。

「橄欖妹，你不認得我了嗎？我姓張，是在花衣間裏的。啊呀，你瘦多了！」女人拉開扁闊的嘴唇說，一對鼠眼上下地打量著小玉。

「哦，張媽媽，那得不瘦呢，再下去怕瘦也瘦不成了！」小玉像找著了親人，忍不住訴起苦來。

「瘦不成。這話怎麼講？」

「我快餓死了」，說到餓死，小玉驟然覺得更傷心了，同時肚子也格外的飢餓。

「橄欖妹，唉！」張媽媽怪同情地把眼睛眨呀眨的，眨出了二夥大眼淚，用手帕拭了拭，等了半晌直望著小玉，慢吞吞地說下去；「好妹妹，我當你老朋友看待，荐你到紗廠去做吧！」

「真的？張媽媽，我的好媽媽，我的救命好菩薩。」意外的好消息，使小玉歡喜得瘋狂了，拉著張媽媽的手，她親熱地跳著笑著，眸子也變得明亮了，這麼明亮的眸子，她已經失去了多時了。

「那 XX 老闆纔仁慈呢，」張媽媽驕傲地瞟了小玉一眼：「給我們吃，還有衣裳發，住的地方也有，兩禮拜可以出來一趟，什麼東西都是現成的。比從前的廠好多了。有塊把錢工錢一天呢！走罷走罷，我們一樣東西都用不著帶，那邊還有好多小姊妹等著呢。」這回是張媽媽拉著小玉的手要走了。

「又是 XX 廠家？」小玉掙脫了手反而躊躇了。她想起阿嫂說的話，我們的苦都是鬼子害出來的，在鬼子廠家幫他們賺錢買鎗炮來打殺我們是恥辱的。「橄欖妹，我是看你可憐，纔荐你的，工錢蠻大呢，別人就是跟我說情我還不肯荐她，哪裏會騙你！」張媽媽想不到有這一著，立刻賭氣似地走開了。

小玉肚皮裏咕哩咕哩一陣陣地叫著，旁邊的飯館裏蒸發著飯和菜香，點心落到油鍋裏發出揶揄似的「嗤嗤」的歌聲，小玉嘖嘖嘴唇，昏昏暈暈地好像什麼東西都在轉動，自己的身體也彷彿要跌下去了，一幅倒斃的屍具的幻影在她的眼前可怕地展開，「塊把錢一天」，她輕輕地自語著，追上幾步：

「張媽媽，我們去吧！馬上就去？」

「自然馬上，馬上……」

張媽媽揮著手，露出得意的微笑，金牙齒在太陽裏發著光。

　　另外還有十幾個年輕的姑娘也等在那裡，她和她們像一群豬玀似的擁上了一部廠裏派來的汽車。汽車經過外白渡橋，託著太陽旗的汽車的福，駛行在警權操在XX人手裏的虹口楊樹浦也用不著被檢查通行證。不多久，車子在「喃」的一聲深長的歎息中停在那水門汀建築的屋頂飄著太陽旗的門邊。

　　小玉她們都走下來，一個穿黃衣服留一撮小鬍子的矮子走了來。嘻皮笑臉的欣賞一番，用生硬的中國話跟張媽媽打趣著說：

　　「這批貨色倒姆捨。」

　　經過小玉的身邊時，又故意摸一摸她的胸部，唾棄似的說：「這腳色可太瘦哩！」

　　小玉的血，幾乎要衝出來，她咬著著牙根，恨不得給那矮傢伙一個耳光，可是張媽媽把她們領進一間很大的宿舍裏，裏面已經攤了幾張地鋪有許多人躺著，近門處還有很大的空地。

　　「你們就睡在這裡，我去代你們租蓆子去，一角一夜」。張媽媽吩咐了。

　　「一角一夜」十夜就是一元，我還是睡地板吧。」小玉這樣想著就對張媽媽說「我不要了。」

　　「不要」？張媽媽的臉孔立刻變了色，「不要也得要，要也得要。我說怎麼樣就是怎麼樣」！掉轉身她搖搖擺擺的去了。不多時，和一個夥計捧了一大捆蓆子，一疊面盆和許許多多別的東西。

　　「你們聽著，」儼然是上司教訓下手的姿態，「面盆每隻一元，漱口杯和毛巾五角，牙刷四角，牙粉三角，還有胭脂和撲粉一元半，共四元二角。飯自有人會送來，每頓每客三角。要水用到廚房間裏去泡，十個銅板一面盆。將來一併在工錢裏扣。現在，把這些東西分去，懂嗎？到了這裡，要服從這裡的規矩。」

　　她的扁闊的嘴巴合攏後，白眼向四角溜了溜，揚長去了，「砰」的一聲關上了門，接著聽見外面上鎖的聲音。

　　「哈哈哈……」本來在裏面的有幾個縱聲笑了。

　　「噓！有什麼好笑，自己也是一樣的上當。」立刻被別幾個嚴正的阻止了，大家都羞愧似的靜下來。

　　這一夥新進來的女工，你看著我，我看你，心裏也有些明白了，翻一翻這些強迫買來的東西。

　　「啊呀，都是太陽牌。」小玉脫口喊出來，但她被別種印象驚住了，她

瞥見屋子角落裏一個女工正對著鏡子專心地在那裡化裝，粗糙的皮膚，蓋上一層浮起的白粉，頰上是不調勻的血紅的胭脂，水鑽的耳環，左右不安定地搖盪著，那件工作時穿的藍飯單和破舊的短衣衫褲零亂地丟在一旁。現在卻正在困難地在那蓬亂的不服貼的燙髮上繫上一條緞帶。顯然，她的手法是很生疏的，決不是一個化裝慣的老手。

「女工，做工就是了，爲什麼要打扮？」小玉越發懷疑了。

大家都睡了，靜靜地只有輕微的鼻鼾和夜風吹動樹葉的歉歉的顫動，月亮慘白地抖著軟弱的光，星星也畏畏縮縮不敢挺身出來。小玉再不能安心了，忽然，她聽見開鎖的聲音，接著一個人躡著腳步進來，出去時卻有二個人聲響，門又鎖上了。

彷彿有一雙惡魔的巨手抓著她的喉嚨，她害怕得要喊出來，但她的喉嚨已經梗塞了，她急急地推醒睡在邊旁的一個同伴。

「喂，怎麼回事？」

「誰知道，還不是爲了錢，我來了十幾天了，常常這麼的有人出去。」被推醒的那個夢囈般地咕噥著，聲音像破胡琴一樣的難聽。

「錢？」

「反正是做來的錢不夠用又不許回家也沒有通行證欠了的錢還不出纏幹的呀，有什麼法子，說不定你將來也會走上這一步的」。

小玉如墜入冰窖中，透過這窗隙隱約地有淫蕩的調笑的聲浪。

「你也會走上這一步………走上……」破胡琴樣的難聽的聲音膠水似的黏住她耳朵，被千萬枚針刺戳著，她憤怒了，「明天，我決定要回去」。

第二天她們上工了，跟平常一樣的做工，那個昨晚出去的女工也跟著大家一道工作，在她的手指上多了一隻金戒子。代替了昨晚的血紅的胭脂，此刻是死白的臉，浮腫的眼皮，手腳顯得特別的遲鈍，看起來，比別人更疲乏和脆弱。

「跟弟，來！」跟著張媽媽粗聲粗氣的喊叫。有個人出去了，啊呀，可不是昨晚上說「你也會走上這步」的闊嘴吧的高個子！

「爲什麼呢？爲什麼要喊出去？吃排頭？扣工錢？沒做錯生活吧？」許多同伴都在代她擔心，也爲自己憂慮。過了許久，纔看見她鐵青著臉色回來，像跟誰打過架，又像受了深的創傷，在自己的位置上默默地工作。驚奇的眼光從不同的角度經過的機器的縫隙集中在她的身上，看不見的還探出頭來張

望，一直到放工時，大家都圍攏來，你一句我一句地勸慰著，詢問著，可是盡管怎樣說，她卻始終沉著頭什麼話也不回答，蒙了被就躺下。晚餐也沒吃。

就是這晚上，快要熄燈前，跟弟抽抽噎噎哭一陣後，鬼魂似地裝飾著。

「張媽媽」，看見張媽媽走過時，小玉拉住她。

「呵，橄欖妹，是你嗎？我正要找你，你這裡過的慣嗎？『生活』還好做嗎？咦？怎的不開口呀？」

「……」

「阿彌陀佛，我是修心修身修來世的，我這老太婆頂會可憐人家！」說到這裡，她親暱地貼著小玉耳朵「唔，要是你錢不夠用，我可以幫忙……只要你答應，一句話，喂，好不好？你看，我年紀老了，見識多，什麼東西都比不上花花綠綠的錢好看，姑娘家趁年紀輕，好撈錢總撈些莫等像我那樣老了，想要撈，哼！可沒這樣容易。再說，你們女孩子遲早能免得了『那個？』有什麼羞不羞的，是不是？我一定幫你忙，好妹妹，怎麼樣，答應我？過幾天我再跟你商量，喂？喂？……」

「……」小玉想跟張媽媽說明她不願意做下去，但明知道這樣不會得到同意，沒勇氣開口，她走開了，心裏斬釘截鐵的決定：想法子離開。

走！走！她反覆地對自己說，現在她完全明白了，那老婆子的手段，那鬼子的貪圖，那紗廠的用意。可是怎麼走得脫呢？她重新又落入苦惱和氣憤的網中。

小玉沒像以前那樣柔順了。這一夜，她茫茫的望著看不見的空間翻來覆去的睡不熟時，忽然覺得腰部被踢了一著，她知道那是睡在她旁邊的闊嘴巴跟弟的伸過來的腿子，她恨恨地挪動它一下。

「什麼事？」想不到跟弟竟也醒著。

「什麼事，踢著了我的腰。說不定我也會踢著你。將來也會走上這一步？」想起曾經侮辱過別人的人竟會自己先走這步，撩起了她的忿怒，但她一說出口立刻就後悔了，更使她後悔的，是對方的完全沉默的回答。

她知道這刺傷了對方，但她比被刺傷的卻更感難堪。

「你不是甘願的」，沒一絲聲息，連跟弟和所有宿舍裏的女工，她開始用著請求的口吻說；「是被他們強迫了的，不要記著我的話呀。」

「哦……不會不會。」跟弟搶著說。

「……」

在壓低到幾乎聽不見的細微的聲音裏，這受著同樣蹂躪的命運的人結成共患難的朋友。她們絮絮地談著，訴苦也似的討論著他們的計劃。

終於在一個深夜裏，在伸長著的黑色的路上，她們喘著氣，懷著恐懼的心，急促地奔著奔著，前面是黃浦江了。她們跳上船板，回過頭來看看，那高大的水門汀的建築已遠遠地留在後面，太陽旗也在暗影中消失了。

「不要臉的赤佬，一輩子也忘不了這欺侮！」跟弟啐了唾沫。

（四）她的新生

裕慶坊的平房裏，小玉躺在三塊板搭成的牀鋪上不斷地想著想著，近來她常睜著飢餓的大眼睛，呆望著那古舊破爛的天花板，好像這樣能夠讓她從絕望中跳出來。但是不曉得結果是白白地高興了一場？還是更跌進了灰心的海中呢？想到這裡，她連一絲力氣都喪失了。

哎！小玉歎了一口氣又翻個身。

德冬德冬……雨水從屋頂的窟窿裏漏下來，落進了缺口的破砵裏的積水收到衝擊的濺出水花，那崎嶇的泥地上溼濃濃地聚著幾窪窟泥漿。斷續的雨聲滴在寂寞的空間倍覺淒清，彷彿點點滴滴都打入了她的心頭。

怎樣過下去呢？

她總算繞了個圈子從水路逃出了虎口。而且跟弟也留她在自己家裏住。但將來的生活呢？聽人家說家鄉已經淪陷，許多人被炸死的炸死，燒傷的燒傷，強姦的強姦，弄得一團糟。祖母她們怎樣了？可是誰知道，沒有便人，也沒接到回信，根本她們不會曉得她住在一個新的朋友家的。家裏是回不去的了也不願回去，那麼，做廠嗎？

想到做廠，過去的印烙刺激她每根汗毛管都給豎了起來，本來痛著的頭更疼痛了，暈暈昏昏的瞥見薰黃的水漬的天花板出現了一副猙獰的有一撮小鬍子的揶揄臉孔，「這批貨色倒姆捨」。一模糊眼前又變作獻媚的笑，鼠眼睛盯著她，「答應我？」

「婊子纏到鬼子廠家去！」她恨恨地。可是中國廠卻早已關門大吉，或者縮小了規模，那裡再會招新工。她相信跟弟時常說的話：不是鬼子們的砲火，難道那些廠家會關門！不是鬼子們的砲火，我們會連一個窮苦的窠都失掉，一點活命湯都找不到？

「拚了我這個劫餘的身子算賬去」，跟弟的確實現了她曾經說過的話在半

個月前跑到「戰地勞動服務團」去了，還答應小玉先去看看情形，適宜的話，再設設法招她。她等候著，等候著，時刻都希望從跟弟那裡帶的消息「來吧」她決心要開闢新的生路。

可是，到目前為止，跟弟還是一去杳然。

該不至於這般不夠朋友？小玉自己解釋著，她非常焦急了。

但外面談話聲中好像有誰在喊著她的名字，可又馬上停止了，「見鬼，這個時候還有什麼小姊妹來找我。」希望後的失望使她難過得心像絞著一樣。

「小玉——小玉死人」跟著同屋的松奎嫂的聲音，她接到封信，這使她吃了一驚，但也在她的意料中，「準是跟弟寄來的了，」忙拆開來看，她的不十分能認得字的文化程度還能辨別出那歪歪斜斜的具名，卻原來還是大肚皮阿嫂寄來的！這一樂，她要直跳起來，像充滿了無限希望捧著書本第一天進補習學校去唸書時一樣。匆匆地央求松奎嫂給她讀一下：

「橄欖妹：

我時常想念你，但我不敢相信你還活著，我以為你也許在我們逃難分散以後生活不下去就永沒有再見面的機會了。你知道嗎？和我們同在筒子間裏的阿妹就這樣死去了。聽說阿招失縱了，她家里正在哭哭啼啼找她，她母親簡直像瘋了一樣，你有她的消息嗎？

跟弟來了，我並不知道她認識你，而且你們還在一起做過工，一起住著。但一個偶然的機會談起你，我才從她那裡知道你竟還流落在上海。這是多興奮人的消息，但更加興奮的是跟弟說你現在已進步多了，很願意幹一些實際的抗戰工作。這是很對的，每個中國人都該如此，尤其是我們女工。

我們大夥兒在一起，一起生活，一起工作，一起談笑。在我們前面有英勇保衛國土的將士，後面有熱心愛國的老百姓。周圍又有亦誠親愛的同志。每一分鐘都在緊張的奮鬥中，再痛快也沒有了。跟弟說她是報了在鬼子廠家被侮辱的仇了。妹妹，你來嗎？我們在歡迎著你呢！請到 XX 路 X 號去找陳先生，她會設法幫助你的。

最後說到我自己，你也許會奇怪為什麼我也在這兒的呢？告訴你吧，我的孩子被炸死了，那血肉模糊的凄慘的樣子老在我眼前搖幌。

沒什麼足以留戀的了。這以後，我丈夫出發為國家服務去了，我也選上這最偉大的路。好！願你到這裡來，再見，我和跟弟等著你。阿嫂」

是夢嗎，可是明明的，信，還握在她手裏，她又自己看了看，雖然不每

個字都認得，但漏掉幾個再看幾個也能明白意思的了，「我和跟弟等著你」她一遍又一遍地歡躍地讀著，幾乎要笑出聲來！

「好，準備去」，這是她有生以來，除了她十歲那年她祖母給她縫了件飄亮的衣服，爸爸又帶她上城去逛了一趟遊戲場以外，再沒有像現在那樣高興了。好在她已經沒什麼東西要整理的了，包起一些極簡單的東西，跟松奎嫂道過謝，就向著阿嫂告訴她的 XX 路進行。

雨下著，但已細小到快要停止的模樣，一縷清風吹過來，冷冷爽爽的。不知從什麼時候起，頭已經不痛了！

一九四〇年七月底修改畢

鈕 子

潘佛彬

（一）

我懷念著長白山下的一個人。

夏天，在鴨綠江畔也許過得慢一點。記得那江流是清澈的，好像沒有載得許多時間的塵埃，匆匆流去。對了，山頭也該沒有積雪，高粱的大穗子也該紅了，長在那麼多朋友墓上的草也該比當年更綠了！

五年！離開念石，已是五年！那裡會有一個夏天的夜，念石和我，還有那麼多的朋友，蹲在高粱地裏，等著，等著截獲鬼子的三輛裝甲汽車，夏夜的風掀動著每個青年的心，我們有的是鎗彈和勇敢哪！一種預知勝利的眼波，在我們之間交流著，終於我們都笑了！非常寂靜的，除了高粱穗子沙沙作響。

念石呆視著我，袖口上的金質鈕子在發光，像東方天空中那顆星，最亮的一個，雖然白色襯衣已變得像雨前的雲彩，但，在夜裏總顯得整潔些。

他仍在呆視我，那眼光像擔心我的危險，又像欣賞我浮在眉宇間的驕矜，我耐不住這眼光的逼視，於是我問他：

「那顆星叫什麼名字？在東方山頭上閃著的？」

我和他在一塊，那顆星照耀著；我離開他，那顆星仍照著，我跑過了這千層萬疊的關山，它還是照著。

那件白襯衣的袖子一定破了！留著鎗油或繩索的痕跡，鈕子呢？戴在另外一件衣服上，也許，也許不。

那鈕子是母親給我的戒指改造的。

（二）

在河南，一個夏天要來到的日子，我們訓練班裏開一個空前盛大的遊藝會，慶祝臺兒莊的勝利，我還要在會裏唱幾隻歌呢！

實在，從來在這接近火線的地方，便缺少了信札的溫慰，天天眼睛睜著看彩雲飛向漠北的天邊，盼望由遠處寄來一兩句的熱情話，像三月裏盼望燕子飛來。

這天忽然接著一封很厚的航空信，信封有的地方已被水浸染過。一口氣跑回寢室，不住的喘息，像火車似的，不知自己在希望什麼，害怕什麼。

屋子裏人都走光了！只有草和木板的氣息，我燃起昨晚新發的洋臘，小心放在對著窗口的一個空舖上，窗戶裏透進一股晚來的涼風，臘火在黑暗中搖擺了半天，夜貓子在庭後的大樹上號著。

信裏說，「念石不幸，已於前月二十日在 XX 附近被捕。被捕前，會寄來一雙青色布鞋，他說鞋的兩個大鈕子裏藏著他平生最珍貴的東西，希望我收到，想法轉寄給你，免得以後被人遺擲和掠奪。我打開了，你猜是什麼了，兩隻金質的鈕子。……」

我哭了，我只覺得衣服在黑暗裏像風搖樹葉似的顫抖，晚風把破了的窗紙吹動著，東方天空那顆星還是照著。

躺在床上，軍裝未解，不知什麼時候睡著了。

夢著一片森林，夜光統制著，我餓了，要經過這林子尋些東西吃。黑的我摸不著路啊！我哭了。

東方的那顆星從天空跳下來，變做一個白髮道人。四周的星都失去了光彩，他的身上放出強烈的光茫，微笑著，眼邊皺起思慮的紋線。

他用發亮的指甲，撫摩我的頭髮柔聲說：「你一定要有實實在在的覺悟，知道初步的努力，必須繼之以更大的犧牲。」這聲音好像常常聽見的。

無語的，經過這森林，我盡嗅著他芬芳的氣息，閉著眼接受那強烈的光，忘記走了多少路。

光芒不見了！一片荒蕪。疾風吹著無數荒冢上的亂草，也吹著我身上的汗毛，我睜大眼睛，留在耳邊一個柔聲：「知道初步的努力，必須繼之以更大的勇氣和犧牲。」

我屏息著，小心的把每個腳步輕輕放下。

除了風和黑暗外，什麼也沒有。還好，遠遠的夜空裏那顆星在照著。

腳下什麼東西擋住去路，我俯身拾起一條布裹的頓東西，拿得高一點，就遠處的星光細看。

一隻胳臂！襯衫的袖子還連在上面，用手摸摸肘邊，一塊深疤痕！斷口處流著溼淋淋的血水！我聞見血腥！這隻手！就是這隻手！金質的釦子不見了！

我把那隻胳臂緊緊貼在胸前，於是恐懼離開我。我要疾呼，但是咽住了。不知什麼東西把我背起疾跑，夜風吹得我清醒一些，我真的伏在另一個人的背上。

「你是什麼人？」我大叫一聲，跳下來。

眼前一群人，草綠的軍裝裏加雜著形形色色的男女，但這些面孔都是熟悉的，每人提著水往後跑，我把頭隨著他們轉過去。

火光照得滿天發紅。

「起火？還是放火？」我不期然的說。

「起火，放火，倒弄不清，總之，你不願意活著是不是？」背我的人說。

我看著他，原來是本班的孫厚之君，以勇敢剛毅出名的。我想起那隻沒有熄滅的蠟燭，我心悸動著。

「多謝你，沒有受傷嗎？」我向他一個沒有帽子的頑皮敬禮。

他凝視我把頭搖搖說：「沒有」。在火光裏，他的臉像雨後的樹幹。

「千萬不要說你一人在屋子裏，說不定要關幾年禁閉的。」他繼續著。

肯繪跑來，演戲的旗袍還沒脫掉，我有些不自在，她雖是我的好友，爽快，好勝，一個十足改造過的小姐，卻仍保存著一點女孩子的嫉妒，於是我離開厚之君兩步。

「厚之，害得我尋你這半天，宿舍起了這麼大的火，你們倆怎麼站著，快，快點救火去。」話像鞭子似的從她口裏說出來。

「只是那麼一點小火，會燃起來嗎？等著我！多冢的荒原！潛在心底的火花爆裂後，飛延在你每棵草上！那時人們不是躲避他的火光，就該驚奇的望著。」我心裏想。

（三）

幾天來，我的五官毫無用處；聽和看的時候沒有感覺；感覺的時候沒有思想，以往的日子，顯示在時空裏面的，全似空白，而今卻被一種奇異的情

緒——孤獨和需要填滿了，雖然我不知道為什麼孤獨和需要的是什麼。晚來，緊閉著眼睛，怕見東方那顆星，一個可怖的夢景！但我還不時眨眨眼，因為我懷念長白山下的那個人。

好在厚之君常於課後或野外歸來找我閒談，對於這，我本不高興，肯繪的性情我知道得十分清楚的原故。但厚之君打得一手好鎗，為了「復仇」我必要請教他。不過我委實也喜歡他兩顆銳利的亮眼睛，還有兩眉之間那個紅痣。

厚之君除了每天教我放手鎗外，便告訴我冰怎樣化水，水怎樣結冰，春天什麼鳥叫，夏天什麼花開一類事。

肯繪也許知道個中詳情。也許不知道；反正她總在嘲笑我。不過那是她自己的事，我是為了「復仇」才和厚之君來往的。

我沒有事做，便常想起他的紅痣，眼睛，和那天的火光。

六月的日子，自然裏充滿了顏色，我由街上歸隊去，軍裝溼透。

路上遇見厚之君，我們談了許多風和太陽的話，他說他的力和勇都是從風和太陽學來的。

「你的父親在那兒？還有其他的人呢？」說時，他交給我一頂草帽，我看見他紅痣附近的汗珠，好一個太陽出海的寫真！草帽上汗的氣息，像一陣使人疲倦的夏風。

「父親在北平，九一八時，鬼子請他老人家做地方的維持會長，於是一個夜裏領著除我以外的家人逃往北平的，哥哥麼，在前線，妹妹們還小呢！」

「你幹麼不和父親一塊逃往北平？」

「幹義勇軍哪！那時的生活真緊張哪！我們許多男女神出鬼沒，他們的坦克軍，裝甲軍常常送禮，不過後來接濟不夠，我只好到北平去工作，七七事變，我又到這裡來了！」我擦著額上的汗珠。

「還有其他的人呢！」他問。

「其他的人？沒有了！」我想起長白山下的那個人，幾乎把草帽還給他。

停了一會。

我們走在小路上，我在前面。

「你的父親在那兒！」我找出問題來。

「什麼？父親？你回頭看這塊石頭怎麼成的？」

「啊！我知道了！你沒有父親，你是從石頭裏跳出來的。」

我們都放聲的笑了！

陽光和麥香送我們歸隊去。

此後，厚之君和我更接近一些，可是我也吃不消許多苦頭——吃飯的時候沒有筷子，集合的時候沒有皮帶，非待急得要哭時，肯繪才拿給我。

落雨天，操場都是泥水，我一時尋不到帽子急出一身大汗，最後發現在一隻小樹上，快被水點浸透了。我帶了帽子，向著排好的隊伍跑去。

我跌了一跤。

臉漲得紅，一個熟悉的聲音從隊裏傳來：

「她的運動還不錯呢！」

（四）

桐柏山和長白山究竟不同：在桐柏，狂歡的時候，我們可以拿千百隻火炬，把去山頂的小路照得通明；歌聲震蕩在近的山谷，遠的山谷，更遠的山谷，響徹了整個夜空。悲哀的時候，把眼淚和著月光洒在黃河裏，待太陽出來，那些眼淚已在太平洋裏翻著澎湃的浪花。在長白的時候呢除了把靜默寄給山風和分享一點鬼子的食品外，便是把無限哀思摔死在地上！

多尾巴，春，夏，秋，冬天又來了。我看見第一個燕子飛來，最後一個燕子飛去。深秋隨著桐葉落在山谷裏，石頭還是那麼堅硬。

山上露營兩個星期，早起，呼著冷氣跑步，鋪滿濃霜的山頭和大路留著三行足跡，解散後，故意提高了嗓子喊幾聲口令，逗引群山回響；或者拿起號筒對天邊幾顆微弱的晨星吹起衝鋒號音。

畢業儀式隆重舉行後，我被分發游擊部隊服務，厚之和肯繪二君都在一○五師。

於是我望著北國的天空，我看見長白山下那個人，我微笑了。

太陽剛剛出來，昨夜的雪開始融化著。收拾起簡單的行裝，一行九人，蹈上征途。門口一大堆同志歡送我們。我開始留戀著這環境的每一件東西，貪婪的望著飄蕩空中的國旗，國旗下面的土牆，牆下被寒霜侵枯了的秋草，每個同志的臉龐都變得那麼可愛的，唇邊掛著兩條苦笑，一聲不響的亮眼睛裏，水汪汪的，充滿在那裡的是這一年來的一切友情和猜忌啊！我和他們一一握手，厚之君的唇顫抖著，太陽照得我心底的淚水閃爍著。

再耽擱兩天吧！我又想起那多冢的荒原！那血淋的胳臂，那顆星，於是

我對他們敬禮後，真的走了！

五十步外，他們還在門口，我回頭時，好像看見厚之君兩眉間那紅痣在抽動，一個莫名的悲痛的情感刺激我。

山腰轉灣處，我又貪婪的望著後面。

厚之君在無力的揚著手。

五百多里，三天便用腳步跨完了！同伴們為我一個人擔心，可是他們那裡曉得我是慣於在長白山下胡跑的。

這裡到是不同了，砲彈落在飯桶邊，沒人管它，飛機，辨不清是敵是我，沒人管它，反正時時都有。火線不過是一個更緊張的生活環境而已。一夜，冷風颼颼的，大地禿了，卻讓寂靜統制著。我在一棵大樹下值崗，呼著寒冬的霜氣踱來，又呼著寒冬的霜氣踱去，宇宙裏充滿著蹈步音響，卻連一點回音都沒有，也許有，那是在天涯的高山處。我披著鬼子身上得來的黃呢大衣。幾條小川，靜臥著，薄冰下面看見灣月和繁星。我疑惑是否天空落下幾條在地上，我又望望天空，還是整潔而完整。看看刺刀在月下閃著慘白的光，夜變得更冷了，打了一個大寒戰。

從部隊裏飛來一個嘶啞的聲音：「殺啊」繼而鼾聲大作，我抖抖衣上的寒霜還是踱來踱去。

遠遠一群黑東西向這邊蠕動，我跑進去招呼他們一切準備妥當再安睡，在我到想過一過衝鋒號癮。

這群東西越來越近，他們不爬了，停了幾分鐘，四外仍寂靜。

他們都站起來，疾走，往前跑，我認清鬼子我吹出了衝鋒的號音。

門裏湧出一大隊武裝同志，迎面猛撲，殺聲震天，寒風怒吼，宇宙裏只有這一個聲音的對流。那一群連影子算起來也比以前的一半少了，抱頭亂跑，殺聲更大了！

我被一個奇想進攻著，想到已陷的 TS 城來次巡禮，只有五里路。我默默的跟在人群後面，想著，跑著，走著，喘著氣，終於追趕的人離得很遠，他們沒有知道我跟鬼子跑起來呢！

鬼子們稍靜下來，不時聽見垂死的歎息，我反而因這平息不安著。低著頭，把腳步跟隨著前一個人，生怕稍慢或稍快，他們注意我，哼！只要他們一瞥！完了！怎辦好？放下步鎗？拿出手鎗？

影子移動在平原上。忽然一隻大手抓住我的肩膀，我本能的掙脫了，一

個受傷的鬼子倒下去，我的心悸動得更利害，嚥下一口吐沫，生怕眞的把心跳出來。

高處投來個強烈的光，也有聲音憑空落下。若不是這群人吱哩咕嚕的回答，我眞要認爲雨前的閃電。

城門開了，我被湧進去。摸摸帶來的號筒。

幸好沒有忘記該停留的時候，我放慢腳步，走在最後，土牆拐角處，我躲在那陰影裏，蹲著，手按著胸膛，擔心著氣息的聲音。東方那顆星正對著我。長白山的輪廓浮在心靈裏。

城頭哨兵踱來踱去，皮鞋踏著城磚，鏗鏗有聲。他停住了，我感覺他往下窺著什麼，我往牆角里縮縮，把臉轉過去，接著聽見一個大呵欠。我不再縮了。城頭腳步聲又起。

我在等待什麼？

眼前跑過一個人，我嚇得沒有一點動靜。一陣酒和香腸的氣息。

城頭一群鬼子在吃東西，喝酒，因爲我聽見空氣在口裏被擠壓的聲音。

不知爲什麼我高興起來，安靜的數著流星的殞落。

約摸半點鐘，一切都歸寂靜。

剛剛在外邁了一步，一個震天的鼾聲把我嚇回，我察覺著血就跳在喉嚨裏。

轉過眼睛往上看，月光下沒有一個人影。

開始一步一步邁上城牆去，每一步都是膽子。幾個兵死豬樣的躺著，我呼了一口暢快的空氣。我對著那酒肉香味走前兩步，我又退回來。

月亮已偏過城頭去，只一所矮房子還有個小光，我望著月色，閉著的城門，塌了的房屋，像置身在一個過去的時候，幾乎忘記自己是否存在了。

一隻大皮鞋猛烈的踢我一腳，我臥倒，打鼾，裝個醉鬼，那個人另外一條腿也伸了一下，以後便沒有動靜。

往他周身細看，一個大口袋，這東西鼓起我最大的勇氣。

躡手躡腳的把口袋給解下來，裏面都是紙。

號筒把空酒瓶碰倒一個，鬼子翻翻身。

我準備走下。

城外一群東西向上照亮，我看清楚又是一群打敗歸來的鬼子，不知爲什麼，我吹起衝鋒號。

城裏也出來一群鬼子。

當我溜進那有微光的小屋時，城門附近的殺聲是那麼強烈！

東方那顆星向我微笑。我在默禱：「你們努力殺啊！」

（五）

住在這小屋子的，是一對白髮夫婦，他們對我實在好，當晚把我黃呢大衣脫掉，換了一套破舊的棉襖棉褲，老太婆答應明天送我出城。

我感激得懷疑他們是漢奸。

那一口袋重要的文件裏（我在長白時已有本事看鬼子文），最引起我的興緻的，卻是說偽組織新聘孫福薪為傀儡，在 WA 地方繼任，召令各地鬼子兵舉行慶賀大典。

嗯！殺死念石的就是這老東西！我摸摸褲帶上的手鎗。

第二天是一個最美麗的冬天，早晨醒來，（也許一夜都是醒著）看見屋子正中供著菩薩，香爐放在一個三條腿的桌子上，坑上堆了許多破舊棉絮，此外就是充滿這屋子的焚香味兒。

還有牆上掛著一件尼姑的衣服。

我忽然心生妙計。

「這套出家人的衣服是誰的！」我問那老太婆。

「別提了！那還是我們大女兒在廟裏時穿的，因為怕鬼子們蹧塌，便出了家，先生，你知道鬼子們還信佛呢！可是我們那孩子前些日子死了，我們把衣服拿回來──」老太婆說著，白髮在頭上顫動，幾滴老淚從眼皮裏擠出來。

天！千百萬年青人的母親哪！

「若是你想用，你就穿，反正你算是替我女兒報了仇的。」她繼續著說。

「你今天就送這位姑娘出去，把這衣服穿上，說是化緣去，鬼子們也不會注意你這老太太，況且這位姑娘也不白淨」。那老頭子說完，把香爐裏歪了的香扶一扶。

「但是，老伯伯，我現在不想回隊去，想去 WA 城把那大個兒的漢奸幹掉他一兩個，這許多秘密文件請你老人家送到我們隊上，有法子嗎？」

他向著老妻：「那有什麼難？你送好了！不到十里。」說著把頷下的白鬍子順一順，又吹吹右邊袖子上的灰塵。

太陽的第一道光線射進來，破玻璃上的厚霜開始溶化。

當我和老太婆走出房門時，老頭說一句「加小心」。

一隻狗躺在窗下晒太陽，腿上流著血，我想起多冢荒原上那隻胳臂。

街上簡直沒有過見幾個人，一些院牆的倒塌處，看見簷上的蛛網，和網中密密貼滿了的飛蟲，異常大的老鼠跑去跑來，偶而在地上看見片片血跡，太陽還沒有完全晒乾，我聞見絲絲腥味。

穿著這尼姑衣服，不知應該怎樣走路，手的擺動也不自然，我羨慕天上那快飛著的白雲。

「城門口多加了衛兵，你千萬不要說話，我來對付他們」老太婆說。我答應著，緊緊帶子上的手鎗。

一個鬼子兵攔住去路，不知說些什麼，我念了一句「阿彌陀佛」。

一個狂笑爆烈了，那東西拍拍我的肩膀。

走出城門，我伸伸舌頭，老太婆瞪我一眼。

兩里路後，我們必須分手，我寫了一個紙條，請老太婆就便帶往隊上，那是給肯繪和厚之君的：

「肯繪厚之同志：這兩天，我的消息會由這位老太太告訴你，現在因為要趁機會趕往 WA，殺掉他幾個，你們不要擔心我。朋友，為我慶賀吧！該是實彈射擊的時候了。」

我給老太婆深深一鞠躬。

「好好珍重」她流淚，我也流淚。

我前進著，北風透了衣衫，冬日的平原越顯得廣大，大地裂了。我尋這不平地方結的薄冰，用腳踏碎，發出清脆音響。天空也是禿的，雖然不時有一兩片白雲飛過。地上常有傾覆的鳥巢，老鴉在枯枝上悲鳴。

在 HN 鎮第一次看見一群鬼子在賭錢，我避過他們的視線，肚子叫我潛進一家小飯館。

「有麵沒有？」我問。

「有！堂彩加一，小費在外。」堂倌答著，眼睛卻不看我。

我拍拍口袋裏的銅板，我吃了。

「多少錢？」

「兩毛五分，小費在外。」那伙計打一個呵欠，把擦布搭在肩上。

我仔細把銅板數數，確實是兩毛六分，我都交給他。

出門來，我已是一身虛汗。

「請問，此地距 WA 還有多少路？」我見人問。

「一百五十」。

我舒了一口，大概總會趕得及吧！

入晚，還是那不盡的廣漠的大地，北風漸厲了，我蕁得一座道旁的古廟。

老和尚叫我睡在大殿旁的小屋裏，天！我怎麼能說害怕呢？穿了一身灰色寬領的衣服？

一夜沒有睡，只聽大殿裏有動靜，童時的夢境不時使我震顫。

天還沒有亮，我便離開那座廟，又是一個美麗的冬天。

路上我想，穿了這套衣服，幹那工作有些不合適，況且一個銅板也沒有，我決定設法到城裏去捐一點款子。

我詳細打聽好了幾個紳士的名字和住址。

當我的手打在第一家的門上時，半點鐘後，一個僕人模樣的開了門，上下打量我一眼，沒待我張口，便把門「碰」的關上，「到別家門口去」。

我又走到另外一家。

僕人把我帶進去了，幾個小孩子亂喊：「姑子，姑子，快來看姑子。」

我的臉有點發燒。

我被引進一間鋪陳古老的屋子裏，太師椅子上，坐著一個五十上下的老頭子，灰色棉袍，青緞馬褂，還有架在鼻子上一副黑色眼鏡，口裏銜著二尺半長的烟袋。我向他深深鞠了一躬，老實說，那真不像一個出家人的舉動呢！

他在眼鏡上面翻翻兩個眼睛說：「請坐。」

「今天冒昧來打擾你老人家，實在抱歉，不過；聽說你老人家慈善廣施，敝廟舍年久失修，特請你老人家多少捐助一筆款子，好在幾十塊錢在你老人家不算什麼。」我像背書似的一個字一個字的吐出來。

他把烟袋在鞋底上敲打幾下，放在棹子上，手摸摸唇上的八字鬍。

「這個——」他打了一個噴嚏。

我咬緊下唇，把笑聲堵回去。

「這個我倒是十分贊成，但是這個年頭，債戶不給利息，佃戶不給地租，連釘子都要幾塊錢一斤。」他往門外看，一個僕人拿著油燈走過。

「喂，小心點，不要把燈打破了，我們真是心有餘而力不足，所能幫助你們的，只有同情而已，」「唉！」他裝著歎氣。

我感覺我的臉像一座石膏像。

「不過，你還沒有吃飯，這點小小的意思留給你吃飯用，」說著解了好幾層釦子，掏出兩毛錢來。

「請你老人家明白我的意思，我並不是來要飯的。」

我走出去，聽見後面一聲：「阿彌陀佛！」

街上冷清清的。人家的門都是閉著。

「只有一家了，怎麼辦呢？若是再弄不來錢呢？」我決定變更一個說法。

我剛剛走近那兩扇紅大門，又退回幾步，背了一遍所預備的話，我又走近去，手擺在門鈴上。

我又縮回來。

這顆心哪！你可跳個什麼？

我於是又被帶進一間和上次有相似設備的屋子。那裡有一對老夫婦，老頭子沒有帶帽，頭上直發光。臉非灰白，卻是紅潤的，老太太在鼻子掛著一副花鏡在爐火旁做針線。

進去時，老頭子把一本章回小說放下：「這邊請坐！」

我又深深鞠了一躬。

「我是由 MC 縣翠雲庵裏來的，今天到府上來，實在冒昧。我是 MA 地人，可是逃難後，一家三口失散，我便在 MC 出了家。現在聽說母親有病，想去看一下，但是母親並不知道我出家，這樣回去，她老人家一定傷心。我想弄一套普通衣服穿，可是我們出家人沒有什麼錢，恰好走到你老人家這裡，聽說你是專辦慈善事業的，求你老人家多幫我一點忙，那我一輩子也忘不了你老人家的德性。」說完了我把眼睛偷偷看他一眼。

「這個麼，慈善事業我倒是常辦，不過做一套衣服，這年頭兒，哼哼！」

「幾十塊錢在你老人家看來算不了什麼，也許救了我們母女的性命，你二位老人家也積德不少」說完，我望著在做針線的老太太，希望她能給我說兩句好話。

「幾十塊錢雖不算什麼，——那麼你的老人是做什麼的？」他忽然抬頭問我，鼻子和頭蓋發著光。

爐火正旺的時候。

他多少有點允許的意思。這回可千萬不能放鬆呢！

我看見四壁皆懸書畫，我想：「他一定喜歡書畫文章。」

「他老人家從前是文學家，書畫在縣裏也很知名。」

「文學家！現在還是文學家嗎？」他似乎有興趣的眉毛一揚，眼睛變得幾乎是美麗的。

「對了！現在他也時常寫文章。」我流利的回答。

「做個文學家真是無聊得很，我早年都做夠了，反正一天泡上幾碗清茶，書堆滿地，高興時，空著肚皮喝上三斤白乾就是了，後來我又投筆從戎，做了一次軍事家，那還是九一八的時候，現在我看什麼家都不好，我便做了厭世家。」他把光腦袋在空中畫了一個圈。

「對了！我想回去勸勸家父也像你老人家做個厭世家。」為了錢，我是忍受了一切。

「真的，你看，日本鬼子，他媽的，把我們欺負得還不如一隻狗，我年紀又老了！」

像千里外遇見知己似的，差一點沒有把整個秘密告訴他，忽然老太太開口了。

「又和人家出家人發什麼牢騷，我看把衣服拿給她一套，然後再拿點錢，留著路上吃飯，這荒年荒月，單身的女子出門真不容易。」說著把雞爪似的老手弄爐火。

「謝謝你老的恩德。」

一會兒，我改裝了，口袋裏不是鏗鏗做響的銅元，而是十張一元的鈔票。

又是下午，灰色的雲彩漸漸漲大開來，我的心也騰上天空，跳躍在每個雲朵的邊緣上。

我今天是必須趕到 MA 的，還有三十里。

天黑下來，雪片片飛下。

北風裏。一個樹葉在枝上抖著。

前面又是一帶高山，我加緊腳步。

我聽見清淅的砲聲，越來越近。

又聽見鎗聲，砲彈像在頭上亂飛，在身邊爆炸。

走到火線了！我將怎辦？

東方那顆星呢？被雲遮住了！

手鎗還在，我跑往山谷裏。

幸虧有雪光，不然黑暗將要吞蝕我。

是那麼深一個山谷，我回頭，地下一行清楚的足跡。我故意咳了一聲。

轟的一個回響。

我不敢看下面，往前疾走。

抖落一身雪花，又是一身。

若是厚之君知道我在這裡隻身走著，要到MA了，他該如何歡喜他的成功！

忽然眼前一花，什麼都不知道了。

像隔了一世，渾身刺痛，我睜開眼睛：「我怎會掉下來的？而且還沒有死了？」

我想坐起，一隻袖子卻掛在樹枝上，雪是不下了，但，地上留著血的痕跡！第一次流血！左腳已被亂石碰壞，站不起來。

一陣山風吹來，渾身如冰冷。

手鎗仍然安全，我的臉上掛著紅色的微笑。

小心的，痛苦的爬上這百多尺的高坡，前面一個燈光，我向著燈光爬去。

但是我擔心這是誰的陣地呢？

木板門外我問：「裏面有人嗎？」聲音顫抖著。

「誰？好像映白？」一個熟悉女孩子的答應。

「是啊！」我痛苦得不能支持了。

她開門出來，一串淚落在我臉上，抬頭看見了，是肯繪。

「你，你是剛才受傷嗎？」她問。

我只能用眼睛注視她，把頭搖一搖。

我被抬進屋子裏，臉和四肢都乾淨了。

「聽說這兩天的仗打得很起勁，我們有一位老太婆送了許多秘密文件到司令部去，佔了不少便宜。」她在床邊把被給我蓋好。

我又微笑著點點頭，一句話也說不出來。

我痛苦，但我從未喊叫，我無力的擺著左手，意思是請他睡眠去，自己合上眼睛。

「別難過，明天送你司令部去。」

她整夜坐在我的床邊。

（六）

青春變成煙了，好漢變成土了，健康的身體不能轉動了。

這樣子去司令部，該是恥辱吧！我不願如此去見厚之君。

確實沒有想到第一個就遇見厚之君，我的臉燒著，把眼皮合起來，裝著昏迷不醒的樣子。

天！我不要看他啊！

我假裝睡在床上，聽見厚之君在安排和指導一切的聲音，那聲音像夏夜螢火蟲的翅膀。

「怎麼！那老太婆不是說她去 MA 的嗎？她乾得真快！」一個同志在講。

「來人說她在附近 HN 前線受傷，恰遇肯繪，不然，不過——她一定有好消息，」厚之君答。

我的眼淚流下來了，哼！何嘗有好消息！

我故意翻過身去，哼出一個痛苦的呻吟，藉枕頭把淚拭乾，我為什麼哭呢？

第二天，我告訴他們一切經過情形，一位同志說：「若不是你又過一次衝鋒號癮，我們也許沒有今日的相見了。」

「為什麼？」我問。

「那老太婆送來的文件裏，有個緊急命令，說當夜三時，反攻我們，那次我們回去就都睡了。要是他媽鬼子那天真來，一個也跑不了。」他的口裏冒出白沫來。

戰地醫生來給我醫病，穿白衣服、帶白邊眼鏡，五年來，我第一次領教藥的滋味。

醫生囑咐我：「不要緊，三個星期便可走路，不過最要緊的是休養，萬勿著急。」

將出門口，他又回頭：「好好休養，萬勿著急。」

這是多麼難挨的日子！思想是靈活的，眼睛是轉動的，卻讓我活生生躺在床上。

我看著壁上的手鎗，但是怎能取下來呢？還是死不了！

寧願死，不做殘廢！

厚之君每天有二十分鐘來看我，報告一天驚人捷報，最後總是說：「你真英雄啊！」

我聽見英雄兩字，我的腿便痛得利害。

三星期過去，傷口好了，但是天哪！我是一個跛子！

剛剛下地走了一步，又撲上床去。

　　「我死在床上好了！絕不情願做跛子！」我第一次放聲痛哭，像要把所有的生命都哭出來似的。

　　厚之君勸解我：「春天快到了！出去散散心！」

　　春天，也許是我一生最後的春天！眞的，我該看看他，看他怎樣把冷酷的冬天的痕跡呑下去，我也該看看他怎樣把綠芽抽出來，他該比往年都美麗吧！地下流過多少年青人的熱血！

　　出房門，太陽照得我眼花，這些天使我忘記太陽的存在。

　　一隻野鳥從頭頂飛過。我聽見空中春的聲音和氣息。

　　後窗下永遠照不著的陰影裏，留著一堆新舊足印。

　　「眞奇怪？是誰常到我窗下來？」

　　「大概總不是壞人，不管他吧！」

　　我的腳痛得利害，心，也痛得利害。

　　「我們進去罷！這春天我看夠了。」我說。

　　「腳痛得很呢！」

　　「你每晚兩點左右總是要痛醒吧？」厚之君問。

　　「你怎麼知道？」

　　「因爲我想我知道」。

　　從此我便死也不出房門一步，不想吃飯，也不想談話，一天合著眼，或偷流幾滴清淚。

　　我一天天消瘦下去，像太陽裏的雪。

　　厚之君等請來一位專治踢打跌傷有仙術的老頭子，留著長指甲，矮瘦子，黑瓜皮帽上一個紅釦子，見了他，好像頭髮都痛了。

　　他看看傷處。

　　「這個病，治是可以治的，不過你們耽誤時候太多，想治好，有些不太容易，我倒能保險，不過！」

　　「只要能夠好，多少錢都可以。」厚之君痛快的答。

　　他上床來，叫別人按住我。

　　他合上眼。向黑指甲上吹了幾口氣，念道一些什麼話我不知道，便對我說：「痛一點不要緊，好的快！」

　　他把我左腿搬起：咬著牙，用力一扯。

　　一個清脆的骨響。

我的汗珠滾滾流下，那是如何不能忍受的一扯喲！厚之君給他七十塊錢，我皺緊眉頭。

於是一個痛苦寂寞的日子過去，又是一個痛苦寂寞的日子。

連跛著走路都不可得了！傷口從新潰爛，厚之君去請那老先生時，已搬家了。結果那白衣的醫生又來，他幾乎落淚說：「告訴你好好休養的，欲速則不達啊！」又重新用紗布包好。

休養！我是多麼怕他！

忽然一天，聞見一縷花香。知道春天真的來了，「厚之君，請把鎗遞給我！我要放鎗去！」我坐起來。

「幫助春天把多日痛快的打死。我活著真無聊。」

「你得休養！你不能動，我不會給你鎗。並且別人也不會給你鎗。啊！光太強了！讓我把窗簾放下。」

我徹底明白一個不能行路的病人除了肉體創痛外，還受些什麼。

「厚之君，那麼請遞我一面鏡子。讓我看看病中變成什麼樣子了」我又注視他眉間的紅痣。

他尋視半天，把日記本上的小鏡子遞給我。

我伸出枯槁的雙手。

鏡子裏一個可怕的像，忽而這像消失了，顯示出來那麼多燦爛的痕跡！長白山！鴨綠江畔！高梁地之夜！那雙金質釦子！火，衝鋒的號音！那飛雪的山谷！那斑斑血跡！惡像重現了！一個黑色瘦長的臉！兩顆枯水池樣的眼睛！星樣的光彩沒有了！

鏡子自己落在床上。

「喂！喂！好消息！看捷報！看捷報！」三四位同志拿情報奔來。

「照這樣多克服幾個城市！」一個說。

「照這樣多死幾個漢奸！」一個又說。

厚之君拿過來，和我一同讀情報，第一條：

「我軍於十四十五兩夜連克 MCHN 等據點，現在乘勝猛攻 MA，不日可下，戰爭彈藥截獲無算」。

第二條：「漢奸孫福薪畏罪自殺，因敵人已知其子服務一〇五師政治部……」

我的眼睛光亮了！正是他！正是害死念石的！正是十二月時要登臺的那

傢伙！正是害我跌傷的那老東西！「好！」我叫起來。

　　一陣掌聲和叫喊，一陣快愉的春風。

　　忽然一個巨響，厚之君倒下去了！眼邊掛著一顆眼淚，像暴風雨的第一個雨點。

　　　　　　　　　　　　　　　　　　　　一九四〇、一〇、二〇。

編後記

　　首先應當感謝蔣夫人和謝冰心先生在百忙中爲本刊撰文。充份表現她們對應徵姊妹及一切女文學青年的熱切關懷。

　　蔣夫人文學獎金徵文已在本年七月揭曉。唯因評刊員散處各地，稿件寄遞需時，故直至現在始能彙集獲選文稿付梓，有勞讀者久望，歉甚！

　　論文第四名廖志恪君論婦女工作者之修養一文，爲重慶市圖書雜誌審查委員會檢去；故闕。

　　本專號適在九月出版，故特用以代替婦女新運季刊第三期，特此聲明，望讀者原諒。